SAMANTHA MARKUM

Amor em Pauta

São Paulo
2025

Grupo Editorial
UNIVERSO DOS LIVROS

Diretor-geral
Alessandro Gerardi

Gerente editorial
Marcia Batista

Produção editorial
Letícia Nakamura
Raquel F. Abranches
Victoria Viana

Tradução
Débora Isidoro

Preparação
Thiago Bio

Revisão
Juliana Gregolin
Diana Szylit

Arte
Barbara Garoli
Renato Klisman

Ilustração da capa
Bex Glendining

Design da capa
Sonia Chaghatzbanian

Dados Internacionais de Catalogação na Publicação (CIP)
Angélica Ilacqua CRB-8/7057

M297a
Markum, Samantha
Amor em pauta / Samantha Markum ; tradução de Débora Isidoro. -- São Paulo : Universo dos Livros, 2025.
336 p. : il.

ISBN978-65-5609-846-3
TTítulo original: Love, off the record

1. Ficção norte-americana I. Título II. Isidoro, Débora

25-4034 CDD 813

Universo dos Livros Editora Ltda.
Avenida Ordem e Progresso, 157 — 8º andar — Conj. 803
CEP 01141-030 — Barra Funda — São Paulo/SP
Telefone: (11) 3392-3336
www.universodoslivros.com.br
e-mail: editor@universodoslivros.com.br

Para todo mundo que já deixou de torcer pelo mocinho
— especialmente se foi por causa do Three.
Este livro é para você.

E para Ashley, Sonya e Whitney.
Por tudo.

Nota da autora

Este livro contém alusão à gordofobia, tanto internalizada quanto externalizada. Enquanto escrevia, percebi que às vezes nossas jornadas podem ser mais longas do que a de outras pessoas e que, às vezes, elas não terminam junto com as páginas. Wyn reconhece seu amor pelo próprio corpo, que é lindo *e* gordo, mas esses pensamentos nem sempre são perfeitos, e ela briga bastante com a maneira como espera ser tratada ou vista por ser gorda.

Espero que os momentos de deslize de Wyn não sejam muito difíceis de ler. Espero que os leitores *plus-size* entendam que nossa gordofobia internalizada não nos torna os vilões da história, uma vez que estamos lutando muito contra tudo o que a sociedade nos fez engolir (ou nem nos deixou provar). Coloquei muito de meu coração na personagem de Wyn, além de muitas de minhas inseguranças antigas e atuais. Afinal, os livros são mais uma tentativa de autoterapia. Hesitei por muito tempo em criar personagens gordas por medo de errar. Mas a verdade é que não existe um jeito errado de ser gordo.

01

— Focas!

Eu e meu parceiro de mesa levantamos a cabeça ao ouvir nosso título coletivo. Christopher, editor do *Torch*, está com a barriga apoiada no encosto da cadeira, olhando para nós.

— Vocês mandaram aquelas legendas para a Angélica?

Eu e meu colega apontamos um para o outro ao mesmo tempo.

— Ah, não, não mesmo. Você disse que ia mandar — respondo, apontando ainda mais.

Ele empurra os óculos para cima com uma cara de extrema paciência — e, se tem uma coisa que aprendi, é que essa cara significa que ele está furioso.

— Sabe, adoro esses cenários imaginários que você inventa.

— Não são imaginários!

Giro na cadeira para olhar diretamente para ele no espaço reduzido que dividimos. O braço da minha cadeira bate na dele e por pouco não prendo seus dedos. Ele me encara com ar de reprovação.

— Ontem você literalmente falou que ia cuidar das legendas! Sua memória está tão ruim assim? — sugiro.

A expressão dele relaxa.

— Eu falei que cuidaria da formatação das *manchetes*. Sua audição está tão ruim assim?

— Ei! — grita Christopher, fazendo um tchauzinho para chamar nossa atenção. — Não estou nem aí se um de vocês falou que ia fazer uma coreografia de cancã em um barco no Mississippi... Precisamos das legendas agora. Deem um jeito.

Às vezes fico me perguntando se Christopher acha que estamos trabalhando no *Washington Post* ou algo do tipo.

Meu colega adota o tom mais político de que é capaz:

— Quer saber? Está tudo certo. Eu cuido das legendas também. — E sorri para mim de um jeito enjoativo. — Não esquenta.

Three Wellborn, pessoal: puxa-saco de marca maior.

Se eu soubesse que aceitar um trabalho de foca no *Torch* me colocaria em uma mesa com a pessoa mais detestável e desonesta que já conheci, talvez tivesse pensado um pouco mais antes de tomar essa decisão. Mas o meu primeiro e mais importante objetivo no curso básico da faculdade era conseguir uma vaga — *qualquer* vaga — no jornal estudantil.

O curso de Jornalismo na universidade é muito concorrido, só entram os estudantes veteranos que passam por um processo seletivo. A maior parte dos calouros que se candidatar no segundo semestre vai querer a área de Rádio e TV e vai passar o semestre seguinte inteiro se dedicando a um entre dezenas de podcasts focados em assuntos da faculdade ou cavando um espaço nos canais de vídeo do campus, como o maior rival do *Torch*, o *Two Minute News*. É um canal diário de notícias veiculadas em vídeos curtos produzidos por um revezamento de "repórteres" que não fazem muita coisa além de fofocar pelo campus. Infelizmente, o alcance deles deixa o *Torch* no chinelo.

Mas eles também estão saturados de criadores de conteúdo, então assegurar meu lugar no *Torch* é essencial. Ter cumprido meus créditos de redatora enquanto caloura vai fortalecer minha candidatura e me deixar à frente da concorrência. Meio que estou contando com isso, porque, quando seu objetivo a longo prazo é fazer parte da mídia impressa, que já não vive no melhor dos mundos, não ser aprovada no curso de Jornalismo está fora de cogitação.

Three também deve se sentir assim, porque ele ainda não se demitiu, apesar das horas que já passamos nesta redação silenciosa dando cotoveladas e fazendo cara feia um para o outro. Nossos chefes deixaram claro que, desde que o trabalho seja feito, podemos tentar matar um ao outro com o olhar o quanto quisermos. Quando *não* conseguimos cumprir as tarefas, somos advertidos publicamente, na frente de toda a equipe, como hoje.

Tento manter em mente que os futuros vencedores do prêmio Pulitzer não deixariam mosquinhas como Three os tirarem do sério. Mas, se ele acha que vou deixar que assuma a responsabilidade pelas legendas como se estivesse consertando um erro meu, não é tão esperto quanto quer fazer todo mundo acreditar que é.

— Ah, não, não se preocupe. Não ligo de me sacrificar pelo bem da equipe — respondo tranquila.

— Mas você vai ter que ficar até mais tarde. — Three chega mais perto e bate de leve na minha mão. — Juro, não vai ser incômodo algum.

Não consigo evitar a careta enquanto tiro a mão dele de cima da minha usando dedos em pinça e a devolvo para o outro lado da mesa.

— Eca.

Three dá um sorrisinho; sabe que venceu. Porque é esse o objetivo: quem tirar o outro do sério primeiro, ganha. É um joguinho sádico que jogamos durante todo o tempo que devemos passar juntos.

Ele olha para Christopher outra vez.

— Deixa as legendas comigo. Entrego hoje no fim do dia, antes de ir embora.

— Não sei nem como expressar o quanto não estou nem aí — responde Christopher. — Achei que tivessem entendido isso antes, quando falei sobre o cancã, mas parece que vocês ficam mais cabeças-duras a cada dia que passa. Não falem comigo de novo até acabarem. Não estou nem aí para quem vai resolver. Não sou babá dos dois.

Three olha para mim e batuca com a caneta nos lábios. Seus olhos exibem uma chama de triunfo que me faz pensar em pegar o primeiro objeto pontiagudo na minha frente para arrancá-los.

— Acho que vou ter que resolver tudo. Tenho certeza de que você tem um emprego com que se preocupar — provoca ele.

Odeio pensar que ele sabe tanto sobre minha agenda. Porque é verdade, tenho mesmo que sair em quinze minutos para cumprir meu horário na biblioteca. Vou ter que correr para chegar a tempo.

— Beleza — respondo entre dentes enquanto me levanto e pego a mochila.

Empurro a cadeira para baixo da mesa, esbarrando na de Three com um pouco mais de força do que é necessário. Até de costas ele tem um ar arrogante. Isso me enche de raiva, o que dificulta ainda mais usar um tom normal e tranquilo ao me despedir do restante da equipe na redação.

Ajeito a mochila no ombro com força o bastante para acertar a cabeça de Three.

— Opa — falo baixinho, olhando para trás. Seus óculos entortaram e, por trás, o olhar é letal. Ainda consigo acrescentar: — Foi mal!

Aperto o passo rumo à saída, segurando a gargalhada até chegar no corredor.

É uma pequena vitória na nossa guerra constante.

A pior parte de Three não é ele ser, indiscutivelmente, o ser humano mais desagradável que já conheci. Não são as piadinhas, nem as alfinetadas calculadas e certeiras, menos ainda o jeito como ele empurra os óculos de leitura para cima, até as sobrancelhas, como se fosse um daqueles repórteres do cinema.

O que mais detesto é todo mundo achá-lo incrível. O restante da equipe do *Torch* fica encantado. Já surpreendi mais de uma pessoa na nossa aula de Estatística olhando para ele com cara apaixonada. Three fala bem e, para meu azar, é inteligente, por isso os professores o adoram. Jamais acreditariam que, por baixo daquele cabelo bonito, do sorriso simpático e dos bons modos, existe uma cobra conspiradora e venenosa.

A segunda coisa mais detestável em relação a Three é o fato de ele ser bonito. O tipo de rosto que faria você confiar nele sem pensar duas vezes — ou que não surpreenderia ninguém se estampasse um anúncio de loja de roupa. Ele tem cara de herdeiro da Costa Leste, apesar de ser só um herdeiro do Meio-Oeste. Tanto faz: é rico do mesmo jeito. Até estudou em um internato, e acho que foi lá que ele ganhou um apelido típico de internatos tal qual Three. Para alguém cujo nome é Nathaniel Wellborn III, um apelido comum acabaria soando plebeu demais.

Dói admitir, mas meu cérebro mergulhou na hora em todos os quadrinhos envolvendo romances universitários que já li na web quando o vi pela primeira vez. Definitivamente *não* éramos amigos — firmar uma amizade com Three estava fora de cogitação naquela época, por mais que eu tentasse. Só que às vezes eu aparecia com um café só para ele e Three se mostrava *encantador* durante cinco minutos. Eu queria pegar um pedaço dele e guardar em um potinho para ficar fantasiando com um sorrisinho bobo no rosto sempre que ficasse sozinha. E conseguíamos trabalhar bem em equipe na mesa dos focas, realizando todas as nossas tarefas juntos.

Tudo desmoronou algumas semanas atrás, quando Angélica, a editora da Vida no Campus, descobriu que conseguira um estágio no *Columbus Dispatch* para o próximo semestre. Agora que ela vai sair do *Torch* e outras pessoas da área dela serão promovidas, vai abrir uma vaga de repórter para a Vida no Campus.

Uma vaga que será *minha*.

Garantir uma posição fixa na equipe do *Torch* me dá alguns créditos de redação embrulhados para presente. Prova que tenho mais valor real para o jornal do que uma matéria ou outra de que eles acabem gostando (não que eu já tenha tido a chance de escrever uma matéria para eles).

Three pode até achar que precisa vencer pelo mesmo motivo, mas eu conferi os números: existe uma quantidade desproporcionalmente maior de candidatas mulheres, mas um número bem equilibrado de mulheres e homens matriculados no curso de Jornalismo. Ele não tem com o que se preocupar — ou, pelo menos, não tanto quanto eu.

E mesmo assim, no dia em que Angélica anunciou sua saída, Three esperou a sala toda voltar a fazer barulho para olhar para mim e falar casualmente:

— Você sabe que eu vou te destruir antes de te deixar conseguir a vaga, né?

E foi assim que todas as ideias alegres e sedutoras que já passaram pela minha cabeça sobre ele foram por água abaixo. A guerra estava declarada.

Tem um cara saindo do meu dormitório quando chego naquela noite. Já é mais de meia-noite, o corredor está em silêncio, e o saguão, praticamente vazio, com exceção de uma pessoa estudando.

— Hum, oi? — digo, na hora que o cara quase esbarra em mim.

— E aí? — responde ele, mas não como uma pergunta, porque já está de saída.

Seguro a porta antes de ela bater e dou uma espiada dentro do quarto, depois entro, respirando aliviada ao ver minha colega de quarto, Ellie, sentada à escrivaninha. Ela está vestida com um moletom grande demais e tem o cabelo castanho preso em um coque bagunçado — típico de quando passa algum tempo sem o lavar. A luz de cabeceira está apagada, e o quarto é iluminado pelo brilho azul de sua lâmpada que muda de cor. A luminosidade a deixa ainda mais pálida.

Não que eu tenha muita moral para falar. Meu reflexo no espelho da penteadeira é de chocar — cabelo castanho na altura dos ombros, embaraçado pelo vento que enfrentei durante a caminhada de volta para casa, olhos escuros injetados depois de uma tarde inteira olhando para o computador na redação, pele branca como papel depois de tanto tempo passado desde o verão.

Apesar de estarmos aqui há semanas, o lado de Ellie no quarto continua bem vazio. Com exceção do pôster solitário de um filme obscuro de que nunca ouvi falar, não tem muito que se possa saber sobre Ellie com base na decoração.

Talvez isso tenha a ver com o fato de eu ainda sentir que ela é uma estranha, apesar de saber que ela escova os dentes três vezes por dia e escuta *Rumours*, do Fleetwood Mac, sem parar quando está de mau humor. Fora isso, o que dá para descobrir sobre alguém que dorme a um metro de você só há poucas semanas? Acho que apenas uma coisa: a boca de Ellie é um túmulo.

— Oi. — Fecho a porta e aponto com o polegar por cima do ombro. — Quem era aquele?

Ela me olha de trás do computador por um segundo.

— Estamos fazendo uma matéria juntos.

Quero perguntar mais, mas senti no tom de voz dela que o assunto estava encerrado. Não de uma forma rude, ela só não vai falar mais nada.

Logo que cheguei nesta faculdade, eu estava muito animada para ter uma colega de quarto. Achava que passaríamos mais tempo juntas pelo prédio, comeríamos juntas no refeitório, iríamos juntas para a aula de vez em quando. Ao chegar e ver os pequenos astronautas que a assistente de residência colara na nossa porta — com os nomes "Elizabeth" e "Éowyn" escritos neles —, até senti um frio na barriga.

Ellie e eu trocamos algumas mensagens, e claro que fui procurar saber mais sobre ela assim que recebi minha designação de quarto. Mas minha colega de quarto não é muito ativa nas redes sociais e as mensagens dela foram bem básicas enquanto a gente decidia o que cada uma levaria para o quarto.

Ela foi simpática até mesmo enquanto meus pais me ajudavam a desfazer as malas, mas se manteve distante. No segundo em que eles foram embora, olhou para o cobertor da Terra-média tecido à mão que minha mãe insistira para eu levar e disse:

— Estava me perguntando sobre seu nome, mas agora...

— Meus pais são fãs — respondi, tirando o cobertor da cama. Comecei a dobrar até ficar do menor tamanho possível para enfiar na parte mais alta do armário. — Pode me chamar de Wyn.

O amor dos meus pais por *O Senhor dos Anéis* ultrapassa até os limites do bom senso. Eles não perceberam quando comecei a tirar a decoração do meu quarto e levar para outras partes da casa nem quando parei de me fantasiar como as personagens da saga no Halloween por volta dos treze anos. Se você perguntar para os meus pais se debocharam muito de mim por causa do meu nome ou da obsessão deles, é provável que digam não.

Eles não fazem a menor ideia.

— Entendi. Vamos ter que avisar a assistente de residência para quando ela for fazer as plaquinhas novas de nomes na porta — comentou Ellie. A revirada de olhos ficou implícita.

Eu gostava das plaquinhas na porta. Ainda gosto, na verdade: agora temos "Ellie" e "Wyn" escritos em balões de ar quente.

Nas duas semanas seguintes, ficou claro que Ellie e eu nos damos bem, mas temos pouco em comum. Não passamos muito tempo juntas, a não ser quando estamos no quarto na mesma hora.

Não comemos juntas nem vamos juntas para a aula, não por falta de esforço de minha parte, no início. Fui rejeitada demais, meu orgulho não aguentou. Ellie sempre estava ocupada demais para mim, porque ela já tem amigos aqui. E mesmo que não os visse no refeitório ou pelo campus, eu saberia mesmo assim, porque sempre tem alguém entrando e saindo do nosso quarto.

Tipo hoje.

— Ei, é a Wyn? — pergunta uma voz, vinda do banheiro compartilhado que liga nosso quarto ao quarto vizinho.

Eu não deveria ficar surpresa por terem me ouvido chegar. As paredes parecem ser feitas de papel. Outro dia, espirrei e alguém no quarto do lado desejou saúde.

A cabeça de Dara aparece na porta logo em seguida. Ela já estava vestida para dormir com um pijama estampado de abóboras e touca de cetim, a pele escura brilhando por causa da manteiga de cacau.

Entre as minhas três colegas de suíte, é com Dara que tenho o melhor papo. Contudo, assim como Ellie, ela já tem amigas na faculdade — Kayla e Yasmin, que aparecem no quarto dela a toda hora. Kayla é amiga de Dara desde antes da faculdade, e Yasmin mora no mesmo andar de Kayla. As três logo viraram unha e carne, a ponto de ninguém sugerir que Yasmin não conhece Dara e Kayla desde sempre. Era isso que eu queria viver quando vim para cá. Encontrar minha gente. E não as mesmas pessoas que conheço desde sempre — que eu já vi pelo campus e que se formaram comigo em Troy, gente que conheço de vista, no máximo. Quero *amigos*. Almas gêmeas. Uma coisa que nunca tive antes.

Claro que tive amigos no colégio — pessoas com quem sair no fim de semana, almoçar ou jogar conversa fora entre as aulas. Só que sempre me senti um pouco como uma intrusa… e mais tarde descobri que eu era basicamente isso mesmo. Amizades construídas no Ensino Fundamental com gizes de cera, lancheiras e fadas favoritas de desenhos animados foram azedando conforme chegávamos na adolescência e apodreceram por completo no Ensino Médio. No fim, nada sobrou entre nós além dos fios frágeis e puídos da obrigação.

Ao que tudo indica, brincar de detetive comigo era legal quando éramos crianças — adivinhar quais dos nossos professores tinham romances secretos ou ajudar a divulgar informações sobre um cachorro perdido —, mas era "vergonhoso" ou "exagerado" quando eu escrevia uma redação da escola sobre jogadores de futebol roubando dinheiro das barraquinhas de comida depois dos jogos ou sobre a tradição de compartilhar as provas entre alguns alunos premiados. Com o passar dos anos, fui recebendo cada vez menos convites para sair, até que nos formamos e ninguém mais me ligou.

— Você pode emprestar sua capa para a Madison? — pergunta Dara, encostada na porta.

Madison grita do quarto delas:

— Eu não preciso, Wyn! Está tudo bem, juro!

— Claro, sem problemas. Para quê?

Vou até o armário e afasto minhas roupas para pegar a capa que meus pais esconderam no meio da minha bagagem. Faz parte de uma réplica do traje fúnebre de Éowyn, um presente de formatura dos meus pais.

Madison aparece no corredor, do outro lado do banheiro. Do armário, vejo bem o quarto delas — ou, mais especificamente, o armário de Madison, todo em tons pastéis. Uma vez ouvi Ellie falando para uma das amigas que Madison é fresca, uma crítica indelicada, mas não de todo mentirosa.

Madison mexe no longo rabo de cavalo, tão brilhante que poderia ser modelo em uma propaganda de xampu.

— Não se preocupa. Não acho que...

— Experimenta, pelo menos. — Dara pega a capa da minha mão e se aproxima de Madison. Ela olha para mim e dá de ombros. — É para a coreografia nova que ela está criando para o coral.

Vou até o quarto delas, muito mais confortável que o meu e de Ellie. Tem suas vantagens as duas apresentarem estilos parecidos. Tudo é feminino e floral, com lençóis floridos e uma paleta de cores coesa. Elas planejaram o ambiente antes de chegarem — coisa que eu gostaria que Ellie e eu tivéssemos feito, mesmo que ela não tenha interesse nenhum em decoração e eu não tenha dinheiro para deixar meu lado do quarto parecido com um catálogo da Pottery Barn. Minhas opções foram as mais baratas que encontrei na Target; mesmo assim, foi pouca coisa.

E tudo bem. Não preciso de um abajur em formato de flor igual ao de Madison ou de uma tapeçaria em aquarela como a de Dara. Ou do tapete felpudo de estampa floral. Ou das luzes de borboletinhas penduradas na janela. Ou…

Chega. Inveja é como um fio solto: se começar a puxar, vai me desmanchar rapidinho.

Do lado da cama, Madison segura minha capa como se tivesse medo de ser mordida por ela. Quando vê que as segui, ela fica vermelha e a veste.

Noto o problema na mesma hora, e, a julgar pela cara dela, Madison já o previa. Podemos ter quase a mesma altura, mas eu uso um número *plus-size* respeitável, e Madison é a única pessoa que conheci na vida real que usa PPP.

Ela some dentro da capa.

— Desculpa — diz, tirando-a.

— Por quê?

Madison respira fundo, para e olha para Dara como se pedisse ajuda. Dara dá de ombros e estica o braço para pegar a capa.

— Desculpa por… fazer você perder tempo? — Ela olha para Madison, que faz uma careta.

— Desculpa por… ser magra? — pergunto, forçando uma risadinha para deixar claro que estou brincando.

A pele bem clara de Madison enrubesce. Ela balbucia, mas não fala nada.

— Estou brincando — digo.

Pego a capa da mão de Dara. Madison nem chega perto de mim.

Às vezes me pergunto se ela acha que ser gorda é uma doença contagiosa. É uma situação com a qual já lidei várias vezes. Tive muitas amigas no Ensino Médio que não se sentiam à vontade para falar sobre meu peso. Reclamavam do próprio peso sem preocupações — “Estou muito inchada”, “Tive que usar minha calça de gorda hoje” e “Não vou comer fast food até a formatura” —, mas nunca quiseram admitir, para mim ou para si mesmas, que a verdade por trás daquelas frases era que ter um corpo como o meu era o pesadelo delas. Nunca me lamentei com elas, e isso deve ter sido uma bênção, porque assim não precisavam reconhecer o jeito que me olhavam. Para mim, porém, não tinha a ver com deixá-las confortáveis. Tinha a ver com sempre ter levado a sério minha relação com meu corpo; desejar que ele fosse diferente — ou, pior, insultá-lo — era como uma traição.

Às vezes até fico incomodada e deixo de gostar de minha aparência, mas não posso passar a vida toda odiando meu corpo. É o único que tenho. Prefiro me esforçar para amá-lo a me esforçar para mudar a forma que ele tem, o que nem funciona em geral.

Sei que em certas ocasiões os outros se incomodam por eu me recusar a tratar meu corpo como o pior que poderia me acontecer. Ter a dignidade de cuidar dele e de amá-lo, mesmo que nem sempre me sinta tão confiante com ele. Mesmo que às vezes seja preciso ser realista sobre como os outros me veem por causa dele.

— Então, boa sorte. Vou deitar.

Volto para meu quarto e fecho a porta do banheiro. Ellie está em frente à pia, escovando os dentes. Ela olha para mim quando devolvo a capa ao fundo do armário. Depois cospe na pia e pergunta:

— Ficou enorme nela?

— Aham — respondo, já a caminho da cômoda. Pego o pijama e começo a me despir.

Ellie sufoca uma risadinha.

— Tinha certeza.

Uma coisa tenho que reconhecer em Ellie: pelo menos, ela não se esconde da realidade de uma situação.

02

Fazia semanas que eu conhecia Three quando consegui a vaga no *Torch* — ou sabia *quem* ele era, pelo menos. Era difícil não reparar nele durante as duas aulas semanais de Estatística, quando eu dividia meu tempo entre tentar prestar atenção, entender a aula e ignorar o que, considerando o volume do barulho, parecia ser metade do número de calouros da fraternidade Tau Delta Pi.

Three é um deles, o que representa mais um ponto negativo na minha avaliação. Quando vim para a faculdade, eu tinha uma regra que estava acima de todas as outras: ficar longe dos meninos de fraternidade. Foi uma das únicas instruções que minha mãe me deu enquanto meus pais se preparavam para me mandar para cá, mas eu já sabia disso.

Achei que seria a regra mais fácil a ser cumprida — até que me vi presa na mesa dos focas com o rei do grupo.

Chega a ser irritante o quanto ele é atraente, penso ao sairmos da sala de aula e Three se juntar ao grupinho dele. Até agora ele brinca com os outros calouros da Tau Delta, empurrando uns aos outros e rindo. Por trás daquele sorriso, no entanto, sei que ele é perturbado e sádico. Tipo aqueles assassinos em série cujos amigos e colegas de trabalho falam: "Nunca teríamos imaginado. Ele era tão *gentil*".

Three olha para mim, e o sorriso se transforma em uma risadinha que sugere que ele sabe exatamente no que estou pensando.

Arredo o pé, e alguém esbarra em minhas costas e quase me derruba de joelhos no chão. Minha mochila escorrega do ombro e cai, mas fica pendurada no braço dobrado.

— Opa! Desculpa! — Uma mão segura meu braço, em apoio. — Você parou do nada.

— Não, *eu* que peço desculpas — respondo rápido, devolvendo a mochila ao ombro. — Não sei o que... — Perco o fio da meada quando vejo quem esbarrou em mim. — Ei... você é o Lincoln, não é?

Ele arruma a mochila nas costas e olha para mim.

— E você... mora no andar da Chloe. — O garoto ri, envergonhado. — Desculpa, não lembro o seu nome. Ainda estou tentando decorar o de todo mundo no *meu* andar.

Eu sorrio.

— Sou a Wyn.

— Wyn. Wyn. Wyn. Wyn — repete ele, assentindo. — Decorei.

Conhecemos os outros veteranos assistentes de residência do nosso prédio no dia em que nos mudamos. Foi tudo muito rápido, mas é difícil não se lembrar de Lincoln. Ele é alto e grandalhão, do tipo que não passa despercebido. Não tem porte atlético, mas se encaixaria perfeitamente em uma fazenda. Ele está de camiseta, mesmo com o frio que faz lá fora, e seus braços musculosos ainda estão bronzeados do verão. O cabelo castanho é um pouco comprido, mas não de propósito, acho que ele só se esquece de cortar.

— Está indo para a aula? — pergunta Lincoln.

— Trabalhar. E depois para o jornal. E mais tarde, aula. Quinta-feira é o pior dia.

— Jornal? Você trabalha no *Torch*?

— É, igual uma condenada — brinco. — Mas sou só foca. Não faço reportagens de verdade ainda.

— É impressionante, mesmo assim. Não sei como é agora, com o *Two Minute News* assumindo o controle, mas parecia ser bem difícil conseguir uma vaga lá.

Faço um sinal de mais ou menos com a mão.

— O *Two Minute News* não está recrutando repórteres sérios. O *Torch* é seletivo. Acho que sou a única da redação que não foi editora-chefe no jornal do colégio.

É um tópico sensível e antigo. Quando perdi o cargo de editora-chefe no ano passado, foi para uma amiga — ou alguém que eu achava ser minha amiga. Eu nem sabia que ela estava concorrendo até ver as cédulas de votação com os dois nomes, Wyn e Clara. A derrota foi quase unânime. Aparentemente, o restante da equipe do jornal me achava intensa demais. Eu estava tentando implantar histórias e um design que talvez nos levassem a um prêmio Pacemaker. Todos os outros se contentavam com um jornal que só contasse pontos na hora de entrar na faculdade.

A votação foi um dos vários momentos do meu último ano de Ensino Médio que me feriram como farpinhas. Naquela época, foi só uma coisa ruim, apesar de ter sido uma coisa muito ruim que me fez chorar durante o final de semana inteiro. Entretanto, no fim do ano, percebi que tinha sido ferida por milhares de outras coisas parecidas.

— Ei, não deixe a síndrome da impostora te dominar. — O sorriso de Lincoln é simpático, reconfortante; consigo entender porque ele virou assistente de residência. — É como a primeira lembrancinha do seu ano de calouro, e é cruel. Confia em mim, já estive no seu lugar e tive que lidar com tudo isso.

As palavras dele conseguem botar minha cabeça no lugar, o que é um alívio. Além disso, planejo virar editora-chefe do *Torch* um dia. Se eu conseguir a vaga na editoria Vida no Campus, já será meio caminho andado. Isso com certeza faria o machucado da época do Ensino Médio parar de arder.

E, ainda que meus planos não tenham nada a ver com Three, não sou contra a ideia de poder esfregar isso na cara dele um dia.

Quando cheguei na redação naquela tarde depois do trabalho, havia poucas pessoas lá. Uma delas era Three, debruçado sobre a mesa dos focas.

— Alguém já disse que você tem a postura de um camarão? — pergunto, deixando minha mochila no chão.

Three se ajeita e estala o pescoço. Depois olha para mim.

— Muito gentil da sua parte se preocupar com a saúde da minha coluna.

Faço uma careta e um barulhinho de repulsa.

Three sorri e empurra os óculos para a cabeça, ainda olhando para mim.

— Você parece cansada. Tem certeza de que não quer ir para casa descansar?

— E abrir mão do nosso tempo precioso juntos? Por que eu faria isso?

Puxo a cadeira para me sentar, mas paro no meio do caminho quando nossa editora-chefe me chama.

— Wyn, você tem um minuto?

Quando comecei a pesquisar sobre o *Torch*, não demorei para descobrir quem seria minha mentora dos sonhos. As melhores reportagens eram todas assinadas pela mesma pessoa: *Sabina Noor*.

Ler as reportagens dela me lembrava da euforia que senti assistindo a *Todos os homens do presidente* e *Jejum de amor* pela primeira vez quando era criança e depois, um pouco maior, lendo sobre Florence Graves, as denúncias de espionagem na agência de segurança dos Estados Unidos e *tudo* sobre o Vietnã. Sabina não desvendava escândalos nacionais nem solucionava assassinatos, mas sua escrita causava em mim essa sensação. Era o que me fazia lembrar o que me fez ter vontade de ser repórter.

Não fiquei surpresa ao me candidatar e descobrir que Sabina tinha virado editora-chefe. Christopher concorreu com ela, mas ouvi dizer que ele perdeu os votos quando o *Two Minute News* furou sua matéria sobre duas meninas que tiveram uma overdose de Adderall adulterado com fentanil no inverno passado. Uma delas morreu, a outra abandonou a faculdade e, sem uma investigação mais profunda sobre o aumento de circulação de "drogas de inteligência" batizadas com substâncias mais perigosas pelo campus, as duas foram rotuladas como irresponsáveis que só pensavam em se divertir, e todo mundo só seguiu em frente. Nunca foi descoberto de quem elas compraram os comprimidos adulterados. Já ouvi Angélica falando que Christopher carrega uma amargura tão grande por causa dessa história que daria para encher um contêiner.

No que diz respeito a Sabina, ser editora-chefe significa que não sobra muito tempo livre para gastar com focas como eu, então aproveito cada gota da atenção dela como se eu fosse uma esponja seca.

— Oi — respondo, já a caminho da mesa dela. — Tudo bem? Precisa de mim?

Sabina acena chamando Three, que demora um pouco mais para atender.

Ela não precisa se esforçar para ser descolada com aquele cabelo curto e castanho, o piercing dourado no septo e o estilo meio-artista-meio-grunge que combina tão bem com sua coleção de camisas de flanela. Ao lado dela, de camisa social e suéter, Three parece ainda mais bobo.

— Sei que vocês dois têm expectativas para quando Angélica deixar o posto na Vida no Campus — começa Sabina, reclinando-se na cadeira. — Vou ser sincera. Não temos como contratar os dois. Isso significa que um vai ser chefe do outro, e preciso ter certeza de que vão saber lidar com isso.

— Não vai ser um problema. Estou com o jornal para o que der e vier, independentemente do que aconteça. — Olho para Three, já elaborando uma lista mental de como infernizar a vida dele quando eu conseguir a vaga na editoria Vida no Campus e ele ficar com as piores tarefas.

Three me encara e estreita os olhos, como se estivesse pensando a mesma coisa.

— Eu também levo o *Torch* a sério — diz para Sabina. — Comecei do zero no último jornal em que trabalhei. Quando me formei, era editor-chefe. Tive que trabalhar para amigos, e depois eles tiveram que trabalhar para mim. Sei me portar bem nos dois casos. Ser profissional.

Claro que ele achou uma brecha para reforçar que foi editor-chefe.

Sabina olha para nós dois, nos analisando.

— Então, acho que é hora de começarem a mandar algumas matérias para nós. Sei que estavam ansiosos por isso, já que precisam de material para a candidatura ao curso de Jornalismo. Preciso ver o que vocês sabem fazer, já que um dos dois vai ser promovido.

— Já tenho algo em andamento — falo rapidamente, porque quero que Sabina saiba que sou proativa. — Sobre a situação das baratas na Escada.

— Conversei com Mel na semana passada — anuncia Three. — Gostaria de escrever uma matéria sobre a área das casas de fraternidade.

Dou risada baixinho.

— Claro que quer.

E é claro que ele é puxa-saco o suficiente para ir atrás de Mel, editore-assistente da Vida no Campus que vai ocupar a vaga de Angélica no semestre que vem e assumir um cargo remunerado, o que é uma raridade por aqui.

Three olha para mim com desdém.

— Muita marra para uma garota que escolheu baratas como o tópico da primeira matéria.

— Bom, eu me sento do lado de uma todos os dias, então estou a par do assunto.

Sabina coça a testa.

— Ok, chega. Escrevam, vocês dois. Se as matérias forem boas, vamos publicar. Podem atualizar Mel sobre o andamento do trabalho. Angélica já tem muita coisa para resolver agora. E prestem atenção, não sou orientadora de vocês, nem assistente de residência, nem irmã mais velha, mas tem muita gente que não conseguiu entrar no curso de Jornalismo por achar que a vaga estava garantida. Vocês não querem fazer parte dessa estatística. Mantenham em mente que terão que esperar um semestre inteiro para tentar de novo se falharem. Escrever matérias para o portfólio já vai dar trabalho o bastante. Mas vocês ainda terão que fazer a dissertação e conseguir pelo menos uma carta de recomendação de um professor. E esperamos que continuem dando conta das demandas de foca. Sei que não parece, mas os focas são a espinha dorsal deste jornal. Confiamos em vocês para fazer esse trabalho e fazer bem feito. Combinado?

Nós dois assentimos.

— Se precisarem de alguma coisa, me avisem — diz Sabina, e olha para a tela do computador. — Mas tentem não precisar de nada.

Enquanto voltamos para a nossa mesa, sussurro para Three:

— Divirta-se tentando conseguir sua carta de recomendação. Se é que alguém aguenta ficar do seu lado por tempo suficiente para você pedir uma.

O sorriso de Three é tranquilo.

— Era para eu estar preocupado?

— É verdade, com certeza você tem uma poupança bem gorda, e não há nada como o bom e velho suborno como plano B. — Abro um sorriso radiante. — Só me faça o favor de ser pego, beleza? Eu adoraria escrever essa matéria.

— Você não daria conta de uma história dessas — revida Three, com um tom ríspido.

Insulto recebido, mas não dói. Já estou acostumada com Three brincando de me menosprezar. Já é uma vitória saber que o irritei o suficiente para ele revidar.

— Escrever sobre sua derrocada seria o auge da minha carreira jornalística — respondo, e me solto na cadeira.

Three senta com mais calma e, ao meu lado, vejo que sua expressão já se apresenta mais leve.

— É uma honra saber que se preocupa tanto comigo, Evans. Você deve amar ficar ao meu lado. Por isso ainda não desistiu?

A vitória borbulha em minha barriga como se eu tivesse comido um doce e só mais tarde percebido que estava estragado.

— Na verdade, sua presença é indiferente para mim. — Pego meus fones e os ajusto nas orelhas, para nem ouvir o que ele ainda tem a dizer.

Não me sinto mais tão vitoriosa, mas pelo menos sei que não perdi. Mesmo assim, me incomoda perceber que Three tem razão: eu me preocupo muito com ele.

Com a vaga na editoria Vida no Campus e o ingresso no curso de Jornalismo em jogo, preciso direcionar minha atenção para as coisas certas.

De volta ao dormitório, não me surpreende descobrir que Ellie saiu. Ela passa muito tempo fora do quarto e amanhã não tem aula. Provavelmente, vai aparecer no meio da madrugada, e, mesmo que sempre volte fedendo a cerveja e maconha, ainda não a vi sofrendo de uma ressaca nem tropeçando a caminho da cama.

Mal fechei a porta do quarto quando ouço alguém batendo de leve à porta do banheiro. Ellie mantém a porta religiosamente trancada, mesmo que só tenha Dara e Madison do outro lado. Acho que deve ser algum hábito de quem tem irmãos, não entendo. Ao que tudo indica, as três irmãs mais novas de Ellie vivem mexendo nas coisas dela.

Destranco e abro a porta do banheiro. Dara está esperando do outro lado.

— Oi — sussurra ela. — Posso ficar aqui com você? Madison foi dormir cedo.

Uma parte pequena e patética de mim fica muito animada. Ela quer ficar aqui comigo!

E, ainda que seja porque Madison foi dormir cedo e eu sou o último recurso, concordo mesmo assim.

— Claro que pode — respondo, e abro a porta por completo. — Desculpa. Por mim, você poderia vir sempre que quisesse, mas a Ellie é meio esquisita com essa história de mexerem nas coisas dela.

Dara sorri para mim e fecha a porta do banheiro.

— Ellie é meio esquisita, tipo, com tudo.

Solto um suspiro.

— É. Que bom que não fui a única a perceber.

Jogo meu moletom na cama e me acomodo nela em seguida.

Dara se aproxima da minha escrivaninha, que fica no pé da cama, e se empoleira na cadeira.

— Deus me perdoe, mas a Madison também é. Ela foi dormir, tipo, às nove. E o sono dela é *muito* leve. Fiquei escondida no banheiro esperando você chegar. — Ela dá um tapinha na testa. — O que soa deprimente. Mas estou conversando com um cara que conheci no Buckonnect e as coisas começaram a ficar meio... — Ela dá de ombros e sorri. — Ficou esquisito, considerando que a filha do pastor estava dormindo a um metro de distância.

Tento parecer confortável. Não é que eu seja contra o sexo virtual consensual, mas falar de sexo sempre me deixa travada. Todas as pessoas da minha idade só pensam em sexo, quem está transando e quem não está, quem já transou e quem não transou e, se não, até onde já foi. Minha falta de experiência é motivo de vergonha. Não tenho nada a acrescentar a não ser uns amassos quando fiquei bêbada depois da formatura e um cara de quem eu nem gostava pegou no meu peito por cima do vestido, e uma outra vez que envolveu um beijo inocente em uma festa anos atrás, com um cara de quem eu *até* poderia ter gostado se ele tivesse olhado na minha cara de novo, mas não olhou.

Não é que eu não tenha vontade de beijar, fazer sexo e todas as coisas que vêm no pacote — encontros, andar de mãos dadas em público e ter alguém que você não veja a hora de encontrar no fim de todo dia. Eu sou leitora de histórias românticas. É óbvio que quero um romance.

Mas se expor é assustador. Especialmente sendo gorda. *Especialmente* sendo gorda e inexperiente enquanto parece que todo mundo está a todo vapor. Falar sobre isso faz todo mundo questionar o motivo de eu não ter feito nada ainda — ou, pior, *nem* questionar —, e não gosto de alimentar ainda mais o estereótipo das "pessoas gordas que não são desejáveis e não servem para o sexo".

Então, me concentro no que *consigo* sustentar nesta conversa.

— O que é Buckonnect?

— Você mora em uma *caverna*? *Buckonnect*!

Dara desliza o dedo pela tela do celular e vira o aparelho para mim. Engatinho até o pé da cama e deito de bruços, espiando por cima da escrivaninha para olhar. Parece um aplicativo de mensagens comum, só que sem fotos de perfil. Dara vira o celular de volta depois de eu ter dado uma olhada.

— É um aplicativo de relacionamento que um estudante do terceiro ano desenvolveu para um projeto. Ele arranjou alguns voluntários para testar a versão beta, e a coisa estourou. Todo mundo está usando agora. Baixei o aplicativo esta semana, porque acho que Kayla e Yasmin... Você conhece Kay e Yas, né? Elas estão sempre no meu quarto. Acho que elas estão, tipo, ficando. E não quero ficar de vela, então baixei o Buckonnect. Ele cria um nome de usuário aleatório de acordo com um prédio do campus e é *hipermega-anônimo*, e aí você dá os matches com base na sua orientação sexual. Além do nome de usuário, o aplicativo só mostra seus pronomes. Daí para a frente, você escolhe quanto quer compartilhar e quando. Tipo, troquei números de celular com esse cara com quem estou conversando, mas não mostrei meu rosto ainda.

— Nossa, interessante, acho. Estou surpresa por não ter ouvido falar disso antes. — E, se não ouvi, é porque ninguém escreveu uma matéria sobre isso ainda, nem o *Two Minute News*. Lâmpadas se acendem sobre minha cabeça. — Conta mais. Acho que vou escrever alguma coisa sobre isso para o jornal.

Só percebo o que fiz quando as palavras já escaparam da minha boca. Lá vou eu de novo, transformar todas as conversas em uma possível matéria, a mania que espantou os poucos amigos que já tive.

Mas fico aliviada quando noto a animação no rosto de Dara.

— Eu seria uma fonte? Tipo, creditada?

— Claro, se quiser ser — respondo, e vou para a outra ponta da cama para alcançar minha mochila. Pego o notebook, ligo e me ajeito sentada com as costas apoiadas na parede. — Pode virar uma reportagem muito boa. Não acredito que ninguém pensou nisso antes.

Parece muito mais legal do que minha pauta sobre as baratas, que eu já sabia que era fraca. Os problemas dos dormitórios mais antigos já são um assunto bem conhecido. Não é como se alguém fosse se chocar descobrindo que eles têm baratas.

Nunca me imaginei escrevendo para a seção de tecnologia do *New York Times* nem nada do tipo, mas conseguir um furo sobre um aplicativo que começa a se espalhar pelo campus chamaria a atenção de Sabina, definitivamente.

— Ainda é bem novo, mas tenho certeza de que mais da metade dos alunos vai estar no aplicativo até o final do jogo de sábado — diz Dara.

Ela está certa: as notícias correm rápido nos jogos de futebol. No domingo à noite, Dara confirma que a quantidade de usuários do Buckonnect dobrou, como esperado.

Quando chego na redação do *Torch* na segunda-feira, já tenho uma estrutura do texto e um rascunho da minha reportagem sobre o Buckonnect prontos. A empolgação de Dara sobre toda essa história me deixou otimista, e o sentimento fica mais intenso quando vejo a mesa dos focas sem ninguém. Se Three não veio, hoje é meu dia de sorte, sem dúvida.

Deixo minhas coisas no meu espaço e sigo imediatamente até a mesa de Mel, que está rolando a tela do computador com a cabeça apoiada no punho fechado.

— Oi, você tem um minuto? — pergunto. — Porque eu tenho uma ideia muito boa de matéria para a Vida no Campus e gostaria de mostrar para você.

Mel olha para mim, se espreguiça e reclina um pouco contra o encosto da cadeira.

— Aquela sobre as baratas?

Pelo tom de voz, fico feliz por ter arrumado um plano B. Mel claramente não tem interesse nenhum nas baratas na Escada. Me pergunto por que Sabina não me avisou. Ela devia saber que não haveria interesse algum se até Mel, editore-assistente da Vida no Campus, já tinha se preparado para recusar minha pauta. Talvez Sabina só quisesse me fazer aprender pela dor.

Meu Deus, eu já estou pronta para começar a aprender pelo amor.

— Não, muito melhor. — Desse jeito, pelo menos Mel vai saber que eu reconheço o que é ou não relevante para ser publicado. — Você já ouviu falar do Buckonnect?

Mel arqueia a sobrancelha.

— Ontem mesmo.

— Então! Não é? — Não consigo conter o entusiasmo em minha voz. Seria perfeito publicar a matéria na edição desta semana, já que as pessoas estão começando a ouvir sobre o Buckonnect só agora, depois do final de semana. — A quantidade de usuários explodiu depois do jogo de futebol...

— Eu sei — responde Mel.

Meu sorriso endurece, porque já começo a esperar uma frase bem frequente na redação do *Torch*: "Perdeu o furo". É claro que o *Two Minute News* não perderia uma chance dessas. Enquanto eu me matava fazendo um rascunho com todos os detalhes, eles já estavam jogando uma notícia mal-acabada no mundo. Nada disso deveria me chocar...

Mas aí Mel continua:

— Three escreveu uma matéria sobre isso no final de semana.

Não. Foi ainda pior do que o *Two Minute News*.

— Ele... fez o quê?

— Ele mandou um rascunho para mim no sábado à noite. Tecnicamente, recebi no domingo de manhã. — Mel dá uma risadinha, balançando a cabeça. — Acho que ele não dorme. Three já terminou o texto e me enviou tudo pronto ontem à tarde.

Cerro os dentes para não fazer cara feia. Tudo no meu estômago se transforma em ácido. Odeio sentir inveja do respeito que ouvi no tom da voz de Mel. Odeio que Three tenha feito por merecer esse respeito. Odeio não saber como encerrar a conversa sem me entregar: tivemos a mesma ideia, ele foi mais rápido, a única pauta que me restou é sobre pragas.

Odeio saber que estou prestes a tentar mesmo assim.

— Quer saber? Hum, acho... que talvez eu deva esperar um pouco mais. — Forço um sorriso e torço para que ele seja natural. — Especialmente se Three já cobriu a parte básica. Tenho certeza de que não queremos duas reportagens sobre o Buckonnect publicadas ao mesmo tempo.

Mel pisca para mim.

— Talvez a gente queira. Sempre dá para ampliar a matéria dele se você tiver um material bom.

Droga.

— Acho que dá para melhorar — respondo rápido, dando um passo para trás. — Posso ir mais fundo.

Mel assente.

— Tudo bem. Você tem mais alguma coisa para sugerir?

Engulo em seco.

— Pode ser que sim! — Minha voz sai desafinada. — Eu vou... vou rascunhar algumas coisas. Organizar algumas ideias.

— Posso pedir que reservem o espaço para você. Precisaria saber o quanto antes.

— Claro! Eu te aviso.

Levanto o polegar e me arrependo na hora. O gesto não ajuda em nada, não desfaz a cara de incerteza de Mel e acho que só deixa meu sorriso mais forçado.

O que me consola é que a mesa dos focas continua vazia quando volto e permanece assim pelo resto da tarde. Se Three descobrisse que a matéria dele foi aceita antes da minha, acho que eu não sobreviveria à vergonha.

03

— Por que você está tão triste? — pergunta minha colega de trabalho Jennie, espiando por cima do balcão de atendimento da biblioteca.

De todas as funções que já cumpri na biblioteca desde que comecei a trabalhar aqui no início das aulas, ficar no balcão de atendimento é a que menos dá trabalho e, por isso mesmo, a melhor. Infelizmente, quem costuma ficar aqui é Susan, uma funcionária fixa que trabalha no campus há mais de vinte anos, ou Jennie, de vez em quando, que, como veterana, já fez um pouco de tudo.

Só estou no balcão de atendimento agora porque Susan está no intervalo e, como meu chefe, Scott, falou, "não vai ter muito o que fazer aqui".

Scott não é meu fã número um. Nem meu, nem de ninguém. Ele é um homem atarracado, cujo rosto está sempre vermelho, e parece se divertir muito infernizando a vida de todos nós, especialmente a minha. Todo pequeno erro que cometi desde que comecei a trabalhar — de deixar um carrinho no corredor até me esquecer de trancar os banheiros na hora de fechar a biblioteca — me rendeu uma bronca pública de Scott. Ele adora transformar os menores deslizes em exemplos.

Mas ele não mentiu quando disse que não haveria muita coisa para fazer no balcão de atendimento. Com o fim das provas, a biblioteca fica às moscas. Todo mundo sai para comemorar.

Eu deveria ter alguma coisa para comemorar também, mas, depois de perder minha matéria sobre o Buckonnect hoje, virei um poço de autodepreciação e desgosto. Queria ser uma daquelas pessoas que usam os fracassos como combustível para melhorar, mas minhas falhas me jogam um balde de água fria. Não sei perder.

— O otário que divide a mesa dos focas comigo roubou minha pauta. — Resmungo e enterro a cabeça entre as mãos. — É claro. Eu deveria ter mandado um e-mail para alguém no final de semana falando sobre ela, mas não faz diferença. A reportagem dele estava pronta para ser impressa. Ouvi dizer que mal precisaram editar.

Jennie faz um ruído que manifesta empatia.

— Não vou fingir que sei o que é uma mesa dos focas, mas sinto muito, parece ter sido uma droga.

Afundo um pouco mais na cadeira.

— É uma droga. Achei que estava prestes a conseguir minha primeira publicação. Minha primeira *qualquer coisa* no *Torch*.

— Bom, quem sabe na próxima? Como ele conseguiu roubar sua matéria, aliás?

Engulo em seco. Ok, tecnicamente ele não roubou. Ninguém nem sabia que eu estava escrevendo sobre o aplicativo. Não é como se Three tivesse hackeado meu computador ou algo do tipo.

— Tanto faz — respondo, mudando de assunto. — O que passou, passou. Também fui mal na prova de Estatística, algo com que eu deveria estar me preocupando de verdade.

— Ai! Estatística é difícil mesmo. Fiz essa matéria quando era caloura.

Jennie é aluna do curso intensivo de Engenharia, então duvido que Estatística tenha sido um desafio tão grande para ela quanto é para mim.

— E aí, meninas? — diz Susan ao voltar do intervalo. — Obrigada por me substituir no balcão, Wyn. Ocorreu algum problema?

— Nenhum. — Eu me levanto da cadeira dela. — Isso aqui está deserto.

— Não totalmente — contesta Susan, um pouco nervosa. — Scott me pediu para te avisar que o cara do pornô está no terceiro andar outra vez.

Continuo olhando diretamente para ela.

— E o que Scott espera que eu faça?

Susan responde com um sorriso tímido. Eu me viro para Jennie pensando em pedir ajuda, mas — *puf* — ela foi embora em um passe de mágica.

— E por que o Scott não pode ir lá? — reclamo. — Ele é um homem adulto.

Susan levanta as mãos.

— Desculpa. Só trouxe o recado.

Suspiro, depois reviro as gavetas até achar uma régua. Susan assiste a tudo com uma expressão confusa, mas não estou a fim de dar explicações.

Entro no elevador soltando fogo pelas ventas. Scott tinha que resolver isso sozinho ou mandar outro funcionário, considerando que já expulsei esse cara daqui antes.

Às vezes penso se isso não é algum trote da biblioteca.

A porta do elevador se abre para o silencioso terceiro andar. Todas as mesas estão vazias, menos a última, onde o sujeito está. Espero sinceramente que o andar vazio não signifique que ele esteja fazendo alguma coisa pior do que só *assistir* a pornô. Se eu der de cara com um pênis agora, acho que me demito.

O único lado positivo — se é que tem algum — é que o pervertido do pornô assiste aos vídeos sem som. É assim que ele passa despercebido. Se fizesse barulho, Scott teria o bom senso de proibir a entrada dele.

— Ei! — Não faço o menor esforço para falar baixo. Bato a régua no canto da mesa e o barulho ecoa. — Já falei uma vez. Você não pode fazer isso aqui.

O cara levanta o olhar da tela. Seus olhos brilham quando ele me encara.

É extremamente irritante.

Bato de leve com a régua no computador dele.

— Sai daqui. Na próxima, vou chamar a polícia por… coisas… indecentes.

O homem sorri sem mostrar os dentes. Daria um ótimo assassino em série canibal na televisão.

Não recuo nem um centímetro.

— Estou falando muito sério — sussurro, com um tom mais ameaçador. — Se eu te encontrar aqui fazendo isto mais uma vez, vou mandar adesivar todas as paredes com uma foto sua para garantir que nunca mais te deixem entrar aqui. Sai daqui! — Aponto a régua para ele, depois para o elevador.

O homem fecha o computador lentamente, sem desviar o olhar de mim. Sinto uma onda de nervosismo, como se quisesse correr. Enquanto se levanta, não tiro os olhos dele, fico atenta a tudo conforme ele contorna a mesa e anda em direção ao elevador. Não lhe dou as costas.

No instante em que a porta do elevador se fecha com ele lá dentro, desmonto contra a parede. Não entendo como isso pode se repetir, como a rede de wi-fi da biblioteca não bloqueia sites de pornografia. Talvez ele tenha baixado no computador, mas...

Pego meu celular e abro uma nova aba, testando alguns sites de pornografia que conheço de cabeça. Todos carregam sem problemas.

Fecho as abas e guardo o celular no bolso, uma ideia começa a se desenvolver.

Foi surpreendentemente fácil fazer Mel embarcar na minha pauta sobre os espectadores de pornografia em locais públicos. Meu rascunho abrangia todas as informações básicas sobre os pontos de acesso da rede de wi-fi do campus, bem como algumas histórias aterrorizantes sobre o assunto, coisas que já haviam sido publicadas em veículos maiores ao redor do país.

Havia muito o que falar — a era dos smartphones facilitando o acesso à pornografia em qualquer lugar; o medo de retaliação ou ridicularização, especialmente entre as mulheres, ao confrontar alguém que está assistindo a pornografia em público; e citações de uma matéria que encontrei no arquivo digital do *Torch* envolvendo uma aluna que deu uma entrevista sobre um cara da sala dela que assistia a pornografia durante as aulas. Quando ficou pronta, a reportagem pintava o cenário de um problema crescente no campus, pessoas que assistiam a vídeos de pornografia em público. Destacava o perigo a que as pessoas estão expostas quando o objetivo de ver pornografia em público é ser visto fazendo isso, o que poderia acontecer se isso progredisse para algo mais... mão na massa e o que isso representa para a segurança e o conforto de todo mundo no campus.

Senti a empolgação de Mel enquanto elu lia meu rascunho. Quando levamos a história para Sabina, ela aprovou imediatamente.

Me senti vitoriosa. Quando eu era criança, queria ser a detetive Nancy Drew ou a Pequena Espiã, viver descobrindo a verdade e capturando os vilões. Conforme fui crescendo, percebi que isso significava ser Lucy Morgan, a primeira mulher a ganhar um prêmio Pulitzer de Reportagem Investigativa, ou um dos membros da equipe Spotlight do *Boston Globe*, porque nada é melhor que uma estrondosa denúncia pública para pôr um vilão na linha. E agora, finalmente, as pessoas poderiam ler *minhas* palavras no *Torch* — minha primeira reportagem séria como candidata ao curso de Jornalismo.

Mas acontece que *ler* minhas matérias é justamente o que afasta a maior parte das pessoas. Descobri isso quando a última edição do *Torch* foi publicada e vi que a manchete que enviei, "Banir o acesso a pornografia em público: seria essa a chave para um campus mais seguro?", foi impressa com duas palavras a menos: "Banir o acesso a pornografia: seria essa a chave para um campus mais seguro?".

Só percebemos quando as cópias físicas já tinham sido impressas e a edição estava publicada no site. Pensei que editar a versão digital resolveria. A maior parte das pessoas nem lê a edição física do *Torch*, de qualquer forma.

Mas, dois dias depois, volto para o dormitório depois do trabalho e Ellie diz:

— Por que as pessoas estão me mandando mensagens perguntando o que minha colega de quarto puritana tem contra pornografia?

Eu mal havia fechado a porta. Ela me encara da escrivaninha com a testa franzida.

— Eu nem sabia que você era religiosa — acrescenta.

— Não sou — respondo.

— Bom, o comentário geral é que você está tentando banir a pornografia do campus. Tipo, todo mundo está falando disso.

Meu estômago revira.

— Por favor, me diz que você está de brincadeira.

Ellie arregala um pouco os olhos.

— Você não sabia?

— Oiee. — Dara hesita ao colocar a cabeça para dentro do quarto pela porta do banheiro. Seu sorriso quase forma uma careta. — E aí?

— Wyn, eu queria te agradecer — fala Madison, atrás dela. — Meus pais adoraram saber que minha colega de suíte tem princípios morais alinhados com os meus.

— Meus princípios não são... Eu não estou tentando... Espera, seus *pais*? — Deixo a mochila em cima da escrivaninha e me deixo cair na cadeira, sem entender nada. — O que está acontecendo? As pessoas nem leem o *Torch*. — Normalmente dói admitir isso, mas estou anestesiada para tudo neste momento, menos para o pânico.

— Tem uma fraternidade, tipo, protestando — conta Dara. — Tau Delta, acho?

Minha respiração acelera.

— O quê?

— Eles postaram uma coluna de opinião no site da fraternidade falando sobre como o banimento da pornografia no campus seria uma violação de direitos individuais.

— E o *Two Minute News* fez a cobertura de tudo — acrescenta Ellie, mostrando o vídeo no celular.

Ela exibe os primeiros segundos, enquanto a pessoa do vídeo fala rapidamente:

— *Uma repórter caloura do* Torch *propôs o banimento da pornografia no campus, e pelo menos uma fraternidade já entrou no debate...*

— Eu não estou tentando banir a pornografia do campus. Não estou nem tentando banir nada! Só escrevi uma matéria sobre como é perigoso permitir pornografia nos pontos de acesso público, porque isso cria a possibilidade de as pessoas acessarem pornografia em público e serem vistas fazendo isso. — Olho para minhas colegas de suíte, que me encaram, inexpressivas. — *Nenhuma de vocês chegou a ler?*

— Ah, bom, eu ia ler — responde Dara, rápido.

— Eu não ia — diz Ellie.

— Meus pais restringem minha internet, então, tecnicamente, não posso ler — defende-se Madison. — Tem "pornografia" no título. — Ela sussurra a palavra "pornografia" como se os pais dela estivessem ouvindo. — Mas contei tudo para eles, e eles ficaram muito felizes.

— Você contou para eles sobre uma matéria que não leu?

O rosto de Madison cora.

— Ah, contei o que ouvi dos outros.

Coço a testa.

— Vocês sabem que é assim que a desinformação se espalha, não sabem? Não estou tentando banir a pornografia do campus. *Só* em público. E nem estou *tentando*... Já estou sendo repetitiva. Realmente falando em círculos. Ok. Estou de saída.

— Ei, Wyn, não... — O protesto de Dara é interrompido pela batida da porta quando irrompo do quarto.

O corredor do dormitório está cheio de gente, e todas as cabeças se viram na minha direção. Sei que algumas daquelas pessoas me conhecem, tenho certeza de que as fofocas vão começar assim que eu virar as costas.

— Eu não estou tentando banir a pornografia no campus — argumento em voz alta. — *Por favor*, leiam a matéria inteira. *Meu Deus.*

Depois me viro e começo a andar em direção às escadas, descendo como um raio até o térreo e partindo para a noite fria de outono. Caminho um pouco a esmo, até meus pés me levarem para perto da academia, onde há sempre um movimento constante de gente entrando e saindo.

A porta do centro aquático se abre, e Three passa por ela. Como se o universo tivesse ido buscá-lo e o jogado aqui, na minha frente e na mira da minha raiva.

Ele carrega uma mochila de academia pendurada no ombro, está com o cabelo molhado e não percebe quando me aproximo a uma velocidade vista pela última vez em um livro didático de Matemática do Ensino Fundamental.

Até que entro no caminho dele, criando uma rota de colisão.

— *Meu Deus*, Evans, o que é isso? — diz, me segurando pelos ombros antes de nos chocarmos e darmos início ao próximo Big Bang, lançando ao universo toda a fúria que formaria uma novíssima paisagem infernal.

— Foi você, não foi? — Avanço mais um pouco e ele me solta, recuando até encostar na rampa atrás dele. — Você mexeu na minha manchete.

Noto a tremidinha rápida nos cantos da boca, ainda que o olhar permaneça firme.

— Eu não fiz nada. Por que eu mexeria na sua manchete?

Os dentes inferiores se projetam sutilmente, como se ele pretendesse morder um sorriso que tentava segurar.

— Para. Mexer. Comigo. — Pontuo palavra por palavra cutucando o peito dele.

Three segura minha mão.

— Ok, é evidente que você está enfrentando uma noite daquelas. — Ele empurra meu dedo de volta ao punho fechado. — Não mexi na sua manchete nem com você.

Mas ele está se portando de modo presunçoso demais para quem não fez nada. Fica claro que está saboreando uma vitória.

— Me solta. — Arranco minha mão da dele.

Three sorri.

— Foi você quem me tocou primeiro.

— E foi você quem fez o primeiro movimento. — Aponto para ele de novo, mas dessa vez a alguns centímetros de distância. — Lembre-se disso. Você começou.

O sorriso dele fica mais largo.

— Não faço a menor ideia do que você está falando.

— Aham, beleza. Ok. Pode se fazer de bobo o quanto quiser. Acha que vou acreditar nisso enquanto a porcaria da sua fraternidade está fazendo posts sobre a minha matéria?

— Ah — diz ele, como se tudo ficasse mais claro. — Entendi. A história de banir a pornografia. Sou só um calouro, nem sei se essa vai ser mesmo a porcaria da *minha* fraternidade, sabe? Mas, puxa, sinto muito por eles terem deixado você tão abalada.

Abalada. Meu coração dá um pulo, como se me avisasse que eu estava caindo em uma armadilha.

Claro que ele está satisfeito. Estou fazendo exatamente o que ele quer.

Ranjo os dentes, me esforçando para não perder a linha.

— Quer saber? Não tenho mais nada para falar com você. Já falei tudo que era necessário.

Eu me viro para ir embora.

— Falou o quê, exatamente?

Minha frágil bolha de autocontrole explode, então grito por cima do ombro:

— Não vai ter *arrego*, Wellborn. Foi isso que eu falei.

— Uau, tudo bem — responde ele, rindo. — Vou manter isso em mente!

É o tom debochado que me tira do sério. Pensei esse tempo todo que só precisava provar que eu era uma jornalista melhor. Mas é óbvio que os métodos de Three não envolvem só ser um repórter melhor do que eu: ele quer entrar na minha cabeça e me perturbar. E, caso eu não entre no jogo dele, vou acabar derrotada. Não vou conseguir a vaga na editoria Vida no Campus seguindo as regras.

Na volta para o dormitório, faço milhares de planos para acabar com a vida dele, movida pela raiva e por aquele sorrisinho dele, idiota e satisfeito consigo mesmo.

Até chegar no prédio e perceber que saí do quarto sem nada — sem celular, cartão de acesso, nem documento. À porta do edifício, sacudo a cabeça e solto um grunhido de frustração.

— Hã... está tudo bem?

Levanto a cabeça. Lincoln está parado ao meu lado, a caminho da porta, como se eu estivesse obstruindo a passagem.

— Ai, graças a Deus! — Respiro aliviada. — Esqueci meu cartão de acesso. E meu celular. E todas as outras coisas que eu deveria ter levado comigo quando saí.

Lincoln sorri e acena na direção da porta. Ele a destranca e a segura aberta para eu passar.

— Você é meu herói — digo ao entrar. — Sério, a única coisa boa que me aconteceu o dia todo foi encontrar você.

— Não precisa me bajular. Já te deixei entrar. — Ele sorri para mim com ar debochado conforme nos dirigimos ao elevador.

— Bom, eu quase te mutilei no outro dia e agora estou aqui pedindo favores. Nada mais justo do que dar alguma coisa em troca.

Alguém bate à porta atrás de nós e viramos ao mesmo tempo. Tem uma menina parada lá fora de calça de pijama e moletom, com o cabelo preso em um coque desleixado. Ela aponta para a porta e faz um gesto, imitando o movimento de abrir.

O sorriso de Lincoln perde parte do brilho quando ele vai até lá e abre uma fresta.

— Está sem o cartão de acesso?

O elevador apita e a porta se abre, mas eu espero.

— Vim visitar uma pessoa — diz ela, avançando como se quisesse passar por ele.

Olho com mais atenção, e o rosto dela não me parece estranho. Tenho certeza de que já a vi passar por meu quarto para ver Ellie, apesar de ser um desafio me lembrar de sua longa lista de visitantes.

Lincoln impede a passagem.

— Se não mora aqui, não posso deixar você entrar.

Ela dá um passo para trás e assume um ar sarcástico.

— E você é o quê, a polícia?

— Sou assistente de residência.

A expressão dela endurece.

— Espera — interfiro, antes de ela ir embora. — Acho que você vai no meu quarto. É o 202, certo?

A garota olha para mim pela primeira vez, seu rosto se ilumina novamente.

— É — confirma, tentando passar por Lincoln. — Valeu.

Ele olha para mim hesitante, mas aceno autorizando a entrada da garota.

— Está tudo bem. Eu a conheço.

Lincoln abre a porta e a deixa passar, mas não parece muito à vontade com a decisão. Tento transmitir confiança com meu sorriso, mas ele está focado na garota nova entrando no prédio. Talvez tenha ficado bravo — eu o desautorizei, de alguma forma.

Subimos ao primeiro andar em um silêncio esquisito, e eu e a menina saímos juntas do elevador. Faço tchauzinho para Lincoln e agradeço outra vez, e a resposta dele é um sorriso pálido.

Então, a porta do elevador se fecha, e a garota me pergunta:

— Ei, não é você que está tentando banir a pornografia no campus?

Eu me arrependo instantaneamente de ter permitido a entrada dela no prédio.

04

Durante os dias seguintes, acompanho Three como se ele fosse minha série preferida, meu único interesse, o único pensamento no meu cérebro.

O que, sinceramente, até pode ser verdade.

Não tenho um plano definitivo. Quando se trata de investigação, no entanto, observar é fundamental. Se quero descobrir como derrotar Three, preciso saber mais sobre ele, os pontos fortes e os pontos fracos, quando come, onde mora. Por enquanto, sou um esquilo me preparando para o inverno, acumulando pedacinhos de informação e estocando para mais tarde. E, quanto mais eu demorar para atacar, mais nervoso ele vai ficar tentando adivinhar meu próximo movimento, indagando-se quando vou agir.

Pelo menos, *deveria* ser assim. Mas, pelo que tenho visto — e tenho visto bastante, porque é fascinante as coisas que você vê quando está a um passo de entrar no território dos stalkers —, Three não está preocupado comigo, apesar da minha declaração de guerra.

O que faz meu sangue *ferver*.

Passo dias inteiros em um silêncio mortal na mesa dos focas, ignorando as iscas que ele joga. É uma técnica que funciona. A cada comentário sarcástico que ignoro, ele se empenha um pouco mais em tentar me tirar do sério.

Mesmo que não sirva de nada, meu tratamento silencioso é o que há de melhor.

Minha paciência é recompensada: poucos dias depois de iniciada nossa guerra fria, ele comete um erro grave.

Three digita a senha do computador quando estou olhando.

Estamos na aula de Estatística, então esse é um erro compreensível. Ele não tem motivos para esperar que eu esteja olhando para tudo sempre atenta. Mas estou tão hiperfocada que em poucos minutos já tenho uma lista de possíveis senhas digitadas.

sinto0522
sento0522
ponto0522
punto0522
pinto0522

Pegar os números foi a parte mais fácil. Mas eles não terão serventia se as cinco primeiras letras sequer formarem uma palavra. Mesmo assim, preciso pelo menos tentar.

Então espero meu momento. Three sempre deixa o computador ao meu lado, sem supervisão, ainda que sempre bloqueado. Já virou um hábito.

E é por isso que mais tarde, na redação, quando estamos trabalhando no mais absoluto silêncio, lado a lado, Three fecha o computador e, sem nem olhar para mim, se levanta e sai da sala. Pode estar indo fazer qualquer coisa — ir ao banheiro, pegar um lanche, dar uma volta. Não tenho tempo a perder.

Depois de olhar em volta rapidamente para ter certeza de que ninguém está me observando, eu me aproximo mais do notebook e o abro.

Sei que tenho um número limitado de tentativas. Se bloquear o acesso, vai ficar evidente que eu sou a culpada, e ele vai saber que meu silêncio durante a semana toda era parte de um jogo.

Meus dedos pairam sobre o teclado. Fecho a mão com força e volto a abri-la para digitar *punto0522*.

Errado.

Cubro a boca com a mão, meu coração dispara. Olho para a porta. E faço uma nova tentativa: *ponto0522*.

Errado.

Meu estômago revira. Abaixo da caixa de texto onde digito as senhas, aparece uma mensagem: "1 tentativa restante".

Se eu errar a próxima, estou ferrada. Respiro fundo, repenso. Talvez não fosse com P. Talvez fosse com S. *Sinto,* ou *santo,* ou *sento.*

Fecho os olhos, confio na minha intuição, e digito *pinto0522.*

Quando abro os olhos, estou olhando para o navegador em que Three fazia a apuração para uma matéria sobre crimes no campus, uma encomenda de Angélica.

E, embalada pelos sinos da vitória que repicam como o grito característico de todos os babacas do mundo, só tenho um pensamento: *Deu certo.*

Saio da aba aberta e navego pelas janelas minimizadas. Olho a área de trabalho e as pastas, até achar uma com o nome "Torch", que guarda um documento com o nome "Ideias".

É quase bom demais para ser verdade.

Abro o arquivo e dou uma olhada rápida na lista. É mais longa do que eu esperava e...

Diferente. Muito diferente do que eu imaginava que seria.

Prendo a respiração enquanto leio linha a linha sobre falta de diversidade no campus, benefícios da terapia remota disponível na clínica de saúde, aulas de autodefesa na academia, propostas de segurança para o campus, um egresso da universidade gerenciando um projeto de ampliação da exploração do espaço, um grupo de estudantes de Direito colaborando para evitar os trotes das fraternidades.

É tudo tão bom que quase dói ler. Não só fica claro que ele é um bom repórter, como mostra que está *concentrado* em escrever. Enquanto eu estou concentrada nele.

Talvez eu pudesse ter chegado a algumas daquelas ideias também se não estivesse tão bitolada na minha missão de superá-lo.

Mas já estamos aqui. Agora vou terminar o que comecei.

Olho para o último item da lista: o plano de demolição de um dos complexos de habitação afiliados à universidade, Buckeye Crossing, a opção mais acessível e parcialmente dedicada a alunos quc têm família.

Pulo de susto ao ouvir um barulho atrás de mim e me viro para a porta. Mas Three ainda não voltou. Brent, nosso TI, está mexendo em um computador sobre uma das mesas no fundo da sala.

Mesmo assim, é suficiente para me fazer lembrar que meu tempo é limitado.

Fecho o documento e bloqueio a tela do computador de Three. Depois, meu coração acelerado diminui as batidas e volto ao trabalho. Escuto a porta abrir no mesmo instante em que um pensamento terrível passa pela minha cabeça.

Ele deixou o notebook fechado.

Olho depressa para o computador, aberto, com a tela apagada. Perco a linha com a onda de pânico e todas as palavras que digito saem erradas. Minha tela vira uma coleção de tracinhos vermelhos.

Three joga um saco de batata chips sabor sal e vinagre em cima da mesa. Ele se senta, hesita e olha para mim.

Mantenho o olhar cravado na tela do meu computador, mas a longa encarada dele tem um efeito inesperado em mim. Meus dedos tropeçam no teclado, apreensivos.

— Para de olhar para mim — resmungo, cerrando os punhos e estalando os dedos. Reúno um pouco mais de força. — Sim, eu tenho opiniões sobre as coisas que você come no lanche. Não, eu não quero conversar por tempo suficiente para compartilhá-las. Mas saiba que estou te julgando mentalmente.

— Aposto que você nunca experimentou — responde ele, depois de uma longa pausa, e volta ao computador.

Three pega o pacote de batatas e abre, e o cheiro é tão forte que sinto o nariz formigar por dentro.

— Sério? — Empurro a cadeira dele com a perna. — Vai comer isso pra lá.

O pacote farfalha quando ele enfia a mão para pegar uma batata, que põe na boca e mastiga com um ruído alto. Ele faz um barulho de satisfação e estende o braço na minha direção, oferecendo a embalagem.

Empurro a mão dele.

— Cai fora.

— Pega uma.

— Prefiro beber água sanitária.

Ele sacode o pacote.

— Aposto que você não diria isso se provasse uma.

— O que te faz pensar que nunca provei? — retruco, finalmente me virando para encará-lo.

Three abaixa a cabeça, olha para mim por baixo dos cílios. Meu coração dá um pulo desleal.

— Você parece ser o tipo de pessoa que julga as coisas antes de dar uma chance para elas.

O jeito como ele olha para mim me deixa imediatamente na defensiva. Os argumentos se atropelam em minha boca: "Eu te dei uma chance, e você jogou fora. Podíamos ter sido amigos. Como se atreve a me acusar de ser o problema?".

Fecho a boca com os argumentos dentro dela. Porque estou começando a entender qual é a do Three, e a última coisa que posso fazer é deixá-lo perceber que me importo. É como Dara diz sobre relacionamentos: "Se você se importa, você perde".

Olho para ele com uma expressão fria.

— Não preciso comer merda para saber que o gosto é ruim. O mau cheiro diz tudo, e isso vale para personalidades de merda.

O sorriso de Three fica mais tenso, mas ele não está bravo. Está satisfeito. E percebo tarde demais que o pânico de ser descoberta me fez quebrar o tratamento silencioso. Ele conseguiu me tirar do eixo e me superar mais uma vez na nossa guerrinha.

Mas tudo bem, concluo ao me deitar na cama naquela noite. Porque meu próximo ataque vai ser tão enorme que vai mandar a cabeça dele para o espaço.

Em poucos dias, redijo um rascunho da reportagem sobre o Buckeye Crossing a partir de uma entrevista com a única fonte que consegui convencer a falar comigo. O nome dela é Kate, uma mãe solo prestes a ser expulsa do prédio onde mora, que alguém pretende demolir e substituir por apartamentos de luxo associados ao campus.

Fico surpresa com quanto essa história toda ganha profundidade. Além da questão de pessoas serem obrigadas a abandonar suas casas, existe outro detalhe que não tinha me ocorrido até ela apontar *quem* eram os alvos da universidade: alunos de baixa renda cujo berço são realidades difíceis, uma parcela significativa entre os alunos fora dos padrões tradicionais. Tudo recende ao mau cheiro da hipocrisia de uma instituição que fala tanto sobre abrir mais espaço para a diversidade, algo que falta em todas as áreas, mas principalmente em uma instituição desse porte.

É claro que eu e Kate sabemos o que está por trás dessa história: o dinheiro compra tudo.

Mel ama a matéria e a mostra para Angélica assim que eu a entrego.

— É muito corajoso da sua parte desafiar a faculdade, Wyn, principalmente em questões relacionadas à diversidade — diz Angélica, e vejo seus lábios distendidos em um sorrisinho sutil. — Na época que cursei o primeiro ano, eu era a única menina preta do meu andar, e tinha uma menina que sempre fazia comentários sobre o quanto meu cabelo era nojento quando encontrava um fio no chuveiro ou na pia do banheiro. Depois disso se repetir algumas vezes, uma das amigas que fiz na AEN (a Associação dos Estudantes Negros) falou que eu deveria denunciar essa atitude para a minha assistente de residência. Agora, me explica por que a faculdade me fez enfrentar um processo de conciliação? *Conciliação.* Como se tivesse alguma possibilidade de se chegar a um acordo sobre isso, como se não fosse só um caso de "Ei, deixa de ser racista". — Ela balança a cabeça. — Tentamos publicar muita coisa sobre a falta de diversidade nesta faculdade. Dar destaque aos alunos de realidades menos tradicionais é uma ótima alternativa.

Faço um esforço para encontrar algo a dizer, mas tudo soa falso.

— Não sei se mereço tanto crédito — respondo, enfim, em voz baixa.

Angélica me encara sem mudar de expressão.

— É importante, e esses alunos merecem ter voz. É para isso que estamos aqui: dar voz às pessoas. Talvez o *Torch* não tenha mais tantos leitores quanto antes, mas comunicar ainda é nossa responsabilidade. Sua pauta sobre pornografia foi ótima, e lamento muito pelo erro de digitação.

— Não tem problema — digo, apesar de ainda ser um assunto recorrente pelo campus, especialmente depois do post da Tau Delta, que continua no ar.

— Mas é disso que estou falando — continua Angélica, apontando para a tela do computador. — Se você conseguir seguir nessa linha, acho que sua vaga na Vida no Campus está garantida. Sem brincadeira.

Mel assente para deixar claro que concorda.

— Foi o que eu disse. É exatamente isso.

— Uau, valeu! Isso é muito importante para mim.

Mas não consigo me encher de orgulho como gostaria, apesar de tudo.

Tento sufocar a culpa dizendo a mim mesma que estão elogiando *meu* texto. E Three poderia nem conseguir convencer Kate ou outra pessoa a lhe dar uma entrevista. Não consigo imaginá-lo sentado na cozinha do apartamento dela no complexo parcialmente abandonado de Buckeye Crossing, ouvindo sua história e suas preocupações e tratando tudo com o mesmo cuidado que tive. A ideia pode ter sido dele, mas a apuração foi minha.

Quando volto para a mesa dos focas, Three está olhando para mim com toda a atenção do mundo.

— Posso ajudar? — questiono, tranquilamente, enquanto abro meu navegador para pesquisar algumas estatísticas sobre futebol para Aaron, um dos repórteres esportivos.

— Vou poder ler sua matéria que fez tanto sucesso com todo mundo? — pergunta Three, sorrindo.

Olho para ele com frieza.

— Vai. Quando for publicada semana que vem.

O sorriso dele fica mais caricato, quase como o de um desenho animado.

— Sobre o que é?

— Ah, temos uma manchete ótima em mente. Alguma coisa como "Me erra, Three".

Ele ri.

— Nossa, tudo bem. Entendi. Está com medo de eu ter alguma ideia melhor?

Dou uma gargalhada e me viro para encará-lo.

— Sério? Eu não estou nem aí para você, Wellborn.

05

Quando as aulas começaram, eu passava bastante tempo na sala de convivência, na esperança de conhecer as pessoas do meu andar. Mas parece que ninguém frequenta o espaço sozinho, a não ser para estudar, e as meninas que apareciam por lá em grupos já eram tão grudadas que eu nem tinha como me entrosar com naturalidade. Não é fácil fazer amigos. Não tenho experiência em conhecer gente nova depois de passar tantos anos no mesmo grupo, cercada por pessoas que conheci assistindo a desenhos animados ou com quem brincava quando nossos pais propunham alguma coisa. Devo ter faltado na aula sobre como fazer novas amizades, e estar disponível para fazer amigos é quase tão difícil quanto ir a encontros — talvez até mais.

Fico na sala de convivência quando preciso mudar os ares para melhorar a concentração. E é o que estou fazendo neste momento, tentando terminar meu trabalho de Antropologia, quando Dara e Madison aparecem na escada.

— ... usa o meu e eles nunca vão saber — diz Dara ao abrir a porta. Ela balança o celular na frente do rosto de Madison.

Madison ri e empurra a mão de Dara.

— Seria desonesto.

— Eu acredito que o Senhor me colocou no seu caminho para te ajudar a arrumar uns gostosos na faculdade. — Dara rodopia para longe dela e abre um sorriso quando me vê. — Vocês duas... tão resistentes a uns sacodes em seu mundo.

— Hum, acho que não é a isso que estou resistindo — respondo, enquanto Dara se joga no sofá à minha frente.

— Não posso mentir para os meus pais — argumenta Madison, puxando uma cadeira. — E não acredito que vou achar um cristão bacana que queira um relacionamento sério no Buckonnect.

Tento não demonstrar meu apreço por as duas terem se juntado a mim na sala de convivência, nem que abandonei sem hesitar o trabalho para jogar conversa fora. Estou tão desesperada para fazer amigos que, a esta altura, colocaria até minha média em risco.

— É provável que não — concorda Dara, dando de ombros. Ela olha para mim. — Mas você não está procurando um cristão bacana.

— Eu não estou procurando nada.

— E essa é a melhor parte — insiste Dara. — Você não precisa estar *procurando* algo. Tipo, é flerte esportivo, basicamente. E, se quiser ser macetada quatro vezes por semana, também funciona. Na cama, no chuveiro... — Ela ri da própria piada.

— Ai, meu Deus — respondo, enquanto Madison fica vermelha como um pimentão.

— Por favor, me diz que você não está sendo macetada no nosso chuveiro. — Ellie aparece na nossa porta. Ela deve ter ouvido a voz de Dara, porque a porta do quarto estava fechada alguns segundos atrás. Agora ela a mantém escancarada usando o pé como apoio. — Ou que limpa tudo em seguida, pelo menos.

Dara ri, negando com as mãos.

— Eu ainda nem conheci um garoto de verdade. Sério, eu sou virgem. — Ela sussurra a última palavra, fazendo uma concha com as mãos em volta da boca.

— Isso não é uma coisa ruim — diz Madison, escandalizada.

Adoto uma atitude defensiva. Se Dara está fazendo uma confissão, então preciso me colocar ao lado dela. Pelo menos defendê-la do julgamento de Madison.

— Ninguém disse que era. Eu também sou.

— Eu também, óbvio.

Madison levanta a mão para mostrar o anel de castidade. Foi uma das primeiras coisas que ela me contou no dia em que fizemos a mudança. Ela usa o anel desde o Ensino Fundamental, quando fez um juramento de castidade.

Ellie sai da porta aberta e vem se juntar a nós na sala de convivência.

— É nosso momento de confissões de filme adolescente? Eu não sou virgem, suas nerds. — Mas ela fala sorrindo e se senta conosco, aliviando o clima.

— Ei, eu estou fazendo o que está a meu alcance! — defende-se Dara. — Passei o Ensino Médio inteiro estudando, fazendo atividades complementares e me matando para entrar na faculdade, e, agora que cheguei aqui, estou meio… Um monte de gente chegou até aqui e já fez tudo que eu não fiz. Quero viver *experiências*! Quero sair com alguém. Quero transar *uma vez* na vida, pelo menos!

Estou chocada por saber que Dara, que fala tanto sobre suas experiências virtuais, é tão inexperiente quanto eu. É um pouco reconfortante, mas sei que logo isso deve mudar se ela continuar empenhada como está. Dara é magra e linda. Sabe falar com as pessoas. Aposto que vai arrumar um namorado até o fim do semestre.

Quando você é gorda, namorar é como sair para comprar jeans — a maior parte das lojas não quer nem ouvir falar do seu tamanho, as que querem são poucas e não fazem seu estilo, e, ainda que você encontre uma peça que faça seu estilo, vai ficar frouxa na cintura, no comprimento ou no cavalo. Achar a opção perfeita parece impossível às vezes.

— Tomara que mais de uma vez — diz Ellie. Em seguida olha para mim. — Para você também seria bom transar, estressada como é o tempo todo. Fumar maconha também resolve que é uma maravilha, caso não esteja interessada em sexo.

— Eu não falei que não estou interessada em sexo.

Dara se anima, mas Madison arregala os olhos e fala primeiro:

— Todas vocês já fumaram maconha?

— Não — respondo.

Ao mesmo tempo, Dara diz:

— Nunca. — Acho que ela nem ouve minha resposta, só continua se lamentando: — Meu Deus, eu nunca fiz *nada*. Que droga. É bom alguém me oferecer droga ou sexo logo, ou vou ficar maluca.

Ellie dá risada.

— Continua falando tudo isso alto desse jeito que logo um daqueles otários no fim do corredor vai te oferecer alguma coisa, com certeza.

— Eca, não. — Ela se estica no sofá e levanta o celular. — Prefiro o Buckonnect. Tem um potencial maior de virar algo... *diferente* daquilo lá. — Ela sacode a mão na direção do corredor dos meninos.

Olho para ela e balanço a cabeça.

— Sua obsessão pelo Buckonnect é problemática.

— Você entenderia se estivesse usando.

Olho para ela, desacreditada.

— Você sabe o que os caras que não sabem qual é a minha aparência diriam quando descobrissem? A maior parte deles não gostaria de ser surpreendida por uma menina gorda... Confia em mim.

Madison arregala os olhos.

— Não fala assim!

— Por que não? É verdade.

Ela hesita por um instante.

— Você não é *gorda*.

— Não é uma ofensa. Eu sou gorda. Não tenho vergonha. Mas preciso ser realista sobre como as pessoas enxergam isso.

Madison fica roxa, constrangida. Percebo que Ellie está me analisando.

Só Dara não se abala com minhas palavras. Ela fala:

— Bom, eu sou preta e o Buckonnect não tem sido tão ruim para mim. Esta faculdade é bem branca, não é? Então, já conto de cara que sou preta.

Madison sufoca uma exclamação chocada.

Sinto uma onda de culpa me invadindo por ter deduzido que namorar seria fácil para Dara. Não levei em consideração como seria a experiência para alguém que, apesar de ser magra e bonita, é preta em um campus majoritariamente branco.

Isso me faz pensar naquela primeira matéria sobre o Buckonnect que eu quis escrever. Talvez eu e Three tenhamos deixado passar a pauta principal — o aspecto humano do Buckonnect, para além da tecnologia.

— E o que acontece depois disso? — indaga Ellie, aparentemente interessada.

Dara dá de ombros.

— Perco vários matches.

Madison fica ainda mais chocada.

— Que horror!

— Ah, é, mas eles seriam horríveis de qualquer forma. Melhor descobrir a verdade logo antes de me envolver.

— E você não fica chateada? — pergunto. — Não sei se eu aguentaria contar para todo mundo que dá match comigo que sou gorda e ver vários desses matches sendo desfeitos em seguida. Acho que choraria, sem brincadeira.

— Mas aí você mantém quem já sabe qual é sua aparência e não a considera um problema — argumenta Dara. — Esse é o lado positivo. Além do mais, você só precisa contar para quem não quer que suma se descobrir como você é. Para quem você nem planeja se mostrar, então é... hum, é...

— Desnecessário — complementa Ellie.

— Exato. — Dara aponta para ela. — Desnecessário. Se você só quer dar uma relaxada com um flerte esportivo, nem tem por que contar. Vai ser só para se divertir.

— Acontece que flertar não é divertido para mim.

Ondeio a mão na direção dela. Ela comprime os lábios.

— A prática leva à perfeição.

— Meu humor funciona melhor pessoalmente.

— Não sei se seu humor funciona em alguma situação — intervém Ellie.

— Ok. *Uau.* Obrigada.

Ellie dá de ombros.

— Foi mal.

— Você vai ver. — Dara se levanta. — Quando eu convencer Madison a conversar com os meninos pelo meu Buckonnect para os pais dela não descobrirem…

— Não vou fazer isso — exaspera-se Madison.

— … você vai querer experimentar também. — Dara aponta para mim. — Vai ver o quanto é divertido.

Ela se retira para o quarto. Madison a segue, tensa.

Ellie fica e acompanha as duas com o olhar.

— Você acha que a gente pode estar traumatizando Madison para sempre com essa convivência?

Dou risada.

— Não dou nem um mês para ela pedir para mudar de quarto.

Ellie sorri para mim. E, pela primeira vez desde o início do semestre, sinto que podemos estar nos tornando, senão amigas, mais amigáveis.

A nova edição do *Torch* sai pouco antes do recesso de outono, quando todo mundo está se preparando para voltar para casa por alguns dias. Dara e Madison foram ontem, depois da aula, e Ellie está arrumando as coisas dela para ir agora.

Durante os próximos dias, serei a única por aqui. Meus pais vão trabalhar na Feira Renascentista durante todo o recesso, e não quero gastar o pouco dinheiro que me resta em uma passagem de ônibus só para ficar lá tão sozinha quanto estarei aqui.

Minha reportagem sobre o Buckeye Crossing também foi publicada na edição do *Torch* desta semana, e foi um momento agridoce. Depois da matéria censurando pornografia ter se espalhado pelo campus, eu esperava que essa tivesse o mesmo alcance. Achei que as pessoas fariam petições e mandariam e-mails para a administração para protestar contra o tratamento dispensado aos alunos que moram lá.

Não aconteceu, apesar de terem aberto uma vaquinha virtual para comprar um carro para Kate. Até que teve um bom alcance. Fico feliz pelo fato de as pessoas quererem ajudá-la, mas não era nada disso que eu estava esperando. Kate é só uma das pessoas afetadas pela demolição do Buckeye Crossing.

Dizem que hoje em dia uma notícia só é relevante se for sensacionalista. E, ainda que eu saiba o valor da minha matéria e que, principalmente, vai ser ótima para o meu portfólio, não gosto de admitir que essa visão seja verdadeira.

Sem nada para fazer e com longos dias solitários pela frente, saio do dormitório. Pelo menos é legal ser a pessoa que está saindo em vez de ficar para trás vendo Ellie sair e me deixar sozinha.

Meus pés me levam à redação do *Torch*, mas, conforme me aproximo, fico surpresa ao me deparar com uma luz acesa atrás da porta fechada.

Abro um pouco a porta, até me ocorrer que pode se tratar de Three lá dentro. Depois da aula de Estatística de hoje, eu deveria evitá-lo. Pelo jeito incisivo como ele olhou para mim na sala de aula, no mínimo suspeita de alguma coisa sobre a matéria do Buckeye Crossing. E por mais que eu ensaie a defesa confiante de alguém que *definitivamente teve uma ideia original*, uma onda de nervosismo me fez fugir da sala no instante em que o professor encerrou a aula. Fui me esconder em um prédio do outro lado da rua até ter certeza de que ele não estava por perto, esperando para me confrontar.

E agora caí por conta própria na armadilha dele — ou na armadilha que nem ele sabia que tinha armado, eu acho. Porque uma breve expressão de surpresa passa por seu rosto quando ele levanta o olhar da mesa dos focas.

No instante seguinte, muda para uma cara azeda, tão azeda quanto o gosto que invade minha boca.

— Não faz essa cara de culpa — diz ele, com um tom presunçoso, apesar de estar controlando a raiva. — Desse jeito, vou achar que você fez alguma coisa errada. Alguma coisa... *suja*.

Respondo com um sorriso duro, torcendo para não parecer tão afetado quanto me sinto.

— Não faço a menor ideia do que você está falando.

A porta bate atrás de mim. Percebo que estamos totalmente sozinhos.

— É mesmo? — Ele arqueia as sobrancelhas, chocado. Contudo, noto que está se mordendo para não deixar o mau humor transparecer. Um segundo depois, ele me brinda com um sorriso gelado e dá uns tapinhas na cadeira vazia ao seu lado. — Então por que está parada aí como se estivesse prestes a fugir?

Dou uma gargalhada, tentando impedir que saia entrecortada.

— Fugir? Do quê? — Me aproximo da mesa dos focas e me sento no meu lugar. — Estava tentando decidir se precisava te dar uma trégua. Mas parece que está com saudade de mim.

— Tanto quanto de uma doença contagiosa.

Olho para ele de esguelha e dou um sorrisinho.

— Eu sei que você roubou minha ideia. — Three fica de frente para mim com um olhar furioso. Os braços de nossas cadeiras se chocam. — Estou até impressionado. Não esperava que você fosse tão baixa. Mas, me conta, como descobriu que era "pinto"? De todas as possibilidades?

— Não sei do que está falando, mas está parecendo... — Balanço a mão, indicando a direção duvidosa que esta conversa está tomando. Para alguém que não tivesse a menor ideia do que está acontecendo, ela seria *realmente* duvidosa.

— É isso que não estou entendendo. — Ele vira o computador para mim, mostrando um registro de atividades. No meio da tela há uma lista de tentativas frustradas de acesso. — Percebi que tinha alguma coisa estranha na semana passada. Foi no dia das batatinhas, não foi? Sabia que tinha algo errado.

Reúno toda a confiança que sou capaz de encontrar em mim, me preparando para recitar o discurso que ensaiei durante vários dias, repetindo as palavras mentalmente entre as aulas e antes de dormir. Eu tinha que estar pronta para este momento, sabia que Three não deixaria isso passar sem me acusar. Falo em tom brando:

— Three. Fofo. — Percebo que consegui o que queria quando ele franze a testa de repente. O apelido o irritou. — Você achou que fosse a única pessoa a par do que está acontecendo com o Buckeye Crossing? Achou mesmo que fosse *tão* mais inteligente do que todo mundo? Você não é tão especial. Quando escreveu sobre o

Buckonnect, não te acusei de ter roubado minha pauta, mesmo que eu tenha tido a mesma ideia. O nome disso é *notícia*, bebê.

O olhar dele esvazia e endurece. Minha cabeça está tão acelerada que acho que nunca mais vou precisar experimentar alguma droga. Essa onda basta. Continuo:

— É assim que as notícias *funcionam*. Todos sabemos como encontrá-las. Por isso estamos aqui. Quando você era editor-chefe na sua escolinha, talvez todo mundo achasse necessário submeter todas as matérias à sua aprovação, mas aqui trabalhamos para o *Torch*. Não preciso te mostrar nada antes e não estou nem perto de ficar desesperada para roubar algo de você. — Chego mais perto e cutuco o canto do computador dele. — Já reparei que você larga esta porcaria por aí toda hora. Se eu descobrisse que alguém conseguiu acessar meu computador, estaria menos preocupada com as minhas "ideias publicáveis"... — Faço as aspas com os dedos e sorrio. — ... e um pouco mais preocupada com, sei lá, minhas senhas salvas, minhas informações bancárias, as fotos que não quero que as pessoas vejam...

As bochechas dele ficam coradas, prova de que consegui o que queria.

— Ah. — Balanço a cabeça para cima e para baixo. — Não pensou nos nudes, não é? Complicado. — Chego ainda mais perto, dou uns tapinhas nas costas dele e fico impressionada com quanto sua pele está quente sob a camiseta.

Three se esquiva do contato, se vira e me encara com os olhos faiscando de raiva.

— Quer saber? Tudo bem. Porque quem quer que tenha invadido meu computador na esperança de usar as outras ideias vai ficar bem decepcionado quando descobrir que eu já escrevi todas as matérias.

Tento disfarçar minha cara de surpresa.

— Você... — Me contenho antes de falar alguma besteira. — Quais? As matérias importantíssimas sobre como as fraternidades fazem bem para o campus ou sobre como os alunos cujos pais estudaram aqui no passado merecem mais respeito?

Three dá um sorrisinho, mas há uma frieza nesse sorriso que eu nunca tinha visto.

— Claro, vão ser essas as notícias bombásticas. — Ele empurra a cadeira de volta para a posição anterior e pega suas coisas. — Aliás, aquela tarefa de Estatística foi difícil, hein?

Meu estômago mergulha em um pesar repentino.

— Tanto faz.

— Você não parecia estar se sentindo bem quando recebemos as notas. Está indo mal?

Prendo a respiração, fustigando-o novamente.

— Nem *olhe* para mim durante as aulas.

O rosto dele se ilumina com um sorrisinho de satisfação.

— É claro. Você começa.

Ele já está quase fora da sala quando para e olha para trás. Toda a fúria que antes dominava seu rosto sumiu, dando lugar a algo mais perverso.

— Se o invasor do meu computador também roubou meus nudes, então espero que faça bom proveito. Vou dormir tranquilo sabendo que eles chegaram nas mãos de alguém que estava muito a fim de me ver pelado.

O sorriso fica ainda mais largo quando ele vê o choque estampado na minha cara.

Ele sai e bate a porta, e fico sozinha com meu coração disparado, descompassado.

Parece que sou a única alma viva no campus.

Sei que não é verdade. Vejo outras pessoas andando por aí, ainda que sejam poucas e solitárias. Meu andar está vazio, a assistente de residência não está, e à noite, quando tudo fica silencioso, tenho a impressão de que só eu estou no prédio.

Na segunda noite, a solidão chega. Estou no meu quarto, com um filme rodando no computador e todas as luzes acesas, enquanto rolo os feeds das redes sociais sem nem prestar atenção em nada.

Passo por fotos de pessoas com quem estudei no colégio em um jogo de futebol, alguém em uma plantação de abóboras, várias fotos de folhas caindo, Dara com uma menina mais nova que é a cara dela, Madison com uma legenda religiosa e, é claro, nenhum sinal de Ellie.

Abro meu histórico de pesquisa e clico no primeiro nome. O que já bisbilhotei até demais.

O perfil de Three é privado, e tenho dignidade o suficiente para não mandar uma solicitação para segui-lo. Só consigo ver a foto de perfil minúscula e a biografia: *terceiro*. Mais nada. Será que a personalidade dele se resume a ser o terceiro?

— Coisa irritante — resmungo, bufando, e me deito de lado.

Começo a pensar que deveria ter ido para casa, mesmo que lá também esteja vazio. Pelo menos minha mãe e meu pai voltariam do trabalho na Feira Renascentista antes de eu dormir. Chegariam cheirando a fritura e poeira, imitando sotaques e dialetos que não são necessários fora da feira. Um dos dois teria gastado mais do que deveria em alguma coisa inútil, mas bonita, em alguma das barraquinhas. O outro teria me trazido uma marmita de coxa de peru embrulhada em um papel engordurado.

Sinto falta dos meus pais de um jeito que não achei que sentiria. Eles sempre foram meio desapegados e cresci fazendo muita coisa sozinha. Aprendi a arrumar minha lancheira, lavar minhas roupas e usar o fogão bem antes de todo mundo. Apesar disso, eles sempre foram presentes na minha vida, especialmente na influência que tiveram sobre meus interesses. Quando cresci, não via a hora de fugir da Feira Renascentista e da obsessão dos dois por *O Senhor dos Anéis*. Mas agora estou dividida entre a constante irritação contra eles e a saudade do nosso velho sofá caindo aos pedaços e das milhares de maratonas de *O Senhor dos Anéis*, sendo ou não uma obsessão.

Eu me pergunto o que Three faria se tivesse essa informação sobre *O Senhor dos Anéis* em seu arsenal. Ele deve suspeitar de *alguma coisa*. Se tivesse certeza, aposto que eu ouviria com frequência as mesmas piadas que ouvia ecoando pelos corredores da escola durante vários anos antes de vir para a faculdade — "Meu precioso" e "BA-TA-TAS". A maioria nem sabia quem era Éowyn e não deve ter descoberto até agora.

Sinto um gosto amargo na boca e me deito de costas. Preciso me concentrar em outra coisa — algo que não seja minha solidão, o surpreendente ataque de saudade de casa ou minha preocupação com Three.

Encaro a tela por um tempão antes de baixar o aplicativo a que tanto resisti. Ouço as palavras de Dara ecoando em minha cabeça.

Uma distração boba e inofensiva.

bem-vinda ao buckonnect

Pequenas castanhas deslizam pela tela, quicando enquanto o aplicativo carrega. Informo minha identidade de gênero, além do gênero ou gêneros que estou interessada em conhecer. E aí sou levada para um mapa básico do campus, no qual posso selecionar alguns prédios.

No topo da tela está escrito: "Escolha seu ponto de referência preferido do campus".

Clico em um prédio aleatório de salas de aula, e um nome de usuário é gerado: **pomerene1765**.

Então sou direcionada para uma conversa.

pica-pau444: oi quer ver meu pica-pau

Torço o nariz e deslizo para a esquerda. Caio em outra conversa.

morrill2012: e aí
pomerene1765: oi
morrill2012: tá no campus?
pomerene1765: tô, e você?
morrill2012: tô. querendo conhecer gente. você é gostosa?

Faço um ruído de nojo e deslizo para a esquerda. Como Dara consegue gostar disso?

Estou quase fechando o aplicativo quando uma frase aparece na minha conversa nova e me faz parar.

hayes6834: o que você prefere: ficar com cecê para sempre ou sentir o cecê dos outros para sempre?
pomerene1765: kkkk quê?
hayes6834: sei lá achei que era um jeito bom de puxar assunto kkkkk
pomerene1765: acho que prefiro sentir o cecê dos outros?
hayes6834: deve ser horrível. eu prefiro ficar com cecê.
pomerene1765: tá, mas aí você ia afastar as pessoas. se todo mundo fede, pelo menos é TODO MUNDO. e aí não tem nenhuma expectativa de que você tome banho e use desodorante todo dia. imagina quanto tempo isso economizaria.
hayes6834: bem pensado, bem pensado
pomerene1765: é, já me falaram mesmo que eu penso bastante

Porque ele demora para responder, meu coração gela. Acho que é isso.

Volto para a tela inicial, bloqueio os outros dois usuários e deleto o histórico de conversa com eles.

Meu celular vibra um segundo depois. Hayes respondeu.

hayes6834: o que você prefere: um ano na cadeia ou um ano na guerra?
pomerene1765: na cadeia. sou pacifista.
hayes6834: acho que sou molenga demais pras duas coisas
pomerene1765: corajoso da sua parte admitir. quer dizer então que você não é daqueles caras meio "sou durão, sou machão" que bate no peito e faz queda de braço?
hayes6834: eu não, iam me quebrar que nem um espeto

Eu realmente ri alto.

hayes6834: o que você prefere: que espalhem um boato horrível sobre você, mas que seja mentira, ou que seja só vergonhoso, mas verdade?
pomerene1765: a gente vai ficar jogando "o que você prefere" a noite toda?
hayes6834: opa desculpa, tem alguma ideia melhor?

Eu travo, já esperando pelo pior.

hayes6834: só conheço o jogo das 20 perguntas, que eu acho arriscado demais pra esse aplicativo. bora, ajuda aí. tem alguma coisa melhor pra fazer?

Claro que *não*, não tenho. E isso é quase exatamente o que eu estava procurando, e caiu no meu colo na terceira tentativa. Pode não ter sido uma lavada, mas marquei uns pontos. Apesar de eu ter quase certeza de que isso não conta nem como flerte esportivo.

pomerene1765: provavelmente a mentira. prefiro que as pessoas me achem horrível do que saibam de alguma coisa vergonhosa minha
pomerene1765: pausa longa, hein?
hayes6834: eu também penso bastante kkkk
hayes6834: essa é difícil
pomerene1765: você não consegue me ouvir mas eu tô assobiando a vinheta do se vira nos 30
hayes6834: acho que a verdade.
pomerene1765: ih, parece que alguém aqui nunca passou vergonha
hayes6834: ih, parece que alguém aqui nunca foi pintada como uma pessoa horrível
pomerene1765: é agora que você assume que tem coração mole e é incompreendido apesar de bad boy?
hayes6834: KKKKKK
hayes6834: não, eu não sou tão descolado

pomerene1765: ok minha vez. o que você prefere: que vazem todas as suas conversas ou o seu histórico de pesquisa?
pomerene1765: caramba você pensa bastante mesmo hein? cada intervalo longo
hayes6834: kkkk desculpa, minha mãe precisava de uma ajuda urgente que aparentemente não podia esperar
hayes6834: (o ipad dela não tava ligando. spoiler: ela não carregou a bateria)
pomerene1765: voltou pra casa durante o recesso?
hayes6834: voltei, tá oh, uma delícia. e você?
pomerene1765: eu não, meus pais tinham que trabalhar. fiquei no campus.
pomerene1765: e aí, conversas ou histórico?
hayes6834: hummmmm não sei. acho que as conversas. não preciso que todo mundo saiba quantas vezes eu pesquisei como se escreve ajeitar.
hayes6834: e pesquisei de novo pra mandar essa mensagem, vergonhoso

Acabamos conversando por muito mais tempo do que eu esperava, trocando desafios de "o que você prefere?" até meu celular mostrar um aviso de bateria baixa e eu esfregar os olhos e ver que já passa da meia-noite.

pomerene1765: ei acho que vou dormir
hayes6834: te assustei com a história do ketchup e da maionese?

A última pergunta: beber um vidro inteiro de ketchup de canudinho ou comer meio pote de maionese de colher? Os dois me deram ânsia imediatamente.

pomerene1765: pois é, já sei de quem é a culpa quando eu tiver pesadelo
hayes6834: já me culparam por coisa pior

pomerene1765: e lá vem o lado bad boy incompreendido de novo
hayes6834: tô achando mesmo que esse é meu alter ego

E, de algum jeito, apesar da minha intenção de ir dormir, acabamos conversando por mais uma hora, até ele finalmente admitir que está exausto.

Mas é a mensagem de despedida dele que me pega em cheio.

hayes6834: vou pensar em perguntas boas pra amanhã

Quando acordo tarde no dia seguinte e pego o celular, tenho uma notificação do Buckonnect: "3 mensagens de hayes6834".

06

O recesso acaba, o campus explode de energia, e o foco vai para o final de semana do Halloween. De repente, todo mundo só fala das fantasias, das festas e — mais "importante" — da competição de decoração das casas de fraternidade.

Meus planos para o Dia das Bruxas consistem basicamente na minha cama e em filmes tão assustadores que vou ter que cobrir os olhos para vê-los até o fim. Talvez bater papo com Hayes. Encerramos o recesso com um histórico infinito de mensagens trocadas, que acabou passando de "o que você prefere?" para qualquer coisa preferida. Não sei dizer qual o filme preferido dele ou de que tipo de música ele gosta, mas sei que o vegetal preferido é aspargo, que o esporte olímpico preferido é a natação e que o brinquedo favorito dele no parque de diversões Cedar Point é a montanha-russa Blue Streak ("E a lembrancinha preferida de lá: torcicolo", ele respondeu).

Então dá para imaginar minha surpresa quando fui parar na área das casas de fraternidade, vestida de aniversariante triste, uma fantasia improvisada por Dara com retalhos de tudo que ela conseguiu achar — uma faixa de aniversariante que ela pegou emprestada com uma das meninas do nosso corredor e um chapeuzinho do conjunto que Madison usou para a fantasia de *Trolls* com o grupo da igreja. O rímel borrado dá a impressão de que estive chorando.

Não seria tão difícil me convencer a trocar minha falta de planos por interações com humanos de verdade, mas Dara implorou mesmo assim. Parece que as amigas dela, Yasmin e Kayla, estão namorando mesmo, e ela não queria ficar de vela. Porque o Halloween é um feriado romântico, segundo ela — ainda que as amigas não tenham escolhido uma fantasia de casal. Em vez disso, as três estão vestidas de personagens negras da Disney criadas antes de nascermos. Yasmin veio de Larry Houdini, de *Meu amigo bicho-papão*; Kayla de Penny Radical, de *Família Radical*; e Dara escolheu Nebula, de *Zenon: a garota do século 21*.

Kayla e Yasmin são pessoas fáceis de conviver, daquelas que te tratam como se você fosse uma amiga da vida inteira, mesmo que vocês só tenham se visto algumas vezes. Elas me incluíram no grupo sem nem hesitar.

— Que casa vocês acham mais assustadora? — pergunta Yasmin, enquanto saímos de uma irmandade cuja casa foi transformada em um labirinto assombrado cronometrado, e você só ganharia os doces se fosse capaz de sair em menos de dez minutos. — Tipo, fora a decoração assombrada, em qual vocês não entrariam de jeito nenhum?

Enfio um pedaço de docinho de banana na boca.

— Nenhuma.

Dara ri e enlaça minha cintura com um braço enquanto revela às amigas:

— Wyn é totalmente antifraternidade.

— Mentira. Eu li toda a série de Percy Jackson, tipo, seis vezes.

Kayla e Yasmin me encaram, atônitas, como se fossem corujas gêmeas.

— Não se culpem se não entenderem as piadas dela. Faz parte da Experiência Wyn — comenta Dara.

Faço cara feia, que fica mais feia ainda quando Dara e as amigas dela seguem na direção da próxima casa. Estávamos nos limitando às irmandades, mas agora estamos paradas na frente da Tau Delta Pi, que, de acordo com Kayla, foi elogiada pelo *Two Minute News* como *a* casa assombrada a ser visitada neste Halloween. Na frente da porta, um cara alto usando uma máscara com um sorrisão sinistro e olhos gigantes formados por luzinhas de LED monitora a fila, deixando os grupos entrarem aos poucos.

Lá dentro, alguém grita. Dou um pulo, esbarro em Kayla e quase sufoco com o docinho de banana. Engulo depressa, forçando o doce a descer.

— Você está nervosa? — pergunta Yasmin, rindo.

— Estou de boa — minto. A verdade é que não lido bem com coisas assustadoras.

As primeiras três casas foram toleráveis, porque tudo parecia falso e inofensivo. Mas, quando colocamos o pé na entrada da Tau Delta, vejo que o interior está bem escuro.

— Ai, estou odiando — murmura Kayla, e acho que ela queria agarrar a mão de Yasmin, mas só achou a minha.

Damos dois passos para o interior e uma máscara se acende ao meu lado, tão perto que solto um grito. O cara mascarado ri.

Kayla aperta minha mão e cola em mim. Uso a mão livre para tatear a parede, até que acho uma porta.

— Vamos entrar? — sussurra Dara.

— Vamos — diz uma voz grave atrás de nós.

As quatro berram, até Yasmin, que no começo da noite *jurou* que não tinha medo de nada. Passamos pela porta, mas sou a última a entrar, e minha faixa engancha na maçaneta. Nos poucos segundos que levo para me soltar, percebo que fui deixada para trás.

A porta bate atrás de mim.

A sala seguinte é enorme, e, mesmo sem enxergar o suficiente para me virar, acho duas passagens cobertas por cortinas. Não faço ideia de por qual das duas elas escolheram sumir.

Ouço um som — uma gargalhada rouca seguida de uma sirene baixa — e máscaras começam a se acender pela sala: três, depois sete, até eu perder as contas. Fico travada antes de perceber que elas estão penduradas nas paredes, não presas à cabeça de alguém.

Assim que chego a essa conclusão, uma desgruda da parede e avança em minha direção. Grito, corro para a passagem mais próxima e atravesso a cortina. O chapéu de festa entorta na minha cabeça, e eu o arranco e o amasso.

No corredor, luzes de Natal piscam, iluminando o cômodo de modo intermitente. Uma música começa a tocar, um remix distorcido e demoníaco de "Sleigh Ride", e então uma porta se abre e um cara enorme entra usando uma máscara com LEDs do Papai Noel, arrastando atrás de si um saco para transportar cadáver.

Corro para outra passagem e entro em mais uma sala escura. O corredor estava tão claro que meus olhos precisam de um tempo para se ajustar, e percebo que a ideia é essa: impedir que a gente enxergue direito.

Que pesadelo.

Na cozinha, sou assombrada por mais dois mascarados, que me perseguem até uma escada por onde chego ao primeiro andar. Lá em cima, escuto Dara berrando em algum lugar distante.

Está esquentando.

Paro para decidir se ouvi Dara à minha direita ou à minha esquerda. Vou para a direita, seguindo a intuição. No final do corredor, a passagem seguinte está bloqueada com móveis. Testo a única porta que encontro, mas ela está trancada.

Sobressaltada, giro quando escuto um barulho atrás de mim. Uma figura aparece em um dos cantos segurando um taco de beisebol enrolado em arame farpado de LED, com o rosto coberto por uma máscara que contém um tapa-olho feito de três pontos na vertical. Ele assobia enquanto gira o taco, descrevendo um círculo lento.

Tento abrir a porta de novo, forço a maçaneta, mas desisto, viro de frente para o canto escuro e falo na voz mais tranquila que consigo projetar.

— Isso é meio cafona.

O cara para, e o taco cai do lado dele. Ele ri.

— *Só você* para deixar tudo menos divertido.

Meu coração dá um pulo ao reconhecer a voz.

— Sério? Esse tapa-olho não está meio caído?

Three levanta a máscara, e o sorriso é iluminado pelo brilho alaranjado do arame farpado de LED.

— Achei minha cara.

— Claro que é. Meu Deus, vê se arruma uma personalidade.

Tento passar por ele, mas Three se põe no caminho, apoiando uma mão na parede. Quando tento desviar pelo outro lado, ele troca de mão e usa o taco para me encurralar.

Fuzilo-o com o olhar e encosto na parede.

— Você não pode me tocar. Eu li as regras — aviso.

Three joga a cabeça para trás e ri.

— Te *tocar*? É com isso que você tem sonhado enquanto baba nos meus nudes toda noite antes de dormir? Vai sonhando, Evans.

— Eu não... Eu não *roubei*... — balbucio, com os punhos fechando de raiva. Solto o ar com um sopro demorado, estico as costas. — Estou te achando bem obcecado com essa ideia de eu ter roubado seus nudes, sabia? É isso que você curte? Imaginar que eu fico te olhando?

É para ser um balde de água fria. Talvez ele pare de falar sobre isso se achar que estou entendendo tudo errado.

Por isso, me surpreendo quando ele semicerra os olhos e chega mais perto para sussurrar:

— Talvez seja.

Meu coração vai parar na boca, minha pele esquenta tanto que fico com medo de *realmente* pegar fogo. Ainda mais quando ele baixa o olhar — e, juro, *juro*, não estou delirando, ele olha para minha boca.

A porta à esquerda abre repentinamente, e alguém berra. Grito de volta, salto para a frente e me choco contra o corpo de Three.

— Meu Deus... Porra... Kelly! Que merda foi essa? — reage Three.

— Desculpa. Ela não saía daqui e tem mais gente chegando — responde o outro cara, rindo. Nunca ouvi um tom de voz menos arrependido na vida.

Estou distraída demais para prestar atenção em qualquer outra coisa, porque, de repente, percebo que estou encostando em várias partes de Three: minha mão agarra a camisa dele, seu braço está em volta de meu ombro, minha coxa está entre as coxas dele. Ele é muito quente, *muito* cheiroso...

Empurro-o com tanta força que ele derruba o taco. O barulho interrompe o momento. Com o brilho alaranjado mais longe de nós, mal enxergo a expressão de Three. Ele coloca a máscara de volta, garantindo de vez que eu não consiga enxergar seu rosto.

Depois, pega o taco do chão e o usa para me empurrar, me guiando para o outro lado do corredor.

— Não me faça ir atrás de você.

Não consigo organizar um pensamento enquanto procuro a saída.

O resto da casa assombrada não me causa nada demais, é como se fosse um borrão, e meu cérebro fica preso no primeiro andar, reprisando aqueles instantes várias e várias vezes. Praticamente ainda sinto o braço dele em volta do meu corpo, e o cheiro picante e amadeirado do perfume dele continua impregnado no meu nariz.

Sigo pensando em Three por um bom tempo depois de reencontrar Dara, Kayla e Yasmin e acharmos a saída. Até quando já estamos do lado de fora, meu coração parece não querer desacelerar, e me despeço do grupo antes de chegarmos ao próximo destino, alegando exaustão. Foi legal elas insistirem para eu ficar, mas quero ir embora e dormir para ver se me esqueço desta noite inteira.

Talvez eu esteja carente — e, de verdade, só isso para explicar tudo —, mas o contato tão próximo com Three e aqueles segundos antes dessa proximidade me fizeram sentir... muitas coisas.

— Não, não, para com isso — sussurro para mim mesma, batendo no rosto com força enquanto volto para o dormitório. Ele é o *inimigo*.

Estou me sentindo sozinha, é só isso. A faculdade não é a extravagância social que eu esperava que fosse, e leio quadrinhos românticos na web toda noite antes de dormir. Admito que achei Three bonito quando nos conhecemos. Então até faz sentido — faz *perfeito* sentido — que eu passe todos os doze minutos da minha caminhada de volta para casa imaginando como seria beijá-lo.

Tomo um longo banho assim que chego e deito na cama com meu roupão fofinho. Ainda estou pegando fogo, incapaz de relaxar, mas não tem nada que eu possa fazer — considerando que Ellie pode entrar a qualquer instante e que o rosto de Three iluminado pelo brilho alaranjado do taco continua tão vivo em minhas retinas.

Puxo o cobertor sobre a cabeça. Preciso me distrair. Fazer alguma coisa antiThree.

Hayes imediatamente me vem à mente. Uma presença calma. O oposto de tudo que Three me faz sentir.

pomerene1765: deixa eu adivinhar. seu alter ego ganhou, você se vestiu igual um dos caras de "vidas sem rumo" e saiu por aí no halloween
pomerene1765: vivendo sua fantasia de bad boy uma vez
pomerene1765: provavelmente igual o sodapop. pode falar que eu tô certa. você tem energia de sodapop

Mas ele não responde. Não durante a hora e meia que levo até pegar no sono. Nem até a hora em que acordo na manhã seguinte, suada e ofegante. Tirei metade da parte de cima do pijama, e a calça está toda torta. Meu rosto está colado no travesseiro, e os punhos estão cerrados. Ainda sinto o calor das mãos quentes no meu quadril, ainda vejo o brilho alaranjado em um corredor escuro e a máscara levantada só o bastante para nossas bocas se encostarem. A parede dura atrás das minhas costas e as roupas afastadas enquanto...

Eu me sento, esfrego os olhos.

Um sonho. Foi só um sonho.

O mais quente e safado que já tive na vida.

Era para ter sido a coisa mais chocante da minha manhã. Mas o que mais me assusta são as batidas à porta que, percebo, foram o motivo para eu ter acordado do nada.

Quando abro a porta para ver quem é, dou de cara com a polícia do campus.

07

Sou interrogada durante duas horas no departamento de polícia do campus. Era para ter sido cerca de meia hora de interrogatório, mas o policial precisa sair da sala em dado momento, e fico esperando sozinha por um bom tempo.

É só nos dez minutos finais do interrogatório que descubro o motivo de minha presença aqui.

— Você já comprou estimulantes de qualquer pessoa no campus? — pergunta o policial quando volta.

Bebi uma garrafa de água inteira e dois copos de café que me foram oferecidos, e agora preciso muito, muito *mesmo*, fazer xixi. Isso dificulta minha concentração.

— Não. Eu nem sei o que é isso.

Ele me explica rapidamente do que se trata, e — surpresa — está falando de Adderall.

— Você já vendeu drogas para alguém que conhece? Seus amigos, colegas de sala, ou alguém que tenha conhecido no campus? Maconha, ecstasy, cocaína?

— *Cocaína?* — reajo. — O que é isso, os anos 1980? Não, de verdade, nunca nem *usei* alguma droga! Nem maconha! E sei que parece mentira, mas, tipo, é meio ridículo, então... não, eu não estou *vendendo drogas*. Alguém falou que eu estava? — Paro e sinto a ficha cair. — Meu Deus. Foi o Three? Ele inventou que eu estava envolvida com drogas?

O policial começa a fazer anotações.

— Three? Quem é esse?

— É um... É só um cara que eu...

— Namorava? Terminou mal?

— Não, credo. Eu nem devia ter falado sobre ele.

O policial levanta o olhar das anotações e me encara.

— Por que não?

— Só... não estou entendendo por que estou aqui. Já que não uso nem vendo drogas. Eu não saberia nem onde *encontrar*. De onde saiu tudo isso?

— Você sabia que sua colega de quarto, Elizabeth Huffman, tem vendido MDMA, Adderall e cocaína dentro do campus?

— A Ellie... *o quê*?

Depois disso, eles devem ter decidido que eu não poderia ser uma atriz boa o bastante para sustentar uma mentira dessas.

Foi o que pensei até voltar para o meu quarto e encontrar tudo revirado. Abriram minhas gavetas, tiraram tudo do armário e empilharam minhas roupas no chão, do lado da minha cama. Minha escrivaninha é um campo de guerra, retiraram todas as gavetas.

Era de se esperar que isso poderia acontecer, já que o diretor de residência me acompanhou enquanto eu arrumava uma mala. Vou passar a noite em um saco de dormir no quarto de Dara e Madison enquanto tiram as coisas de Ellie do nosso quarto, e ele é bem firme quando avisa que não temos autorização para falar com Ellie quando ela voltar.

— Meus pais estão surtando — diz Madison, enquanto eu, Dara e ela escolhemos uma mesa no refeitório naquela noite.

Mal consegui comer o dia todo, estou mal-humorada e fraca de fome.

— Os meus também — comenta Dara. Sinto que ela olha para mim de modo hesitante. — Você contou para os seus pais?

— Ainda não. — Enrolo no garfo uma porção nada apetitosa de macarrão. — Eles estão trabalhando.

Mesmo sabendo que meus pais não vão ver mensagem nenhuma até bem mais tarde, depois de encerrarem o dia na Feira Renascentista, dou uma olhada nas minhas notificações só por garantia.

Nada deles, mas tem uma notificação do Buckonnect.

hayes6834: será que eu sou o único que não leu vidas sem rumo no ensino fundamental?

hayes6834: de qualquer jeito fui pesquisar e não sei se quero ser comparado com o rob lowe. ele é o maior crush famoso da minha mãe.

Não contenho um suspiro de alívio. Todo mundo vai me perguntar sobre Ellie durante uma semana, no mínimo. É bom saber que tenho a quem recorrer se precisar falar de qualquer outra coisa.

pomerene1765: ela tem bom gosto
pomerene1765: acho que a gente não devia contar que fantasia usou. pode revelar demais.
hayes6834: então você não tá morrendo de curiosidade pra saber quem eu sou?
pomerene1765: eu tô. Mas acho que é melhor assim

— Podemos te ajudar a arrumar tudo amanhã, depois de te deixarem voltar para o seu quarto — diz Dara, trazendo minha atenção de volta para ela e Madison.

Respiro, enfim achando um motivo para sorrir.

— Obrigada, aquilo estava parecendo uma zona de guerra.

Madison se inclina para mim e fala mais baixo.

— Mas então, nenhuma de vocês sabia sobre a Ellie? Eu sabia que ela fumava maconha, mas não fazia ideia de que vendia alguma coisa.

— Nadinha, mas vou guardar rancor por ela nunca ter me oferecido nada.

Quase engasgo. Dou uns tapas no peito e consigo resmungar:

— Ela estava vendendo *drogas pesadas*!

A mesa ao nosso lado fica em silêncio, e algumas pessoas começam a olhar para nós.

Madison fica vermelha e enfia uma garfada de salada na boca.

Dara dá de ombros.

— Só estou falando que teria sido educado oferecer. Não significa que eu queira usar alguma coisa. Mas, sério, ela achava nós três tão tontas que nunca nem ofereceu? Que grosseria.

Naquela noite, nossa assistente de residência passa no quarto de Dara e Madison para me avisar que vou poder voltar para o meu quarto na próxima tarde. Dara estava no meio de uma explicação sobre *Proper Southern Ladies: Baton Rouge,* que estávamos vendo no computador dela, e Madison estava em uma chamada de vídeo com os pais, debatendo o sermão do pai para o culto de amanhã.

Eu deveria ligar para os meus pais, mas, quando eles tentaram falar comigo mais cedo, mandei uma mensagem pedindo para conversar amanhã, porque estava exausta. Só hoje já conversei com a polícia, com as minhas colegas, com a assistente e o diretor de residência. Acho que já falei o que tinha para falar. E falar com os meus pais não vai mudar nada. Não é como se eles fossem me tirar daqui ou pedir que me mudem de quarto. Eles não são assim, e, ainda que fossem, Ellie já foi removida. O que passou, passou.

Sem ter nada melhor para fazer e precisando de um pouco de descanso da companhia de Dara e Madison, saio para passear pelo campus na esperança de esvaziar a cabeça.

Quando saio do elevador, Lincoln está abrindo a porta da frente e sorri ao me ver.

— Ei, oi! — digo.

Ao mesmo tempo, ele me cumprimenta:

— Oi! — E arruma a mochila nos ombros enquanto se aproxima de mim. — Como você está? Fiquei sabendo que logo vai poder voltar para o seu quarto.

Engulo em seco. É óbvio que Lincoln já sabe de Ellie. Ele provavelmente soube antes de mim.

— É, acho que amanhã de manhã. Estou esperando a autorização de alguém.

— Assim que Ellie tirar as coisas dela de lá, o diretor de residência vai fazer a inspeção final, e aí você vai poder voltar.

Eu sabia que Ellie voltaria para o quarto em breve, mas pensar nela se mudando amanhã, apagando qualquer rastro de sua presença, me enche de angústia, como se eu tivesse perdido alguma coisa.

— Olha, se quiser fazer alguma coisa amanhã enquanto espera, a biblioteca do prédio de Geologia abre cedinho. Eu costumo ir lá de manhã.

Trabalho na biblioteca principal desde o início das aulas, mas nunca fui na do prédio de Geologia. É menor e mais específica, voltada para os alunos de Ciências da Terra.

— Você frequenta muito essa biblioteca? — pergunto.

Lincoln abre um meio-sorriso.

— Frequento. É onde encontro o material do meu curso. — Ele ri diante do meu silêncio chocado. — Deixa eu ver se adivinho. Você achou que eu cursava Agricultura? — E balança a cabeça, ainda rindo. — Mais uma do Lincoln, o Menino da Fazenda.

— Lincoln, o Menino da Fazenda?

— Eu sou de Cleveland. Meus pais são professores. Mas alguma coisa em mim faz todo mundo me associar ao...

— Nebraska?

Ele para, boquiaberto.

— Sim. Acho que tem a ver com o nome, talvez? Meu irmão chama Jason. Não acredito que meus pais fizeram isso comigo.

Dou risada.

— Meus pais me deram o nome de *Éowyn*. Pelo menos o seu só lembra alguma coisa. O meu *realmente* é de uma personagem de *O Senhor dos Anéis*.

Não sei por que entreguei essa informação de bandeja. Ainda que alguém descubra, não costumo admitir. É como se eu dissesse: "Sim, meus pais são esquisitões obcecados".

— Nossa, mas ela é bem legal, não é? — comenta Lincoln, ao notar meu arrependimento instantâneo. — A Éowyn. Não que seja uma competição nem nada, mas acho que ela seria minha personagem feminina favorita da saga se eu tivesse que escolher uma.

Por isso é legal conversar com Lincoln. Ele é o tipo de pessoa que te faz oferecer informações pessoais de bandeja e *te deixa* confortável com isso. Sempre baixo a guarda com ele.

A sensação de que ele também quer conversar comigo ajuda. Dá a impressão de que isso pode ser quase um flerte. É parecida com a sensação de conversar com Hayes.

— Bom, não é como se Tolkien oferecesse muitas opções para escolher entre personagens femininas — respondo.

Lincoln faz uma careta.

— É, acho que é isso mesmo.

— Mas a maioria diria que gosta mais da Arwen, então aceito sua resposta. — Abaixo a cabeça para disfarçar o sorriso e dou uma olhada rápida no celular.

— Ei, preciso ir. Hoje é minha escala. Mas a gente se vê depois?

Eu concordo, já começando a me afastar.

— A gente se vê depois.

Acho fofo, como se fosse uma promessa.

— Eh... Wyn?

Paro e olho para trás.

— Hum?

Ele muda o peso do corpo de um pé para o outro.

— Queria te pedir desculpas. Por... Bom, fui eu que entreguei sua colega de quarto.

— Ah. — Hesito, mas dou de ombros. — É o seu trabalho, não é? Você é assistente de residência.

— Sou, mas... — Ele morde o lábio e estuda os dedos. — Eu falei que eles deveriam olhar suas coisas também. Por causa daquela menina que veio aqui outro dia. Estamos meio que em estado de alerta para drogas por aqui. Tem muita coisa circulando, e não é só maconha. Já tinham denunciado seu quarto por atividade suspeita, e os assistentes de residência precisam ficar de olho. Achei que fosse um sinal de alerta, mas posso ter exagerado.

Preciso de um minuto para entender do que ele está falando.

— A menina que estava tentando entrar no prédio naquela noite? Só deixei ela entrar porque já tinha visto ela com Ellie.

Ele assente.

— É. Desculpa. Acho que me envolvi muito nessa história quando soube que ela estava traficando.

Então quer dizer que ele estava se sentindo culpado durante o tempo todo em que esteva aqui conversando comigo. Por isso foi tão legal. O que cheguei a confundir com uma possibilidade de flerte era só peso na consciência, enquanto ele esperava o momento certo para se desculpar.

Eu deveria ter imaginado. Historicamente, flertar com caras bonitos não faz parte do meu repertório. O mais comum é dizerem que sou *intensa demais*. Hoje, foi só culpa e obrigação. Faz sentido.

— Tudo bem. Você estava fazendo seu trabalho — respondo com um tom neutro. Ajeito a jaqueta enquanto me dirijo à porta. — A gente se vê.

— Ei, Wyn, eu realmente sinto...

— Está tudo bem! — Minha voz sai alta demais para um saguão tão pequeno. Meu sorriso mais parece uma careta quando abro a porta empurrando-a com as costas. — Tudo certo.

Registro a expressão atormentada dele antes de me virar e sair, deixando a porta bater.

Enquanto revejo mentalmente a conversa com Lincoln e sinto meu rosto esquentar de vergonha por me achar uma idiota, meus pés me levam pelo campus até a redação do *Torch*. Não tenho nenhum trabalho para fazer, mas pelo menos o lugar vai estar vazio.

Ou melhor, eu esperava que estivesse, até entrar e ver Three na mesa dos focas.

— Não acredito que te deixaram sair da fraternidade no final de semana.

Assim que as palavras saem da minha boca, eu me lembro do nosso último encontro, da casa assombrada e do sonho que eu tive depois.

Meu rosto está queimando. Torço para ele não perceber.

— Ah, é fácil. É só colocar a tornozeleira eletrônica da fraternidade antes de sair. Nada muito complicado — responde Three.

— Consegue um pingo de liberdade e decide gastar aqui, sozinho, enquanto podia estar enchendo a cara de cerveja com os seus amigos? — Eu me sento na minha cadeira e olho para ele. — Escolha esquisita.

— Você acha? — Ele afasta o computador de mim antes que eu possa ler o que está escrevendo. — Não parece que você tinha opções melhores de programa também. Pelo menos eu tenho o que fazer aqui. Deixa eu adivinhar, ficou com saudade de mim?

Queria ter uma resposta pronta, mas não estou exatamente no meu melhor dia hoje. Tudo que consigo responder é:

— Affff, sei! Até parece!

— Ou talvez tenha vindo me explicar por que a polícia bateu na minha porta hoje à tarde dizendo que você citou meu nome durante um interrogatório sobre drogas.

Quando me viro para olhar para ele, Three está com as sobrancelhas arqueadas.

— Pensa em uma situação que nunca achei que viveria — complementa.

— Foi um acidente.

Eu nem deveria contar, mas estou tão assustada que as palavras se atropelam. Ele inclina a cabeça.

— Você é traficante?

— Não! Claro que não. Deixa de ser ridículo. — Olho para o outro lado, desejando que meu computador estivesse aqui. É bem suspeito mesmo eu não ter nada para fazer. Pego meu organizador de mesa e espalho todas as canetas sobre a mesa.

— Você não vai me explicar *mesmo*? — Ele sacode o braço da minha cadeira. — Oi?

— Para com isso.

Dou um tapinha na mão dele, sem prever o choque que sentiria direto no peito. Afasto a mão, e nossos olhares se encontram.

Mas não foi como um choque elétrico que os dois sentem. Three só se afasta, sem pressa, e volta para o lugar dele.

Fico furiosa. Por que não consigo odiá-lo? Por que não tenho nojo dele? Sua personalidade é horrível. Ele é arrogante e vingativo, um péssimo vencedor e um perdedor pior ainda. Então por que quero tanto beijá-lo, a ponto de ficar confusa? Não está faltando quase nada para eu puxá-lo pela camisa e grudar nele. A distância é tão pequena que consigo sentir daqui o calor de seu corpo.

Meu coração acelera: imagino ele arregalando os olhos diante da surpresa, depois sua expressão mudando, o olhar ficando mais quente conforme o puxo para mais perto. O encontro brusco das bocas. Ele arquejando quando mordo seu lábio.

— Por que está com essa cara de quem está planejando meu assassinato?

É como se a realidade tivesse me pegado pelo colarinho. Tudo volta ao normal, duas vezes mais real — até o sorriso debochado no rosto de Three.

— Ou você estava pensando em alguma outra coisa? — Um sorriso malicioso distende sua boca. — Em se tratando de você, difícil adivinhar. Tanto pode ser sede de sangue quanto... — Ele sorri, e entendo o que está querendo insinuar.

A frustração me domina. Depois do encontro com Lincoln, já estou no limite. Vim aqui para relaxar, mas isso agora está fora de cogitação. Me sinto andando em círculos procurando sossego. Parece que não consigo achar um lugar vazio na primeira vez desde o início do ano em que quero ficar sozinha.

Recolho minhas canetas e as enfio de volta no potinho.

— Minha colega de quarto foi expulsa por vender drogas. Eu não sabia por que estava sendo interrogada, pensei que você tivesse armado alguma coisa para mim. Porque você é doentio e perverso e provavelmente saberia como subornar a polícia do campus para infernizar minha vida. Por isso mencionei seu nome.

— Doentio e perverso — repete Three, e algo muda na expressão dele, uma mudança rápida demais para que eu tenha tempo de interpretar antes de ela desaparecer atrás de um sorriso. — Fico feliz por pensar coisas tão boas sobre mim. Ei, não precisa fugir por minha causa.

— Não é por sua causa. — Empurro a cadeira para trás e me levanto. — Tive um dia longo demais. A última coisa de que preciso agora é aturar *literalmente* a pior pessoa que já conheci.

A risada dele é hesitante.

— Sem nenhum exagero. Razoável, como sempre, Evans.

Não olho para trás à medida que saio da redação e deixo a porta bater atrás de mim.

08

O diretor de residência acorda Dara e eu bem tarde na manhã seguinte para avisar que Ellie e os pais estão tirando as coisas dela do quarto. Madison já foi para o culto matinal, e Dara e eu concordamos que é esquisito ficar no quarto com Ellie ali do lado. Ela sai para almoçar com Kayla e Yasmin; apesar de ter sido convidada, preciso ficar um pouco sozinha.

É uma tarde quente e ensolarada, embora estejamos em novembro, no outono, então vou até o pátio lotado para aproveitar o que provavelmente vai ser o último dia bonito do ano.

E para finalmente falar com meus pais, uma ligação que já foi postergada demais.

— Não acredito que você não ligou ontem! Nós poderíamos ter...

As palavras seguintes são engolidas pelo som de uma gaita de fole. Eles estão no intervalo do almoço na feira, mas não têm como evitar o barulho.

— Desculpa! — grita meu pai, tão alto que o som estoura no alto-falante do celular. Afasto o telefone da orelha. Quando o aproximo de novo, ele ainda está falando. — ... para a cerimônia de encerramento neste final de semana...

— Não sabia que existiam gaitas de fole no período medieval.

— Claro que existiam! Os gaitistas são um sucesso no Fim de Semana das Terras Altas.

— Você sabe que o Fim de Semana das Terras Altas agora é um grande sucesso, certo? Desde que lançaram *Outlander* — continua minha mãe. Ela assobia, e imagino que esteja se abanando.

— Ok, não vamos falar da sua obsessão por kilts — aviso.

— Será que devo comprar um kilt? — A voz de meu pai soa suficientemente distante para eu saber que está falando com minha mãe, ignorando o celular. — Eu posso comprar um kilt. Aposto que ficaria lindo.

Minha mãe ri.

— Ei, família? Vocês esqueceram a parte em que contei que minha colega de quarto estava...

Paro e olho em volta rapidamente. Estou sozinha, mas há vários grupos próximos o bastante para que consigam me ouvir. A notícia da apreensão de Ellie se espalhou pelo dormitório como fogo em mato seco. Não preciso trazer o assunto de volta.

— É claro que não esquecemos — diz meu pai. — Você está bem, Wynnie? Quer vir para casa no final de semana?

— Não, está tudo bem. Vocês vão estar ocupados na feira.

— Você pode vir junto! Vai ajudar a se distrair. Uma coxa de peru e uma pintura facial — sugere minha mãe.

— E você adora as Washing Well Wenches! — acrescenta meu pai.

— É só uma hora e meia de ônibus. Você pode vir para casa rapidinho — insiste ela.

Ficar sozinha em casa enquanto eles estão na feira? Ou, pior, ficar sozinha na feira enquanto eles trabalham? Essa eu passo. Passo muito.

— Está tudo certo. Tenho trabalho para fazer no final de semana. — Bocejo, sonolenta com a exposição ao sol. — E vou para casa no feriado de Ação de Graças, de qualquer maneira.

Meus pais ficam quietos, e escuto sussurros frenéticos. Endireito as costas e abro um pouco mais os olhos.

— O que foi?

— Seu pai devia ter avisado.

Escuto meu pai fazendo um barulho engasgado.

— Não foi isso que nós...

Minha mãe o silencia com um "Shhh". Em seguida, ela suspira e diz:

— Wynnie, vamos ter uma convenção nesse final de semana. A Convenção Duelo de Dragões.

— No *feriado de Ação de Graças*? — Não consigo disfarçar o choque e a mágoa que transbordam em minha voz.

— Começa na sexta, mas estamos planejando pegar a estrada na quinta-feira à noite. É em Chicago.

Engulo em seco, brigando com o nó que se forma em minha garganta. Por que estou tão incomodada com isso? Não é como se o feriado de Ação de Graças fosse uma grande tradição em casa. Às vezes, nem comemos peru. Em geral, visitamos minha avó no asilo de manhã e terminamos a noite com qualquer filme ou série de fantasia que eles estejam a fim de ver ou, de vez em quando — isso mesmo —, uma maratona de *O Senhor dos Anéis*.

O Dia de Ação de Graças não é muito especial em casa. Por que estou tentando engolir o choro então?

— Você poderia vir no final de semana anterior — diz minha mãe, rapidamente, entendendo o que meu silêncio significa. — Podemos fazer todas as coisas de Ação de Graças!

Pigarreio.

— É, talvez. Preciso ir. Vou trabalhar.

— Ah... ok. Wynnie, se você mudar de ideia sobre vir para casa neste final de semana, nós damos um jeito.

— Está tudo bem. Amo vocês. Tchau.

Desligo antes de eles responderem.

Sem Ellie, o trabalho e as aulas viraram meio que meu refúgio. Podemos não ter sido amigas, mas a metade vazia do quarto é uma visão que causa incômodo, principalmente o colchão sem roupa de cama. Quando estou fora do quarto, pelo menos me sinto menos sozinha.

Estou na biblioteca, empurrando um carrinho vazio depois de reorganizar algumas prateleiras, quando vejo Jennie na mesa de recepção com um caderno aberto.

Mudo a rota do carrinho.

— As provas não acabaram de terminar?

Jennie levanta o olhar e grunhe.

— Tenta dizer isso para os meus professores. É um projeto atrás do outro, o tempo todo, meu bem. — Ela larga o marca-texto e apoia o queixo na mão. — Quando inventarem a viagem no tempo, quero voltar para mandar a Jennie do Ensino Médio fugir. Fugir para bem longe. Nem pensar em ir para faculdade.

— Pensei que Engenharia fosse sua paixão.

Jennie semicerra os olhos e, um segundo depois, ri.

— Nunca sei quando você está brincando.

Alguém pigarreia alto atrás de mim, e eu me viro. Nosso chefe, Scott, está a alguns passos de nós, com as mãos na cintura.

Ai, droga.

— Wyn — chama ele, acenando.

Jennie esconde rapidamente os materiais de estudo embaixo da mesa, no colo.

— Oi — respondo para Scott, pegando o carrinho de volta. — Eu estava devolvendo os livros às prateleiras.

— Deixa que eu cuido disso. Você-sabe-quem está lá no segundo andar. Pode resolver, por favor?

Reajo imediatamente.

— Mas... eu já fui...

— Pode avisar que, se acontecer novamente, vamos ter que proibir a entrada dele na biblioteca. — Scott tira o carrinho da minha mão. — Seja discreta, por favor.

Eu o vejo se afastar e cerro os punhos.

— Seja discreta?

Jennie estremece.

— Seja *discreta*. — Arregaço as mangas do suéter, queimando de raiva. — É claro. Vou ser discreta.

— Wyn — chama Jennie quando me dirijo ao escritório no fundo do salão. Escancaro a porta, vou para trás da mesa e me jogo na cadeira. — O que está fazendo? — sussurra ela, olhando por cima do ombro na direção de Scott.

— Sendo discreta.

Desbloqueio a tela do computador e abro o painel de controle dos pontos de acesso do wi-fi. Tecnicamente, não era nem para eu saber fazer isso. Não tenho autorização para mexer no painel de controle — só os administradores da biblioteca deveriam ter acesso.

Mas tivemos alguns problemas com o wi-fi da biblioteca algumas semanas atrás e, enquanto a equipe de TI tentava resolver, a equipe toda ganhou acesso para podermos reiniciar os pontos temporariamente.

E é por isso que sei como reiniciar e como desativar tudo.

— Scott vai ter um chilique — avisa Jennie.

— Na próxima ele pode arrumar uma solução, então.

Nada acontece no momento em que a rede de wi-fi cai. Não na hora, pelo menos. Empurro a cadeira para trás e passo por Jennie a caminho da escada. O barulho começa quando estou na metade do segundo lance e todo mundo começa a entender que não é um bug ou uma queda rápida de conexão.

Acho o Cara do Pornô no segundo andar, batendo nas teclas do notebook com a frustração estampada no rosto. Caminho tranquilamente até a mesa dele, tremendo com a descarga de adrenalina. Coloco as duas mãos no encosto da cadeira diante dele e me inclino para a frente.

— Está se divertindo?

Ele olha para mim. A irritação desaparece de seu rosto, os lábios se distendem em um sorrisinho sem mostrar os dentes.

— Eu avisei. Saia daqui e não volte — continuo.

De braços cruzados e batendo o pé no chão em um ritmo instável, espero ele recolher as coisas. As pessoas estão olhando, esquecem a queda do wi-fi quando percebem que tem alguma coisa maior e mais dramática acontecendo.

Quando o Cara do Pornô chega no elevador, desço pela escada. Já estou esperando no térreo quando ele sai da cabine e caminha sem pressa para a porta.

— Wyn! — sibila Scott, saindo do escritório dos fundos.

Jennie continua atrás da mesa, de olhos arregalados.

— Foi embora — digo, ao me aproximar deles, adotando um tom calmo que não tem semelhança alguma com como realmente me sinto.

— Que ideia foi essa? — O rosto de Scott fica vermelho, e ele aponta para dentro do escritório. — Entra. Agora.

Quando o momento de coragem passa, só penso que não posso perder esse emprego. É um alívio quando Scott passa dez minutos falando sem parar, reclamando por eu ter abusado do meu acesso ao painel de controle da rede de wi-fi, mas não me demite. *Mas eu simplesmente sei* que, depois dessa, ele vai me fazer sofrer.

— Wyn — cumprimenta Sabina, logo que entro na redação do *Torch*, dois dias depois. Ela acena me chamando até sua mesa. — Bem na hora.

Deixo minha mochila na mesa dos focas, aliviada porque, uma vez na vida, não tem nem sinal de Three por aqui. Essa é a única parte boa da minha semana inteira. Com a expulsão de Ellie, meus pais ignorando o feriado de Ação de Graças, a penitência que Scott está me fazendo aguentar desde que desliguei o wi-fi e a prova de Estatística em que fui muito mal ontem, estou exausta.

E isso deve estar estampado na minha cara, porque Sabina olha para mim e olha de novo, com mais atenção, quando me aproximo. Ela abre a boca e a fecha em seguida, olhando para Christopher. Ele está parado do lado dela, inclinado para enxergar a tela do computador, mas se levanta e endireita as costas.

— Queremos te atualizar sobre a edição da semana que vem — diz ele.

Sabina pigarreia.

— Ficamos sabendo que a aluna que foi pega traficando drogas no alojamento era sua colega de quarto.

Minhas bochechas esquentam.

— Não sabia que todo mundo já estava sabendo disso.

— Logo essa notícia vai se espalhar — comenta Christopher. — Por isso queríamos conversar com você. Three sugeriu uma pauta sobre a apreensão da sua colega de quarto. Ele já está quase acabando de escrever, e planejamos publicar.

Sinto uma fúria queimando dentro do meu peito e se espalhando pelo resto do corpo.

— Three sugeriu. É claro.

— É uma matéria importante — defende Sabina. — Não era só maconha. Eram drogas pesadas.

— E todo mundo precisa saber se temos um problema de drogas pesadas se espalhando pelo campus. É perigoso e não queremos que o que aconteceu ano passado se repita — complementa Christopher. Pelo tom de ressentimento na voz dele, não tenho certeza se ele está falando sobre as meninas que tiveram uma overdose ou se é sobre o *Two Minute News* ter conseguido esse furo antes dele.

— Sim, eu sei. — Minha voz sai ríspida. Sabina e Christopher trocam olhares, e respiro fundo para me acalmar. — Desculpa. Sei que é uma matéria importante. Está tudo bem.

— Queremos ter certeza de que não vai se sentir prejudicada por isso — fala Sabina, gentilmente.

— Seu nome nem será citado. Não vai ser um problema. Além disso, precisamos publicar antes que alguém publique. — Christopher olha para mim. — Sabe que, nesse caso, seria bem pior para você.

Essa é a resposta para a minha dúvida sobre as motivações de Christopher.

— Eu entendo. Podem publicar. — Dou alguns passos para trás e olho para a mesa dos focas. — Three está por aqui?

Tento controlar minha raiva crescente. Vou perder a cabeça a qualquer momento e quero estar bem longe da redação quando isso acontecer.

— Ele foi embora faz um tempinho — responde Christopher.

Assinto lentamente.

— Ok. Preciso ir. Mas obrigada por me avisarem.

— Wyn, você tem certeza de que...? — Sabina é interrompida pela batida da porta que dou.

No corredor, cerro os punhos com tanta força que meus dedos estalam. Estou a um passo da explosão. Marcho pelo campus no ritmo da minha fúria, que cria uma cadência: *Three. Three. Three. Three.*

Não sei nem por onde começar. Nem sei o que quero dele. Ninguém nunca me fez sentir tanta raiva, nunca conheci ninguém que conhecesse tão bem meus pontos fracos.

Talvez seja porque um desses pontos fracos, de que nem eu tinha conhecimento, seja o próprio Three. Ele é a única pessoa que tem um manual completo da minha fúria, que sabe exatamente como me fazer pegar fogo.

Espera... apaga isso! Meu cérebro está se entregando.

Paro do lado de fora da academia e é nesse momento que recupero um pouco da calma. A última vez que o universo colocou Three no meu caminho para um confronto foi bem aqui, quando ele saía do conjunto aquático. Foi naquele dia que declarei *guerra*. Que decidi que arruinaria todas as chances que ele tivesse de conseguir a vaga na Vida no Campus ou ingressar no curso de Jornalismo. Só por cima do meu cadáver.

Ou do dele, penso ao abrir a porta do prédio das piscinas.

Vir aqui com a expectativa de encontrá-lo de novo no mesmo lugar é o tiro menos certeiro da história. Então eu deveria ficar bem mais surpresa quando entro na área da piscina olímpica e o vejo nadando de costas em uma das raias.

Ele executa um movimento fluido para virar e voltar quando chega no final da piscina, e agora nada com o rosto debaixo da água.

Eu poderia gritar o nome dele. Poderia esperá-lo acabar. Mas não é nada disso que faço. Quero pegá-lo de surpresa. Quero deixá-lo em choque.

Largo minha mochila no chão e tiro o sapato, calculando mentalmente o peso dele em minha mão antes de arremessá-lo na piscina. Erro o alvo, e ele cai na raia do lado.

Nunca prometi ser muito atlética.

Mesmo assim, funciona. Three levanta na hora, tira os óculos de natação. Afasta o cabelo do rosto e, ofegante, gira em torno de si mesmo até seus olhos finalmente me encontrarem. Parece surpreso o suficiente, o que alivia um pouco da fúria que está me devorando por dentro.

— Caramba, Evans, está me seguindo ou alguma coisa assim?

— Foi só uma feliz coincidência.

Ele mergulha por baixo da corda que demarca as raias e desce até o fundo da piscina. Quando sobe de novo, meu sapato está na mão dele. Three nada na minha direção, afastando o cabelo do rosto antes de apoiar os cotovelos na beira da piscina. Então olha para o meu sapato, depois para mim.

— Estava tentando me aleijar?

— Pior.

Ele sorri e sai da água. Como a idiota que sou, me pego totalmente distraída por ele estar sem camisa e com uma bermuda daquelas bem justas, até o joelho, que os nadadores profissionais usam. Estou dando atenção demais ao que não devo e meu olhar volta para o rosto dele.

Antes que Three possa dizer qualquer coisa, pergunto:

— Quem você acha que é? O Michael Phelps? Por que está de uniforme olímpico?

Three sorri.

— Você gostaria mais se fosse uma sunguinha cavada?

— A única coisa que eu gostaria da sua pessoa seria um desaparecimento.

Tento pegar meu sapato. Three coloca a mão para trás e o segura longe do meu alcance.

— Acho que não — fala, rindo, e me afasta com o outro braço. — Acredito que te contaram sobre a minha próxima matéria?

Minha raiva volta com força total. Cerro os dentes com tanta força que minha mandíbula estala.

— Qual é o seu problema?

— As pessoas têm o direito de saber o que está acontecendo no campus — responde ele, tranquilo, como se eu fosse a sem-noção.

— E aí tinha que ser *você* escrevendo a matéria? Devia deixar para alguém capaz de alguma objetividade, pelo menos!

— Eu sou objetivo. — Ele abaixa o braço quando percebe que não vou tentar pegar meu sapato de novo. — E objetivamente, se estão traficando pó e MD dentro do campus, acho que os estudantes têm o direito de ficar sabendo. Não é só um aluno vendendo receita de Adderall para fazer uma graninha extra. Isso significa que, provavelmente, tem casos mais graves de tráfico acontecendo, o que deixa tudo mais perigoso.

Aplaudo com sarcasmo.

— Herói do povo.

Ele fica sério.

— Evans, uma menina morreu no ano passado.

— Eu sei disso!

— Eu também estou *objetivamente* interessado em saber como a administração vai lidar com o caso de Ellie, já que, no ano passado, um aluno negro foi expulso e teve que cumprir trinta dias na prisão por vender maconha no campus. Isso é responsabilizar a faculdade para ver como ela planeja tratar o caso de uma menina branca de classe média. O código de conduta diz que ela pode ser jubilada por posse, mas ouvi dizer que sua colega de quarto estava assistindo a aula três dias atrás.

Estou quase admitindo que não fazia ideia de nada disso, até ele usar meu sapato como microfone.

— O que você tem a dizer?

— Você é um babaca — respondo para o sapato.

Tento pegá-lo da mão dele de novo. Three o tira do meu alcance com um sorrisinho.

— O nome disso é *notícia*, bebê. — É tão irritante ele conseguir guardar tudo que digo na memória que minha vontade é de gritar. — Além disso, não sei por que ficou tão surpresa por eu ter feito a matéria. Sou literalmente a pior pessoa que já conheceu, lembra? O que esperava?

— Beleza. Escreve sua matéria. Não estou nem aí. — Tento alcançar meu sapato mais uma vez, mas Three o passa para a outra mão por trás das costas. Me estico para tentar alcançá-lo, mas percebo que deixá-lo me ver desesperada vai ser mais um ponto no caderninho dele. Solto um grunhido de frustração e endireito o corpo. — Aproveita e fica com a merda desse sapato. — Coloco a mão no peito dele e o empurro para trás.

Ele solta meu sapato e agarra meu antebraço, me puxando consigo. Não tenho nem tempo de reagir.

Afundamos os dois na piscina.

Volto à tona arfante, sentindo o peso da minha jaqueta me puxar para baixo. Faço muito esforço para me movimentar na água, tentando alcançar a parede. Three deve ter ficado com pena — e acho que, talvez, ele não queira que eu morra de verdade —, porque envolve minha cintura com um braço, me guiando até a borda, e eu me seguro nele, arfante. Dou um jeito de tirar a jaqueta encharcada e a jogo para fora da piscina. Ela acerta o chão lajeado com um barulho alto, como um peixe morto.

Three está tão perto de mim que suas penas roçam nas minhas embaixo da água.

— Odeio você. — Eu o empurro para longe e jogo água na cara dele. — Queria nunca ter te conhecido.

Ele limpa a água dos olhos e empurra o cabelo para trás de novo.

— É, eu sei.

Apoio as mãos na borda da piscina e tento dar um impulso para subir, mas sou impedida pelo peso das minhas roupas e, hã... pela minha vergonhosa falta de força nos braços. Ele se aproxima novamente, desliza as mãos pelo meu quadril. Quando me segura pelas coxas, eu me apoio nele e deixo escapar um gritinho assustado, esperneando para ele me soltar. Three me larga, deslizo de volta para dentro da água até ficarmos frente a frente, colados um no outro.

— Ameace tentar qualquer gracinha e eu te afogo junto comigo, juro por Deus — esbravejo, me apoiando nele com os braços.

Sua pele é quente, um contraste brusco com a água gelada. E ele é *robusto*. Não é musculoso demais, mas forte.

Eu não esperava por isso.

Seu olhar fica mais intenso, e a mandíbula se contrai antes de ele desviar o olhar.

— Segura na parede. Estou tentando te ajudar — orienta, usando uma das mãos para soltar meus braços.

Desta vez, quando ele abaixa para me segurar pelas coxas, não resisto. Com a mão livre, ele se apoia na parede e me levanta. Caio no chão ao lado da minha jaqueta.

Quando puxo o corpo para cima, a mão de Three se demora em minha panturrilha. Sinto minha pele queimar sob o jeans. Seu olhar é pesado, desce lentamente e para. Assim que ele vira a cabeça, percebo que a roupa molhada está colada em mim, exibindo claramente cada detalhe do meu corpo. O arrependimento por ter tirado a jaqueta é imediato.

— Não olha para mim.

Apoio o pé calçado com a meia no peito de Three, empurrando-o para longe, e ele mergulha a cabeça na água.

Não tenho vergonha do meu corpo, mas sou humana. E não quero saber o que ele estava achando...

Não importa. Não ligo para o que Three acha de mim, especialmente do meu corpo.

— Se eu morrer congelada no caminho para casa, saiba que passei meus últimos momentos de vida desejando a sua morte — aviso, pegando meu sapato onde ele o deixou. Calço-o por cima da meia molhada e começo a torcer o suéter, o cabelo e as barras da calça.

Three sai da piscina e passa por mim a caminho das arquibancadas. Toda aquela intensidade sumiu, substituída por uma arrogância tranquila. Ele pega uma toalha no degrau mais baixo da arquibancada e joga na minha cabeça. Agarro-a e a tiro da frente do rosto.

— Não morra congelada, Evans. — Ele me dá as costas e se afasta a caminho do vestiário. — A vida seria bem chata sem você.

09

Quando a matéria sobre Ellie é publicada, o que Christopher disse se confirma: meu nome não aparece em nenhum momento, nem o dela. Uma pequena luz no fim de um túnel escuro, sombrio. Porque, ainda que nossos nomes não apareçam, o nome do nosso prédio é citado, e a fofoca cuida do resto.

Passo dias respondendo às perguntas de todos que me reconhecem. Se eu sabia que Ellie traficava, se era só pó, MD e Adderall ou se ela tinha mais coisas, se eu sabia quem comprava dela. E isso inclui um colaborador do *Two Minute News* que, certa tarde, me segue até a porta do meu prédio para conseguir alguma declaração e insiste até eu ameaçar chamar a segurança do campus.

É exaustivo. Pior do que a história do banimento do pornô. Pelo menos daquela vez eu podia falar que era só um engano e seguir a vida. Agora é a verdade nua e crua. *Notícias, bebê.*

A pior parte não são as perguntas, ou os cochichos, ou todo mundo do meu dormitório de repente torcer para ficar preso no elevador comigo só para fofocar uns cinco minutos.

A pior é que Three agora é tratado na redação como se ele fosse a porra do Anderson Cooper. Até Christopher, que normalmente evita a mesa dos focas como se tivéssemos uma doença contagiosa, passou por lá algumas vezes esta semana para bater um papo com Three sobre ideias de pauta.

Sinto que estou perdendo espaço na disputa pela vaga na Vida no Campus. A reportagem sobre o Buckeye Crossing foi boa, apesar de roubada, e a matéria sobre a pornografia bombou, mas pelos motivos errados. Até eu devo admitir que Three tem os instintos aguçados. Ele não escreveu só sobre Ellie; ele cobrou respostas da administração. O texto dele é ao mesmo tempo informativo *e* instigante. Faz mais gente além de nós olhar para a situação. Agora a faculdade toda está atenta.

Enquanto Three nada de braçada na glória, fico boiando na cadeira do lado, pensando se um dia vou conseguir escrever algo que ofusque tudo que ele produziu até agora e o que quer que ainda tenha na manga. Li as ideias dele. Sei que são boas.

E se eu estiver errada esse tempo todo? E se ele *realmente* for um repórter melhor do que eu?

Me envolvi tanto no meu recém-descoberto complexo de inferioridade que cheguei a uma rua sem saída com as minhas matérias. Estou me debatendo em um mar de mediocridade.

Mesmo sem ter uma ideia inovadora, ainda tenho Hayes. Ele é a melhor pomada para as queimaduras de Three. Toda vez que Three me tira do sério, é Hayes quem coloca minha cabeça no lugar. É por isso que agora passo 90% do meu tempo no campus assim: de cabeça baixa, com o celular na mão, mandando uma mensagem para Hayes ou lendo uma mensagem dele. Se um dos poucos amigos que eu for fazer na faculdade vai ser por um aplicativo de relacionamento, que ao menos eu me dedique. E conversar com Hayes não é esforço algum. Na maior parte do tempo, ele entende o que quero dizer mesmo quando não encontro as palavras certas ou quando mudo de assunto do nada.

Tipo agora, enquanto conversamos sobre qual o melhor prato do refeitório do campus.

hayes6834: mas o REFOGADO CHINÊS
pomerene1765: você sente que desenvolveu a síndrome do impostor quando entrou na faculdade?
hayes6834: ah eu já tenho desde muito antes da faculdade
pomerene1765: jura? eu achava que eu era tão inteligente no ensino médio. tipo, de longe a mais inteligente da sala
hayes6834: isso soou bem…
pomerene1765: um segundo, meritíssimo, quero eliminar essa parte dos meus registros.
hayes6834: considere eliminada

pomerene1765: ser puxa-saco vai te levar longe
hayes6834: mas será que vai me levar até
hayes6834: espera apertei enviar rápido demais
hayes6834: pensando bem acho que desisti da piada
hayes6834: será que essa é a sensação de pensar antes de fazer uma piada em voz alta?

Paro no semáforo, esperando abrir para pedestres, e sorrio. Essa é a parte que mais gosto de conversar com Hayes. Os amigos podem até achar que o senso de humor dele seja ruim, mas ele sempre me faz dar risada. E, melhor ainda, ele sempre me ajuda a desviar a atenção dos motivos do meu recém-descoberto caso de descontrole universitário, um olho tremendo que pode acabar em explosão de fúria.

pomerene1765: descobriu um mundo novo agora, hein?
hayes6834: mas pensa em todos os longos silêncios desconfortáveis que eu vou perder
pomerene1765: é, você vai se privar de viver esses momentinhos de autorreflexão
hayes6834: são importantes para o crescimento
hayes6834: mas o que a gente ia falar sobre sua síndrome da impostora?
pomerene1765: ah é. não é bem que eu era a MAIS GENIAL. eu não era oradora da turma nem nada. mas sentia que era a melhor em relação ao que estava fazendo, sabe?
hayes6834: acho que isso faz parte da típica experiência universitária. chegar aqui e perceber que a concorrência não era tão forte no ensino médio. mas isso não significa que você não é inteligente ou boa o bastante no que faz. só quer dizer que a faculdade é um desafio maior. não ia ser um porre se fosse igual à escola?
pomerene1765: não me lembro de já ter me incomodado por conseguir alguma coisa fácil. acho que não ia ligar se

a faculdade fosse assim também. especialmente as coisas em que QUERO ser boa.
hayes6834: justo. talvez minha vida fosse melhor se eu não olhasse pra tudo que é minimamente difícil como um desafio.
pomerene1765: você é uma daquelas pessoas supercompetitivas que estragam a noite de jogos?
hayes6834: não posso NEM VER um tabuleiro de banco imobiliário
hayes6834: já me disseram que levo tudo muito a sério. isso afasta as pessoas.
pomerene1765: acho que dá para as pessoas aguentarem levar algumas coisas mais a sério.
hayes6834: quem tá puxando o saco de quem agora?
pomerene1765: vamos ver se isso me leva a algum lugar.
hayes6834: ousado da parte de quem não quer nem me conhecer

Ele está certo, falei realmente que era melhor não nos conhecermos. Esse assunto já surgiu mais uma vez desde o Halloween, apesar de eu nem saber se Hayes quer isso ou não. Ele nunca falou diretamente, e sou sempre eu quem coloca o limite. Mas talvez seja o que ele espera, que eu marque essa linha, defina o limite que não quero ultrapassar.

Quanto mais conversamos, porém, mais tênue fica essa linha. Sinto como se fôssemos amigos, mas o Buckonnect ainda é um aplicativo de relacionamento. Não sei se, por definição, essa fase antecede a de começar a sair com alguém; minha experiência é bem limitada. Se Dara estivesse interagindo com alguém no Buckonnect há tanto tempo, ela provavelmente diria que eles estão "conversando". Mais que amigos, menos que saindo juntos.

É possível que estejamos criando expectativas. No fim das contas, não é como se Hayes e eu não flertássemos do nosso jeito. (É um alívio descobrir que ele também não é tão bom nisso.)

Mas não sei o que eu faria se ele descobrisse qual é a minha aparência e sumisse. Prefiro pensar que ele não desapareceria, mas quanto conheço essa pessoa com quem converso só há algumas semanas e, além de tudo, anonimamente? O que eu faria caso ele ficasse bravo comigo quando descobrisse? A gordofobia de algumas pessoas chega *a esse ponto* de causar revolta e constrangimento, de levar à hostilidade como resposta.

Só sei que, quanto mais mergulho de cabeça, mais alto fica meu castelo de cartas. Um passo em falso, uma palavra errada, e tudo desaba. À medida que converso com Hayes, mais gosto dele, o que significa que posso estar me enfiando em uma encrenca das grandes. Só que, em vez de ir com mais calma, continuo sem freio, gostando mais dele a cada conversa, mesmo sabendo o risco que corro.

Viro uma esquina e travo, dou um passo para trás. Lincoln está do lado de fora do nosso prédio, de cabeça baixa, olhando para o celular.

Não falo com ele desde que nos encontramos no saguão há mais de uma semana. Eu me esquivei dele uma vez, porque ainda estou envergonhada. E estou frustrada porque a denúncia de Lincoln, de alguma forma, foi o ponto de partida para Three escrever o artigo que virou o assunto do campus. Não me importo com o inconveniente de ser interrogada pela polícia, mas, se eu não houvesse mencionado o nome de Three, talvez ele nem tivesse informação suficiente para escrever o artigo.

E, de coração, receio que Lincoln tente se desculpar de novo na próxima vez que me encontrar, prolongando a humilhação. Só quero fingir que nada disso aconteceu e deixar o tempo cicatrizar as feridas.

Lincoln para de digitar e levanta a cabeça, olha para o lado oposto ao meu. Ao mesmo tempo, meu celular vibra com uma mensagem de Hayes.

hayes6834: você ainda não reconheceu que o prato mais gostoso do refeitório é o refogado chinês, isso é um fator decisivo no debate sobre o melhor prato do refeitório

Levanto a cabeça e olho para Lincoln. É uma coincidência, não é? Uma grande coincidência. Eu provavelmente encontraria mais uma dúzia de pessoas mexendo no celular aqui em volta agora. Ele pode estar só procurando o caminho para algum lugar no mapa, o horário de funcionamento de alguma loja, ou até falando com outra pessoa no Buckonnect!

Mas alguma coisa me deixa intrigada e me lembro da primeira conversa que tive com Lincoln, quando contei que sou a única pessoa no *Torch* que não foi editora-chefe no Ensino Médio. Ele mencionou a síndrome da impostora nessa conversa. O que ele disse exatamente? Que a síndrome da impostora é a primeira lembrancinha que você ganha quando se torna calouro e que ele já tinha lidado com isso.

Pisco e o vejo se afastar da porta, e minha cabeça começa a funcionar em alta velocidade quando meu celular vibra com novas mensagens.

hayes6834: acho que eu não devia ter falado nada sobre te conhecer. era brincadeira, não queria te pressionar. mas você sabe como eu sou. tenho um talento natural pra falar as coisas erradas.
hayes6834: eu ganharia medalha de ouro em uma olimpíada de meter os pés pelas mãos
pomerene1765: você deve ser bem flexível, então
hayes6834: ninguém nunca me falou isso antes. geralmente falam que sou bem rígido
hayes6834: ok agora que eu percebi que isso pode
hayes6834: você sabe
pomerene1765: impressionante ver um atleta olímpico dar um show ao vivo
hayes6834: ah. valeu.

Olho na direção em que Lincoln seguiu. As peças se encaixam, ainda que meio tortas. Depois da história de Ellie, eu diria tranquilamente que ele leva as coisas tão a sério quanto Hayes. E, pensando no feriado em que Hayes e eu começamos a conversar, não me lembro de ter visto Lincoln pelo prédio. Hayes também não estava no campus.

Estou atropelando a situação, como sempre. Minha imaginação produz possibilidades que, pensando de maneira objetiva, são astronomicamente improváveis. Até eu que estou quase sendo reprovada em Estatística sei que as chances são baixas. Mais baixas do que baixas.

Mesmo assim, meu coração tonto de leitora de quadrinhos românticos na web quer acreditar que essa é uma possibilidade.

— E aí, o que achou do meu texto? — Three se inclina na minha direção, apoiando o cotovelo ao lado do computador dele.

Estamos trabalhando em silêncio na mesa dos focas há pelo menos uma hora, Three fazendo uma apuração para Christopher, e eu cuidando da minha matéria. Estou cobrindo os gastos da universidade com o material de treinamento de realidade virtual para o time de futebol, que está custando quase o dobro do orçamento negado ao curso de Enfermagem para a compra de equipamentos similares um ano atrás. Mandei a sugestão de pauta por e-mail para Mel ontem e recebi um sinal verde minutos depois. Aliviou um pouco o ardor da alfinetada que senti com o sucesso da matéria de Three sobre o caso de Ellie. Se ele me derrotar, não vai ser por falta de esforço da minha parte.

Ao meu lado, Three permanecia em um silêncio divino, imerso no trabalho dele. Mas agora já sei que era um truque, uma falsa sensação de segurança para me iludir e ele conseguir me pegar despreparada quando atacasse.

— Você anda terrivelmente calma — diz, quando não respondo. De soslaio, eu o vejo tirar os óculos de leitura e colocar ao lado do computador, sinal de que está disposto a uma longa batalha. — Achei que hoje a guerra começaria logo que eu entrasse na sala. Especialmente depois de você ter tentado me matar semana passada.

Não mordo a isca. Pelo contrário, pego meu café e bebo um gole lento.

Three chega mais perto, deslizando o braço pela mesa. Os dedos dele tamborilam uma batida lenta e contínua a centímetros do meu punho.

Coloco o cabelo atrás da orelha e dou leves batidinhas no meu fone de ouvido. Na verdade, não estou ouvindo nada, não quero arriscar perder alguma coisa na redação. Mas Three não precisa saber.

— Ah. — Os dedos dele roçam minha bochecha quando ele tira o fone do meu ouvido e sussurra: — Está me ouvindo agora?

Congelo, sinto o sussurro atravessar meu corpo até a ponta dos meus pés. O que me deixa furiosa, porque *como* ele pode ter esse efeito sobre mim? Era para eu ter nojo dele! Eu não deveria sentir esse fogo todo.

— Deixe seu hálito de sal e vinagre do seu lado da mesa — aviso, virando para encará-lo.

Mas ele está se inclinando mais rápido do que eu imaginava, e acabamos de narizes colados.

Recuo, mas Three não reage. O que significa que ele ganhou, como sempre.

Ele sorri e encosta de volta na cadeira, relaxado.

Tento pegar meu fone.

— Devolve. — As palavras saem entre dentes.

Three fecha a mão em volta do fone.

— Antes, admite que você tentou me matar.

Tento abrir os dedos dele.

— Você parece criança.

Ele sorri outra vez e fecha a mão com mais força.

— É só falar que cometeu uma tentativa de homicídio com um sapato semana passada.

Prefiro morrer a entregar o que ele quer, por mais ridículo que seja.

— Ou você pode continuar tentando ficar de mãos dadas comigo — provoca, e o sorriso levanta mais um lado da boca que o outro.

Consigo enfiar os dedos dentro da concha formada pela mão dele. Até passa pela minha cabeça que estou literalmente na mão dele nessa brincadeira, mas minha próxima aposta vai ser ignorá-lo até ele desistir, o que parece difícil. Além disso, acho improvável ele simplesmente ir embora com um dos fones.

Não, essa ele vai ter que perder. E, para ganhar, preciso jogar o jogo dele.

— Ah, então é isso? — pergunto, com cara de pena. — Ninguém quer andar de mãos dadas contigo por vontade própria, então você está desesperado para ter contato físico? É uma honra abraçar essa causa de caridade, Three. — Fecho a mão em volta da dele e aperto com força. — Não precisa de truque para me fazer segurar sua mão. É só pedir. Com bastante gentileza. — Eu me inclino, acariciando o dorso da mão dele com o polegar. — "Wyn, eu faria de tudo para segurar sua mão por um minuto. Estou me sentindo tão, tão só."

Para a minha decepção, Three sorri.

— Sabe, Evans, talvez você esteja focada no curso errado. Acho que se daria muito bem no curso de Escrita Criativa. Você é ótima em inventar coisas dentro da sua cabeça. — Noto uma mudança na expressão dele, e é como se alguém o tivesse colocado em itálico. Tudo fica mais aguçado de repente. — A não ser que esteja projetando. "Estou me sentindo tão, tão só" soou meio como uma confissão.

Three abre a mão embaixo da minha e envolve meu punho com os dedos. Sinto meu fone sendo pressionado contra o pulso acelerado. Minha respiração acelera.

Three abaixa o tom de voz e murmura:

— Melhor assim? — E acaricia meu antebraço.

Sinto um arrepio. Porque a triste, patética verdade é que sim, está melhor assim. Quase tão bom quanto na semana passada, quando ele passou a mão na minha panturrilha ou quando me segurou pelas coxas. Tenho a perfeita noção do quanto a pele dele é quente e, depois de hoje, da piscina e do Halloween, consigo imaginar a sensação de me encolher junto dele e ser abraçada.

Three se aproxima e toca minha testa, entre os olhos, com dois dedos. Minhas sinapses se comunicam em velocidade máxima. Imagino que o interior da minha cabeça esteja parecendo o momento triunfal de uma queima de fogos ou algo do tipo.

Three me dá um sorriso condescendente.

— Você nunca vai poder ir para Vegas, Evans. Vai perder tudo.

— Que porra vocês estão fazendo?

Recuo, e a mão de Three se afasta do meu rosto. A outra me solta aos poucos, como se ele não estivesse nem um pouco constrangido com o fato do nosso editor estar parado na nossa frente, nos encarando como se tivesse nos surpreendido em um momento obsceno.

Three gira meu fone na palma da mão, como se fosse jogar um dado, e o solta em cima da minha mesa sem nenhuma cerimônia.

— Wyn está meio febril. Eu estava sugerindo que ela fosse ao ambulatório. Olha como ela está. — E aponta para mim com o queixo, lançando um olhar discreto em minha direção que Christopher não percebe. — Ela está vermelha.

Meu coração dispara, o sangue ferve.

— Acho que ele está certo — digo, sem desviar o olhar do rosto de Three. — Fiquei enjoada do nada. Como se eu fosse vomitar a qualquer instante.

Christopher faz um som de nojo.

— Ok, bom, se é assim, vá para casa. Não tenho mais nada para você hoje.

— Não posso... Tenho minha matéria.

— Não tem mais. Perdeu o furo — diz Christopher.

O tempo parece desacelerar quando ele vira a tela do celular para mim. O *Two Minute News* está aberto, e o vídeo na tela mostra uma menina ruiva falando rápido, recitando minha pauta com centenas de deslizes. Ela erra até o valor do equipamento.

— Mas... ela nem fez a matéria completa! Ainda posso terminar. Posso abordar o assunto pela ótica do curso de Enfermagem...

Christopher me interrompe.

— Já foi. Segue o jogo — Enquanto guarda o celular no bolso, ele olha para o meu lado. — Three, quero conversar com você sobre a reportagem que está escrevendo. — E aponta para a própria mesa do outro lado da sala.

Three se levanta com calma, deixa Christopher começar a andar na frente dele. Eu o vejo se afastar e não digo mais nada, o choque me deixa sem fala, até Three apoiar uma das mãos na mesa dos focas e olhar para mim.

— Deixou o diário largado por aí, Evans? Que coisa.

Levanto o olhar e vejo sua expressão arrogante.

— Foi você.

Ele aponta para o próprio peito e levanta a sobrancelha, como se estivesse fazendo uma pergunta silenciosa.

— *Você* mesmo. — Me levanto, porque não posso deixá-lo me olhar de cima por nem mais um segundo. — Você entregou minha pauta para o *Two Minute News*!

— Por que eu faria isso? — Ele se aproxima e abaixa o tom de voz. — E como eu poderia saber sobre o que estava escrevendo?

Não faço ideia. Mas seu olhar diz tudo: foi Three. E ele quer que eu saiba.

— Não sei por que faria isso. Mas meu palpite é que está com medo.

Ele ri baixinho.

— Medo? Da sua notícia bombástica sobre o equipamento de realidade virtual?

— *Era* bombástica!

— Poxa, Evans, se você vai tentar me derrubar, pelo menos faça de um jeito divertido. — Ele aponta para a minha mochila. — Que bom que o Christopher te deu o resto do dia de folga. Assim você tem tempo para pensar em uma matéria melhor. Alguma coisa boa o bastante para ser publicada e que não seja roubada de mim. — Ele bate no próprio computador com a ponta do dedo. — Pode tentar invadir outra vez, você nunca vai adivinhar a senha nova.

Então é por isso. A reportagem sobre o Buckeye Crossing. Depois do sucesso da matéria sobre Ellie, achei que ele tivesse superado, mas fica claro que Three é paciente e planeja ataques a longo prazo. Ele me distraiu com as picuinhas cotidianas que contam um pontinho ou outro nos nossos registros, de grão em grão. Mas são as grandes batalhas que contam de verdade no placar, e elas estão a favor de Three.

Enquanto ele se afasta tranquilamente, minha fúria começa a queimar como mato seco. Ele se acha muito superior. Muito melhor. "Pelo menos faça de um jeito *divertido*"?

Continuo fervendo de raiva quando pego minhas coisas. Estou de saco cheio de perder para ele. Quero vê-lo virar do avesso de raiva, sem conseguir fazer nada direito. Quero vê-lo em pânico.

E sei que ele tem uma prova agora à tarde, porque ouvi quando comentou sobre isso com Christopher mais cedo.

Faço algo ardiloso, então. Uma coisa que sei que ultrapassa limites importantes. Algo que eu hesitaria em fazer se estivesse sentindo uma fagulha de raiva a menos do que essa que me consome.

Mas estou furiosa demais para pensar duas vezes.

Pego os óculos de Three ao lado do computador dele e saio discretamente.

O arrependimento bate pouco tempo depois, mas é tarde demais. Não dá para voltar na redação do *Torch* e devolver os óculos — não considerando que ele descobriria o culpado. Vou ter que ir até o fim.

Não vou muito longe. Tem uma passarela elevada entre dois prédios de onde é possível ver a rua, por onde sei que Three precisa passar a caminho da sala de aula. Vou ter a vista perfeita dele saindo calmo como sempre e, se eu tiver sorte, correndo de volta para a redação do *Torch* em pânico ao perceber que perdeu os óculos.

Assim que o vir passar, volto escondida até a redação e devolvo os óculos ao lugar onde os encontrei. Ele vai deduzir que fui eu, mas nunca vai conseguir provar nada. Da mesma forma que não posso provar que ele entregou minha pauta para o *Two Minute News*.

Entretanto, deixei de considerar uma possível falha no meu plano genial. Percebo quando o celular vibra na minha mão e vejo na tela uma mensagem de um número que sempre tive, mas com que nunca conversei.

THREE:

Devolve

Olho para o prédio onde fica a redação do *Torch* e, rapidamente, para o outro lado também. Ele não passou por ali, o que significa que ainda não saiu.

Fico olhando para a mensagem, pensando em como vou responder.

THREE:

Juro por tudo Evans

EU:

Parece uma ameaça. Talvez eu devesse falar com meu orientador. Estou me sentindo bem insegura.

Abro um sorrisinho de satisfação ao enviar a mensagem, imaginando o rosto dele mais e mais vermelho a cada segundo. Qualquer resquício de arrependimento acabou de evaporar. Ele está na minha mão.

E a situação só melhora quando a resposta dele chega.

THREE:

É pra sentir mesmo.

Um arrepio percorre todo meu corpo. Peguei. *Peguei* ele. Só queria poder ver a cara dele…

Prendo a respiração.

Porque, quando levanto a cabeça, Three está parado do outro lado da rua. Ele não está correndo, nem em pânico, ou me mandando mensagens frenéticas. Está me encarando, imóvel, com uma expressão dura no rosto.

Contenho um soluço de surpresa e cubro a boca com a mão. Meu coração acelera enquanto o encaro de volta. Sinto o suor frio entre minhas escápulas.

A cara de Three olhando para mim é tão tranquila que fico decepcionada. Ele enfim se mexe, mas é um movimento sutil. Inclina-se para a direita, sem tirar os olhos de mim. Instintivamente, me inclino para o lado oposto.

Os olhos dele se semicerram, e o corpo se move para o outro lado.

Mudo de direção.

Three para outra vez e, então, parece se decidir: sai em disparada para a direita.

Tropeço quando corro para o outro lado, avançando toda torta e o mais rápido que consigo. Sei que Three está em forma, mas espero que não seja tão rápido a pé quanto é na água.

Desço a escada voando, com o coração disparado, e abro a porta no final da passarela. Não sei qual é o meu plano — continuar correndo ou me esconder. Mas não importa, porque dou de cara com Three à minha espera assim que passo pela porta.

No instante em que nos aproximamos, os braços dele me envolvem como uma prensa.

— Devolve — manda, no meu ouvido.

— Não sei do que está falando. — Minha voz sai trêmula e sufocada. Tento me afastar dele. — Me larga.

— Devolve primeiro, depois eu te solto. — Ele afasta a cabeça para poder olhar nos meus olhos. Estamos tão próximos que consigo ver cada cílio, cada sarda que nunca tinha visto e a curva do lábio inferior.

— Não estou com… Ei! — Uma das mãos dele agarra a alça da minha mochila, mas meu protesto chama a atenção de algumas pessoas que passavam por ali.

Percebemos isso ao mesmo tempo, e ele fica pálido.

Solta minha mochila, dá alguns passos para trás, cria um espaço entre nós. É uma delícia ver a raiva subindo pelo pescoço dele em forma de rubor.

Penso em correr, mas agora que tenho o poder em minhas mãos, consciente de que ele me alcançaria, fico onde estou.

— Gostei da mudança de atitude — murmuro, sorrindo confiante para as pessoas que passam por nós. — Esta é a sensação de ser você? Estar sempre por cima?

— Tenho uma prova para fazer. Devolve meus óculos — fala entre dentes.

— Hum... — Seguro a alça da mochila com força. — Se você pedir "Por favor" direitinho, talvez eu pense em te ajudar a procurar seus... óculos, é isso? Quem sabe até dê uma olhada na minha mochila. Pode ser que eu tenha pegado por engano.

As narinas dele se abrem. A mandíbula está tão contraída que as bochechas tremem.

Deixo meu sorriso ainda mais doce.

— Ou posso só ir embora...

Tento me afastar mais e sair dali, mas Three segura meu braço. Apesar da tensão que domina todo seu corpo a ponto de parecer que ele vai implodir com qualquer peteleco, ele me segura com cuidado.

Three respira fundo e solta o ar pelo nariz.

— *Por favor*, Wyn, você pode devolver meus óculos?

Não sei o que é mais gostoso de ouvir: ele me chamando pelo meu primeiro nome ou a voz trêmula pedindo "Por favor". Sorrio.

— Vai ser um prazer conferir se fiquei com seus óculos. — Jogo a mochila para a frente do corpo e a abro. Imito um som de surpresa ao tirar os óculos do compartimento lateral onde os guardei com todo o cuidado. — Olha só! Estavam comigo mesmo. Que esquisito. Não faço ideia de como vieram parar aqui.

Levanto os óculos, e ele os arranca da minha mão com uma expressão assassina.

— Foi mal — digo, temperando minha voz com açúcar. Quando ele se vira para ir embora, ajeitando a alça da mochila sobre o ombro com um movimento agressivo, coloco a cereja no bolo: — Mas eu estava aqui pensando e adoraria te ouvir implorar mais vezes.

Three para e se vira lentamente para me encarar.

— Você *nunca* mais vai ouvir isso — diz, e sua voz é quase um grunhido.

Dou de ombros, tentando não entregar o ritmo alucinante dos meus batimentos cardíacos.

— Vamos ver, então.

Three volta a se aproximar de mim, e me obrigo a ficar firme onde estou, sem criar a oportunidade para ele me pegar. Se estamos brincando de encarar, não sou eu quem vai piscar primeiro.

O olhar dele é penetrante. Sinto como se ele fosse capaz de ver até os cantos recônditos do meu cérebro — os lugares mais secretos, onde essa proximidade exagerada com ele cria várias imagens mentais que me recuso a validar.

Espero parecer plena, não lobotomizada, enquanto tento evitar que esses pensamentos se estampem na minha cara. Se ele conseguir me ler tão bem quanto diz que consegue — ou se eu for tão incapaz de esconder meus sentimentos quanto ele sugeriu —, esse esforço pode ser inútil. Principalmente quando ele se aproxima tanto que preciso me segurar na jaqueta dele para não perder o equilíbrio. Pelo menos desse jeito ele cai junto se eu cair. Mas a distância entre nós diminui para um centímetro, talvez menos.

Ele está muito *quente*. Ainda mais agora, depois de ter um acesso de raiva. Se tem uma coisa que já observei em Three é que as emoções dele podem até não transparecer no rosto, mas queimam na pele. Por isso sei que ele não está nem perto de sentir a calma que quer demonstrar, consigo sentir o calor emanando por debaixo do moletom.

— Achei que você tinha uma prova para fazer. — Acaricio sua jaqueta de leve, olhando para ele com doçura e piscando delicadamente. — Você se enfiou em um beco sem saída. Tem um horário a cumprir, mas o único jeito de sair desta situação é me derrubando ou se afastando primeiro.

Ele faz uma cara de falsa confusão.

— É mesmo?

Three se abaixa ainda mais, aproximando o rosto do meu até me encarar diretamente nos olhos. Nunca estive tão consciente da diferença de altura entre nós.

Minhas mãos agarram a jaqueta com mais força conforme ele chega mais perto, baixando o olhar até minha boca. Mal consigo respirar, minhas pálpebras tremem muito. Os lábios de Three estão tão próximos dos meus que quase sinto eles se tocarem. Fecho bem os olhos, e todos os músculos do meu corpo parecem se contrair em antecipação.

— Pensei que você odiasse meu hálito de sal e vinagre.

Abro os olhos bruscamente e cambaleio para trás. Meus dedos soltam a jaqueta.

Three sorri e se arruma. Pendura os óculos na gola do moletom, e cada centímetro seu exala prepotência, do olhar meio de lado ao contorno dos ombros e o movimento leve dos pés quando ele se vira para ir embora. Por cima dos ombros, diz com um tom preguiçoso:

— Ganhei.

E depois vai embora, me deixa aqui tentando recuperar o fôlego, engolir o orgulho e me arrastar para casa para chorar pelo leite derramado, me sentindo mais otária do que nunca. Porque agora eu mostrei minhas cartas para ele — que deixaria ele me beijar, a mais idiota de todas —, e ele vai conhecê-las para sempre e usá-las sempre que quiser. Todas as piadinhas sarcásticas que faz sobre eu querer alguma coisa com ele agora terão um peso maior. Porque ele sabe que pelo menos um quarto disso é verdade, e isso é precioso demais para entregar a alguém como Three.

Achei que eu tinha passado dos limites roubando os óculos, mas não cheguei nem perto. Na verdade, acho que nem se eu procurasse muito conseguiria encontrar os limites.

10

No sábado, não só a biblioteca fica deserta, mas o resto do campus também; está todo mundo no estádio para ver o jogo de futebol. Mais cedo, enquanto eu me arrumava para ir trabalhar e Dara se arrumava para encontrar as amigas para ir ao jogo, ela admitiu que também encontraria por lá um match do Buckonnect. Eu lhe repassei algumas informações que acumulei ouvindo coisas pela redação depois de ela reclamar que não sabia nada de futebol.

Éramos só nós duas. Madison viajou no final de semana para ir ao chá de bebê da prima, e passar um tempo só com Dara foi *legal* — até ela sair correndo para encontrar Kayla e Yasmin, me fazendo lembrar que tem amigas de verdade, não só uma colega de banheiro e vizinha de parede.

Aqui na biblioteca tenho tempo de sobra para pensar — sobre o que aconteceu com Three recentemente, sobre como Scott faz meus turnos na biblioteca serem um inferno na Terra, sobre eu ainda não ter feito amigos próximos, sobre minhas notas de Estatística que só despencam e sobre a rápida aproximação do meu feriado solitário de Ação de Graças. Sem contar minha falta de ideias para o *Torch*, o que coloca em jogo toda a minha inscrição para o curso de Jornalismo. O programa é pequeno, e os alunos que querem trabalhar na mídia impressa têm cada vez menos chances nessa era de notícias digitais e vídeos curtos nas redes sociais. Tem alunos veteranos com um blog de moda bem-sucedido, um podcast de política e um canal sobre crimes reais no YouTube. *Preciso* pensar em alguma forma de me destacar para a mídia impressa. São esses os pensamentos que me consomem dia e noite.

Quando você é criança, os desenhos animados te fazem ter medo de areia movediça, uma coisa altamente improvável de se encontrar um dia na vida. O que ninguém conta é que seu cérebro também é cheio de areia movediça.

Mais tarde, quando eu e Jennie fechamos a biblioteca, conseguimos ouvir a torcida à distância. A biblioteca deserta é um cenário bem distante do que deve estar acontecendo no estádio — uma bagunça de comemoração pela vitória do nosso time. Se estivéssemos lá, eu provavelmente estaria tropeçando em homens adultos de cara pintada e cerveja na mão.

Mas aqui tudo está silencioso. Outro mundo.

Eu nem gosto de futebol. Também não acho que curtiria a comemoração regada a comida e bebida no estacionamento do estádio. Mas a sensação de fazer parte de alguma coisa... isso eu adoraria. É isso que eu *quero*.

— Estou meio preocupada com você, Wyn — diz Jennie, enquanto caminhamos juntas. Meu dormitório e o estacionamento em que ela deixa o carro ficam para o mesmo lado.

— Como assim? Eu estou bem.

Jennie me olha de soslaio.

— Você está estressada demais. Acredite, eu sou estudante de Engenharia... sei reconhecer à primeira vista quando alguém está no limite.

Suspiro.

— É, ok, talvez eu esteja meio estressada, mas a faculdade é assim, não é?

Jennie me olha com empatia.

— Quer fazer alguma coisa hoje à noite? Vai ter uma festa. Coisa *bem* tranquila, nada caótico. É mais uma reuniãozinha. Estou indo para lá agora, e você seria mais do que bem-vinda. — Ela sorri e se aproxima para passar um braço sobre meus ombros. — Talvez seja bom dar uma volta. Relaxar? Conhecer gente nova?

Estou tão aflita por companhia que não penso duas vezes antes de responder:

— Vou adorar!

A casa para onde Jennie me leva não fica longe das casas que visitei no Halloween com Dara e as amigas dela. É uma república com vários moradores. Fui apresentada a todos rapidamente, mas não saberia dizer o nome de nenhum deles, nem por um milhão de dólares ou com uma arma apontada para a minha cabeça.

A maior parte dos convidados é composta por outros estudantes de Engenharia e os amigos deles, e Jennie não mentiu quando falou que era mais uma reuniãozinha do que uma festa. Na televisão da sala está passando *Pulp Fiction*, e duas pessoas usam a mesinha de centro como apoio para os computadores onde jogam alguma coisa on-line enquanto outros as acompanham como se assistissem ao Super Bowl.

No geral, é bem tranquilo estar aqui, principalmente porque ninguém está prestando atenção em mim. Eu me sento no sofá com a cerveja que Jennie me deu quando chegamos, observando todo mundo em silêncio. Não pensei que todos seriam mais velhos que eu. A maioria está quase se formando, como Jennie. Não tem outros calouros.

Minha barriga começa a roncar e vou até a cozinha, onde Jennie me falou que eu poderia pegar alguma coisa para comer. Ela sumiu há alguns minutos com outra menina e fiquei sozinha.

Tem um saco aberto de batata chips sobre o balcão, um pote de cookies com um bilhete colado nele — "Coma por sua conta e risco" — e uma pizza que com certeza está fora da geladeira há mais tempo do que deveria.

Cogito as opções por um momento e pego dois cookies, torcendo para ao menos bastarem e fazerem minha barriga parar de roncar, pois está me enchendo de vergonha.

Enfio os cookies na boca, um depois do outro, e volto para o sofá.

Não sei quanto tempo passou até eu começar a sentir que estava afundando nas almofadas.

— Hã — falo em voz alta.

A pessoa do meu lado olha para mim com ar confuso, mas não me explico. Principalmente porque minha língua está pesada, a boca parece grande demais para o rosto e as palavras estão…

Difíceis de enunciar neste momento.

Ao me levantar, percebo vagamente que apoiei a mão na cabeça de alguém. Escuto uma risada distante.

— Tudo bem aí?

Forço um sorriso e torço para ninguém notar que tem algo errado. Porque, sim, tem algo definitivamente *muito* errado comigo.

Acho um banheiro, me tranco ali e estudo meu reflexo no espelho. Meus membros estão pesados, sinto um formigamento subcutâneo leve. Continuo olhando para o meu reflexo e pisco quando escuto um toc-toc.

Abro a porta.

— Desculpa — digo, cambaleando para desviar da pessoa e chegar no corredor.

Acho que eu não deveria estar aqui, preciso ir para casa, cogito comigo mesma.

Três portas no fim do corredor, todas fechadas. Bato com delicadeza sussurrando o nome de Jennie, até que uma das portas se abre. Jennie espia pela fresta enquanto veste a blusa.

— Que foi? Você está bem? Aconteceu alguma coisa? — pergunta.

Olho para ela com a língua no céu da boca.

— Hum... acho que comi um negócio... doido...

— Porra, ela comeu os cookies — diz alguém atrás de Jennie.

— Meu Deus! — reage ela, disfarçando a risada com a mão. — Wyn! Quantos você comeu?

Levanto dois dedos.

— *Cinco?*

Olho para a minha mão.

— Eita. Não. Hum...

Tento de novo e consigo levantar só dois dedos desta vez.

— Ai, graças a Deus. — Jennie respira aliviada. — Ok. Wyn, você está chapada. — Ela coloca as mãos nos meus ombros, se inclinando para olhar nos meus olhos. — Vai ficar tudo bem. Vai passar. Só vai para o sofá e fica lá, ok? Ei, Connor, você pega uma água para ela?

Acabo largada no sofá de novo, mas desta vez com um copão de água.

— Nunca tinha ficado chapada — conto para o cara que me leva até o sofá. Ou acho que conto, até perceber que ninguém responde e ele já foi embora. Me ajeito nas almofadas, apoiando o copo de água na barriga. — Minha colega de quarto era traficante! Ela nunca me ofereceu nada.

Nem sei com quem eu estou falando. Comigo mesma, acho.

Bebo a água, mas a sensação esquisita não passa. Na verdade, só piora, e a água sacode no meu estômago vazio e me deixa enjoada.

Não posso ficar sentada aqui para sempre. Quero ir para casa. E não é tão longe. Demoramos só alguns minutos para chegar aqui no carro de Jennie, e eu me lembro da caminhada que fiz pela área das fraternidades até minha casa. Não vou demorar muito para chegar no campus.

Eu me levanto e deixo o copo vazio em cima da mesinha, entre os computadores adversários. Pego minha jaqueta em uma das cadeiras da cozinha. Vou em direção à porta.

O ar gelado de novembro vibra em minha pele quando saio, a névoa mental diminui um pouco. Mando uma mensagem para Jennie avisando que estou indo para casa e pedindo desculpa por ter comido os cookies.

Em algum nível, até sei que a ideia talvez seja ruim, mas ficar sentada em uma casa cheia de desconhecidos enquanto só pioro com o passar do tempo é tão ruim quanto.

Examino as possibilidades de caminho para o meu dormitório e escolho a rota mais rápida. As ruas estão quase desertas de pedestres, e passo por algumas outras casas onde acontecem festas antes de alcançar a rua principal. Não vejo carros se aproximando e estou prestes a atravessar a rua quando alguma coisa me puxa pela jaqueta.

— Evans, se você vai ser atropelada, pelo menos escolhe um lugar onde eu não tenha que ver.

Tento me virar, mas Three está segurando minha gola e me mantém presa no mesmo lugar. Pisco e percebo que, na verdade, ele está certo. Carros se aproximam à minha direita. Não sei como não vi.

— Pensei que você fosse me empurrar — digo, e as palavras saem pesadas e confusas.

— Não, eu traumatizo fácil. — Ele puxa minha jaqueta, me levando para perto de si. — Você está bêbada?

Faço a cara mais sóbria de que sou capaz antes de olhar para ele. Three está usando um moletom da universidade e jeans, o cabelo está escondido embaixo de um boné da Tau Delta Pi com a aba virada para trás. O nariz e as bochechas estão corados por causa do frio.

Não o via desde que roubei os óculos — e esse é o único jeito de me referir àquele dia. O que aconteceu depois é demais até para lembrar.

Não que eu tenha conseguido parar de pensar sobre aquilo. Com frequência. E sempre com grande participação da imaginação.

Tipo agora, quando me pego olhando para a boca dele.

— Evans.

— Estou! — respondo, depressa.

Three parece atordoado.

— Você está...? Bêbada? Porque parece estar bem louca.

— Estou... impedida de contar — decido, saindo de perto dele de novo. Quando o farol fica verde para mim, tento atravessar.

Three continua segurando minha jaqueta.

— Você está andando por aí sozinha, à noite e chapada?

— Não estou *andando por aí.* — Enquanto atravessamos a rua, puxo minha jaqueta e me sacudo para tentar arrancá-la da mão dele. — Estou *caminhando*. Para casa.

— Você está caminhando para casa sozinha, à noite e bêbada. E você quase *caminhou* direto na frente de um carro. A próxima notícia trágica do *Two Minute News* poderia ser você.

— Não se subestime, Three. Tenho certeza de que você conseguiria publicar antes.

Meu ataque hostil perde força porque dou um passo em falso e quase caio de cara no concreto.

Three resmunga um palavrão e me segura.

— Não sei nem se isso é realmente caminhar.

— Eu tropecei. É diferente. Me deixa em paz, por favor. Não vou te contar onde eu moro. — Olho para ele com desdém. Espero que tenha dado para entender que era com desdém. Não consigo focar o rosto dele agora. — *Nunca* te daria tanta vantagem sobre mim.

— Eu já sei onde você mora.

Solto uma exclamação de espanto.

— Você me seguiu!

— Escrevi um artigo sobre a sua colega de quarto. É óbvio que sei onde você mora. Mas seria um alívio deixar outra pessoa te levar para casa. — Ele arranca o celular da minha mão. — Qual das suas amigas viria te buscar?

Three segura o celular na frente do meu rosto para desbloquear a tela, e consigo focar o rosto dele a tempo de perceber que está hesitando.

Tento pegar meu celular, mas erro a mira.

— Não é da sua conta.

— Dara? — Ele estuda meus contatos. — Ela mora com você, não é?

— Não é da sua conta — repito, como se fosse uma boneca com o gravador quebrado.

Three coloca meu celular na orelha. Ele espera, espera, espera, e acaba desligando.

— Ela não atendeu. Quem mais? — Balança o celular para mim. — Para quem eu ligo?

— Estou a literalmente cinco minutos do meu dormitório — digo, tentando pegar meu celular outra vez. — Consigo chegar lá. Não preciso de babá.

Ele fica sério.

— Olha aqui, ou eu vou te levar para casa, ou alguém vem te buscar. Uma coisa ou outra. Então, decida-se ou vamos caminhar juntos.

Já que Dara não atende, Madison não está aqui, Ellie não é uma opção e não posso permitir que esta seja a primeira vez que Hayes me vê, tenho que ceder.

— Beleza. Mas você não vai entrar. E se usar este acontecimento contra mim… — Eu me viro e cutuco o peito dele. — Acabo com você.

Dessa vez ele ri de verdade.

— Pensei que você já estivesse tentando acabar comigo.

— Tentando eu estou — respondo, enquanto iniciamos a caminhada. — Mas você é muito mais ardiloso que eu, então não está sendo fácil.

— Ah, até que você chegou perto no dia do sapato. Poderia ter acertado minha cabeça.

— Você é uma pancada na minha cabeça. De qualquer forma, você me puxou para dentro da piscina! E se eu não soubesse nadar? Eu poderia ter *me afogado*!

Ele ri.

— Ah, dá um tempo, Evans. Eu teria te salvado.

Minha risada é sarcástica.

— Ah, é claro. Depois de me deixar passar um sufoco, talvez. Você é igual aqueles bichos que brincam com a comida antes de comer.

— Eu ainda não te comi. — Ele olha para mim demoradamente de esguelha.

Meu coração acelera. Não entendo por quê... Devem ser as drogas.

Three sorri e olha para a frente de novo.

— E aí, estava em uma festa boa? Enchendo a cara de cerveja para comemorar o jogo?

— Era isso que *você* estava fazendo? — Cubro a boca com as duas mãos, fingindo surpresa. — Ou estava me seguindo mesmo? Talvez você realmente me persiga. Falei brincando antes, mas estou começando a achar que é verdade. — Minhas palavras parecem cheias de algodão e, mesmo assim, pesadas. Acho que estou piorando, mas não posso deixar Three perceber.

— Não estou te perseguindo. Eu estava em casa. Você sabe onde está?

— Ohio.

— Você está do outro lado da área das casas de fraternidade, Evans. Provavelmente passou por umas quatro antes de chegar naquela faixa de pedestres.

Eu o ignoro.

— Se estava em casa, cadê os parças da sua comitiva de calouros? — Finjo procurar alguma coisa atrás dele. — Achei que vocês andavam em bando.

— É, eu não faço parte do bando. — Ele passa uma das mãos no rosto, estremecendo ligeiramente. — E você? Onde estão todas as suas amigas?

— Todas — repito, com uma risada triste. — Estão cuidando da vida delas. Posso esperar por elas bem aqui.

Paro de andar e dou uns tapinhas no ar como se houvesse um banco ali.

Three para do meu lado.

— Bom, chega de brincadeira. Já é tarde. O que você bebeu?

— Um copo de água.

— Evans.

Comprimo os lábios e olho para longe.

— E talvez eu tenha comido uns cookies sem querer.

— Cookies.

— Cookies especiais. — Passo a língua nos lábios. — Eu estava com fome. Não sabia.

Three resmunga outro palavrão.

— Quantos você comeu?

— Dois, e não cinco.

— Não sei o que isso significa, mas tudo bem. Dois?

Balanço a cabeça para confirmar.

— Dois. Eram de gotas de chocolate.

— Então você não está bêbada.

Dou um sorrisinho para ele.

— Estou chapada.

Three xinga novamente.

Quando acordo, parece que tem uma pedra em cima do meu corpo. Minha boca está seca e grossa e mal consigo abrir os olhos. Meu quarto é iluminado pelo sol que entra pela janela.

Minha barriga revira quando me sento, me obrigando a lembrar que fiz uma coisa horrível ontem à noite. Solto um gemido, levo as mãos ao rosto.

Só que, quando me viro para sair da cama, o choque quase me faz gritar diante da cena que vejo do outro lado do quarto. Recuo desajeitada, bato o cotovelo na parede atrás de mim.

Three está esparramado na cama de Ellie, usando meu cobertor da Terra-média como travesseiro. Ele acorda com o barulho e esfrega os olhos com o dorso da mão. Pestaneja, olha para mim e se apoia sobre o cotovelo.

— A vida é sempre uma sequência de momentos caóticos perto de você, Evans? — pergunta, em voz baixa e sonolenta, e minha barriga dá um pulinho, uma reação bem diferente de náusea. — Não consegue nem acordar em paz?

— Que porra você está fazendo aqui? — sussurro, e minha voz sai rouca. Minha garganta está arranhando, como se eu estivesse ficando doente.

Three arqueia as sobrancelhas sem acreditar no que ouve.

— O que eu estou fazendo aqui? Que jeito esquisito de dizer "Muito obrigada, Three". Principalmente depois de ter implorado para eu não te deixar sozinha.

— Implorado? — O som que sai da minha boca é como o coaxar de um sapo.

— Implorado.

— Não consigo acredi... Essa camiseta é minha?

Não consigo afastar a indignação da voz, mesmo que ela saia da minha garganta fraca como as últimas fagulhas de uma fogueira.

Ele semicerra os olhos.

— Qual é a última coisa de que você se lembra?

Abro a boca e a fecho em seguida. O que eu lembro de ontem?

— Eu estava vindo para casa. E... encontrei você — falo, devagar.

É claro. Foi a primeira vez que vi sua cara desde o dia em que ele me fez pensar que queria me beijar, e eu estava chapada. Ele deve estar se sentindo o máximo.

— Você quase foi atropelada, na verdade, mas até que lembra bastante.

Olho para ele.

— E você me trouxe para casa?

Three assente e faz um sinal para me incentivar a continuar falando.

— E...

Tento buscar informações no fundo do cérebro, mas de pouco adianta. Agora que fiz um esforço, me lembro de ter caminhado com ele, mas só até certo ponto. Não me lembro de chegar no prédio, de subir, *de trazê-lo comigo* nem de nada do que aconteceu depois.

— Ei, você acordou! — Dara aparece na porta do banheiro. Ela veste um roupão felpudo e a touca rosa de cetim e não parece nem um pouco surpresa por ver Three ali. — Como está se sentindo? Dormiu bem? — A primeira pergunta foi para a mim, mas a segunda foi para Three.

— Dormi bem, obrigado — responde ele, e se levanta da cama de Ellie. Depois pega meu cobertor da Terra-média e começa a dobrá-lo, como se fosse um hóspede educado.

— E você? — pergunta Dara, dirigindo-se para mim. — Chegou acabada ontem à noite.

Meu olhar alterna entre ela e Three, ida e volta, até a encarar com uma expressão que espero que transmita a única coisa em que estou pensando: *Que caralho está acontecendo?*

Os olhos de Dara se arregalam.

— Você não lembra?

— Acho que os cookies bateram de verdade na hora que chegamos aqui. Você disse que seu coração estava disparado e me perguntou se ficaria assim para sempre — comenta Three, sem olhar para mim.

Meu rosto esquenta.

— É nada. Eu estava bem quando te encontrei.

— E aí você vomitou em mim.

Ele gesticula para a camiseta emprestada.

Olho para Dara em busca de uma confirmação. Ela faz uma careta.

— É, vi sua chamada perdida e, quando tentei ligar de volta, foi ele quem atendeu. Você não estava... no seu melhor momento.

— Pode cheirar minha camiseta se não acredita em mim. Está pendurada no seu chuveiro — sugere Three, com uma voz fria.

— Eu lavei para ele. Vim correndo para casa — complementa Dara.

— Do seu encontro? Meu Deus, Dara, sinto muito.

Ela faz um gesto de descaso.

— Está tudo bem! Você precisava de ajuda.

Three debocha:

— Primeiro pedido de desculpas do dia, e nem foi para mim. Ok. Sem problemas.

Se Dara veio mais cedo para casa, não faço a menor ideia do que Three ainda está fazendo aqui. É evidente que ele também não está feliz com a situação. Então, por que não foi para casa? Mesmo que eu tenha pedido para ele ficar — ou implorado —, não faz sentido.

A menos que ele esteja arquivando tudo que aconteceu ontem enquanto bola um plano maligno contra mim. Imagino que esteja guardando tudo na mesma arca do tesouro em que guardou a cara que fiz no outro dia enquanto, como uma idiota, uma *idiota enorme*, esperava ele me beijar.

Sua tonta. Continuo na mão dele, como um animal caindo na mesma armadilha várias e várias vezes.

Atravesso o quarto, me aproximo dele e cutuco seu peito com um dedo.

— Acho bom você esquecer tudo que aconteceu ontem.

— Ah, sim, de nada, Evans. Não esquenta. Foi divertido demais evitar que você tropeçasse no meio-fio e abrisse a cabeça ou que se afogasse no próprio vômito durante a noite.

— Estou falando sério!

Three afasta minha mão.

— Eu também. E, já que você parece estar ótima, vou embora. — Ele pega o boné da Tau Delta Pi de cima da escrivaninha vazia de Ellie e coloca na cabeça, escondendo o cabelo bagunçado enquanto se dirige para a porta.

A imagem acende uma vaga memória, uma visão nebulosa das costas dele indo em direção à porta. E da minha mão agarrando sua camisa.

— Por favor, por favor, não vai embora. Estou apavorada. E se eu ficar assim para sempre? E se os cookies tiverem alterado alguma coisa no meu cérebro e eu ficar deste jeito pelo resto da vida?

— Qual é, Evans? Não vai ficar. Só deita na cama... Ok, eu fico mais um pouco. Relaxa. Vai passar. Você vai ficar bem.

Quase sinto o fantasma da mão dele me fazendo cafuné, mexendo no meu cabelo, acariciando o espaço entre minhas escápulas.

Three agradece a Dara novamente antes de abrir a porta.

Corro atrás dele, hesitando ao notar que há algumas pessoas no corredor. Olhares curiosos se voltam em minha direção, meu rosto fica vermelho até a raiz do cabelo, mas vou atrás de Three. Quando a porta do elevador se abre, entro junto com ele.

— Você precisa me contar tudo o que aconteceu — digo, cruzando os braços. — E *tudo* o que eu disse.

Ele bate de leve com a cabeça na parede atrás de si e fecha os olhos.

— Preciso? Por quê?

— Porque não é justo! Você não pode ter esse tipo de vantagem sobre mim!

Three suspira.

— Voltamos para cá, você surtou, eu fiquei para garantir que você ficaria bem, você vomitou em mim (sério, repetir essa parte nunca vai ser demais) e você foi dormir.

— E como eu acabei de pijama? — Aponto para mim mesma. — Você...? Você não...? Eu...?

Three abre os olhos e vejo neles alguma surpresa.

— Dara te ajudou.

Sinto uma leve onda de alívio. Não que eu estivesse preocupada com a possibilidade de Three ter feito alguma coisa esquisita, mas me preocupava com a ideia de eu ter feito. Imagine se eu tivesse começado a trocar de roupa na frente dele. Que humilhante.

— E eu falei alguma coisa? — Ainda consigo ouvir minha própria voz, aquele "Por favor, por favor" ecoando sem parar na minha cabeça. Que outras coisas vergonhosas posso ter dito? — Eu não... te falei nada?

Three sorri. Inclina a cabeça para o lado, recuperando a expressão arrogante de sempre pela primeira vez nesta manhã.

— Você quer que eu devolva meu cachê?

— Que cachê?

— O cachê que eu decidi aceitar por cuidar de você.

— *Three.*

O elevador apita e as portas se abrem. Ele sorri ao passar por mim.

— Desculpa, Evans, mas não vai ter reembolso.

— Você não pode fazer isso! — Eu o sigo, andando descalça no chão nojento do saguão. — É sério, você vai ter que esquecer tudo que eu disse ontem. Nada daquilo foi real... Não vale!

Ele para na porta e a puxa, abrindo-a alguns centímetros.

— Sei lá. Pareceu bem real para mim.

— Three!

Ele me dá um tchauzinho, se vira e vai embora. A porta bate com força depois que ele sai.

— Está a fim de um café da manhã? — pergunta Dara quando volto ao quarto, arrastando os pés e sem reação. Ela está debruçada na frente do meu espelho, examinando uma espinha no queixo.

Chego perto dela e a seguro pelos braços.

— Preciso que você me conte tudo o que aconteceu ontem.

Ela arregala os olhos.

— Eita. Hum, bom, você estava se preparando para deitar quando eu cheguei. Three tentou ir embora, mas... — Ela hesita. — Você implorou mesmo para ele ficar.

Solto um gemido e me viro para bater a cabeça na parede.

— Você só pode estar me zoando.

— Você o seguiu até a porta e aí meio que, hum, chorou.

Paro de bater a cabeça.

— Por favor, me diz que isso é um pesadelo.

O enjoo volta com força total.

— Ele foi bem legal — diz Dara, rapidamente. — Disse que nem precisava de um travesseiro nem nada. Peguei para ele o cobertor reserva que você tem no armário.

Ah, é verdade. Ele viu meu cobertor da Terra-média.

— Não sei o que aconteceu antes disso, mas... — Dara escolhe cuidadosamente as palavras seguintes: — Sei que você odeia ele. Mas, se te interessa saber, ele cuidou muito bem de você.

O que ela não entende é que Three não faz nada de graça. E seja lá o que eu tenha dito ontem, parece ter servido como um pagamento satisfatório.

11

Passo os dois dias seguintes me esforçando ao máximo para lembrar de tudo que aconteceu depois que comi os cookies batizados. A maior parte das informações veio de Dara: eu estava vomitando quando ela ligou, e ela abandonou o encontro com o contatinho do Buckonnect para ir cuidar de mim. Eu estava escovando os dentes quando ela chegou, e aparentemente fazia um bom tempo. Ainda com a boca cheia de espuma, implorei para Three dormir no nosso apartamento.

Foi humilhante ouvir de novo que eu implorei.

No dia seguinte, consegui mais alguns detalhes com Jennie no trabalho. Ela se desculpou por não ter cuidado melhor de mim e jurou que tentou me ligar. Quando ela contou que Three foi um babaca com ela pelo telefone, recuperei uma breve lembrança dele apoiado na porta do banheiro, segurando o celular junto da orelha e dizendo:

— Então vai se foder.

Meus olhos tremiam enquanto eu tentava recriar a cena. Porque não é possível, não tem a menor chance de ele ter feito isso sem camisa.

Mas acho que a informação se encaixa nos detalhes que tenho sobre a noite. Não consigo parar de ouvir claramente o desdém na voz dele falando: "Você vomitou em mim". Isso passou pela minha cabeça em looping enquanto eu lavava a roupa dele pela segunda vez, caso ele a quisesse de volta.

Quando chego na redação do *Torch* dois dias depois, suando frio de nervoso e levando o moletom dele na mochila, Three não está na mesa dos focas. No caminho até aqui, me senti apavorada com a ideia de atravessar a redação toda até alcançá-lo, mas agora estou apavorada com a ideia de vê-lo atravessar a redação em minha direção quando ele chegar.

Então me distraio por alguns minutos com o Buckonnect, outra coisa que está me estressando. Não tenho notícias de Hayes desde sábado à noite, quando ele me mandou cinco mensagens seguidas e nunca mais respondeu — nem naquela noite, nem depois.

hayes6834: correndo o risco de parecer uma cantada... tá acordada?
hayes6834: espero que não. já é tarde.
hayes6834: mas se estiver...
hayes6834: podíamos jogar "o que você prefere"
hayes6834: tipo você prefere roer suas unhas do pé ou as unhas da mão de outra pessoa?

Me preocupa mais ainda a possibilidade de eu ter assustado Hayes com uma resposta sem sentido para o "o que você prefere?" daquela noite, ainda que eu tenha tentado me explicar no domingo de manhã.

pomerene1765: roer a minha pé
pomerene1765: ok parece que respondi dormindo
pomerene1765: na verdade, acho que é importante reforçar que eu não estava sóbria
pomerene1765: e pior que foi sem querer! acredita que eu nem sou descolada o bastante pra ficar doidona de propósito?
pomerene1765: alguém ainda fala doidona? acho que tô passando tempo demais com meus pais

Ele não respondeu, então ontem tentei de novo.

pomerene1765: se você tivesse que escolher um segredo no mundo todo para descobrir, qual seria?
pomerene1765: percebi que não é bem um "o que você prefere" kkkk

Encaro as mensagens ignoradas e sinto um frio na barriga de medo. E tento mais uma vez.

pomerene1765: ei... tá tudo bem?
pomerene1765: tô meio preocupada

Parando para pensar, eu *realmente* estou preocupada. Ele me mandou cinco mensagens seguidas no sábado à noite. E se ele estivesse voltando a pé de uma festa? E se tiver sido atropelado? E se tiver caído no rio? Ou em uma vala? Ou no porta-malas de um sequestrador?

Ou talvez a história de não estar sóbria tenha sido um balde de água fria. Consigo imaginar, por exemplo, Lincoln sendo contra esse tipo de coisa. Não posso evitar a relação entre ele e Hayes, o quebra-cabeça se formando com encaixes incompletos.

pomerene1765: posso estar exagerando e se você só não quiser falar comigo tá tudo bem, mas se tá planejando dar ghosting pelo menos me manda um sinal de que não morreu?
pomerene1765: ou... na real não tá tudo bem não kkkk eu não vou ficar de boa se for isso que tá acontecendo, mas não posso te obrigar a nada então eu entenderia

Nada.

Estou prestes a mandar mais uma mensagem quando ouço a porta abrir e me viro. Three entra na redação, e o olhar dele passa da tela do celular para mim com uma intensidade surpreendente. Dura apenas alguns segundos antes de ele recuperar a aparente indiferença e guardar o celular no bolso.

Ele se senta cheio de tranquilidade na cadeira ao meu lado e não diz nada.

Pego meus fones, mas hesito. Preciso tirar a parte difícil da frente logo. Quanto mais eu esperar, mais gente vai chegar na redação, e aí talvez eu não consiga fazer isso discretamente.

— Ei, hum — sussurro, me inclinando na direção dele sem encará-lo. — Queria te dizer que... hã...

Olho para cima no momento em que Three apoia o cotovelo no braço da cadeira, deixando nossos ombros tão próximos que eles quase se tocam. O rosto dele está perto do meu, como se dividíssemos um segredo.

Ele arqueia as sobrancelhas como se estivesse em dúvida, e meu coração acelera. Digo para mim mesma que é só uma reação alérgica por ter que agradecer por algo que ele fez.

— Bom, percebi que estava um pouco... agitada naquele dia. Quando acordei.

Olho em volta, conferindo se alguém está prestando atenção. A última coisa de que preciso agora é o resto da equipe pensando coisas erradas sobre mim e Three. Dara disse que teve que ficar respondendo perguntas das meninas que estavam na sala de convivência quando ele foi embora. Elas queriam saber quem ele era e, segundo Dara, "onde poderiam achar um daqueles".

Tive que controlar uma onda de ciúme que nem tenho o direito de sentir.

Chego mais perto, falando mais baixo:

— Não devo nem ter agradecido direito. Então, obrigada.

O olhar dele brilha para mim, e alguma coisa nessa atenção firme faz meu rosto corar.

Ele se afasta finalmente, colocando uma distância entre nós.

— De nada.

Lembro mais uma coisa quando o oxigênio volta a circular no meu cérebro.

— Trouxe sua blusa — sussurro. — Mas prefiro que ninguém me veja devolvendo suas roupas. Posso te devolver lá fora?

Um canto da boca de Three se levanta discretamente, quase sugerindo um sorrisinho.

— Está preocupada com o que vão pensar sobre nós?

O olhar dele diz tudo: "Até parece".

Uma espécie de mágoa brota em meu peito por ele desconsiderar a situação tão rapidamente, como se fosse ridícula. Quer dizer, eu entendo, ele tem uma... beleza tradicional. E eu sou...

Sinto uma mistura de raiva, autodefesa e irritação — com ele e comigo.

— É, nem aqui nem na China, não é? — retruco, enfiando a mão na mochila. — Você é um cuzão.

Jogo o moletom em cima dele, e o trabalho que tive para dobrá-lo direitinho vai pelos ares ao cair sobre o colo dele.

— Evans — diz Three.

Levanto uma das mãos.

— Não fale comigo. Tenho muita coisa para fazer. — Coloco um dos fones e o encaro. — Não sei nem por que inventei de agradecer por aquela noite. Como você disse, já foi bem pago. E vou negar se tentar contar para alguém o que aconteceu ou qualquer coisa que eu tenha dito. Por que *alguém* acreditaria em você?

Tento colocar o segundo fone, mas ele segura meu punho, e a palma da mão dele queima em contato com a minha pele.

— Não preciso contar para ninguém o que você fez ou disse. — A voz dele soa mais baixa, mas casual, apesar do peso adquirido pelos olhos. — Mas eu tenho uma pergunta para fazer.

Meu coração dá um salto de alerta. Me sinto como um coelho assustado diante de uma raposa. Posso ser rápida, mas ele é mais.

— *Qual?* — questiono, na defensiva.

Three sorri.

— Quando vai me contar o que estávamos fazendo naquele sonho que teve comigo?

— Que... que sonho?

Ele inclina a cabeça, olha para mim com um ar ardiloso.

— Acho que você sabe bem de que sonho estou falando.

Enquanto ele espera, a lembrança volta à minha mente, confusa, mas não o suficiente para eu não entender do que ele está falando. Three sorri com ironia quando diz:

— Se você anda sonhando comigo, pode me contar.

Tropeço na minha resposta:

— Como voc...? Digo...

Funcionou como se eu tivesse perguntado: "Como você sabe?".

Vejo a expressão de Three mudar, como se ele soubesse que a lembrança acabou de me atropelar como um ônibus. Ele não poderia parecer mais presunçoso do que neste momento.

Meu coração dispara. Como se a raposa me alcançasse e cravasse os dentes no meu pescoço.

A mão de Three afrouxa em volta do meu punho, mas ele não me larga. Não vai deixar esta situação acabar enquanto não tiver certeza de que me derrotou com folga.

Posso estar sangrando e prestes a ser devorada, mas não morri ainda. Olho para ele e apoio a mão livre em seu peito. Ele me tocou primeiro, então é justo. Enquanto ele não soltar meu punho, não existem regras.

— Você quer saber mesmo? — murmuro.

Infelizmente, Three não perde a compostura. Pior, parece mais animado.

— Foi por isso que eu perguntei, Evans.

— Prefiro te mostrar. — Subo minha mão até envolver seu pescoço com os dedos. — Foi mais ou menos assim.

Uma onda eletrizante de poder percorre meu corpo quando sinto sua pulsação vibrando sob meu toque. Aperto-o com toda leveza do mundo.

— Então é *isso* que você curte — diz ele, em voz baixa, tão baixa que mal consigo ouvi-lo.

— Ver seu rosto ficando roxo e a vida desaparecendo dos seus olhos? — sussurro de volta. — *É sim.*

— Tem certeza de que foi assim?

Ele acaricia a base da minha mão com o polegar. Quando o dedo passa pelo meu punho, torço para ele não perceber o quanto meu coração está acelerado. Mas concluo que não dei essa sorte ao notar que o sorriso dele fica mais largo.

— Que porra vocês estão fazendo? — ladra Christopher, aparecendo do nada ao lado da mesa dos focas.

Eu me ajeito, ainda com a mão de Three segurando meu punho. Ele me solta lentamente.

— Nada. Ele estava me provocando — guincho, colocando as mãos entre as pernas.

Three pigarreia, mas não diz nada.

Christopher olha para ele.

— Quero falar com você sobre aquela matéria.

Nosso editor acena com a cabeça, projetando o queixo na direção da mesa dele do outro lado da redação.

Three assente.

— Tudo bem. Só um segundo. Já vou.

Christopher dá mais uma olhada para ele, arqueando as sobrancelhas antes de ir embora.

Eu ainda não tinha posto o segundo fone de ouvido e não pude evitar a pergunta:

— Que matéria?

— Melhor se preocupar só com a sua vida, Evans — responde Three, com tom ríspido.

Fecho a cara e olho para a frente.

— Não estava preocupada, Wellborn.

Alguns minutos depois, quando ele se levanta para ir até a mesa de Christopher, meus olhos seguem seu rastro. Christopher tem chamado Three várias vezes nos últimos tempos, sempre para falar sobre *alguma* reportagem. Se ele está adotando Three como seu protegido, então não tenho mais nenhuma chance na disputa pela vaga na Vida no Campus. Começou com o artigo sobre Ellie, com Three executando a vingança de Christopher por ter perdido aquela matéria no ano passado para o *Two Minute News* sobre as meninas que tiveram uma overdose.

E, se Christopher está tratando Three como seu pupilo, é impossível não me perguntar como vou competir sozinha.

— Ei, não fica assim. Você vai ter outras ideias — diz Dara, se debruçando sobre a mesa para colocar um pedaço do pão de alho dela no meu prato.

Ando apurando bastante, sou medalhista de ouro nesse esporte. O fato de Three estar trabalhando com Christopher em uma reportagem misteriosa me deixou de orelha em pé, e, depois de ter perdido minha matéria sobre o equipamento de realidade virtual, mandei uma proposta desesperada de pauta para Mel, sedenta por mais uma matéria assinada por mim. Mas Mel descartou a pauta antes que eu pudesse redigir um esboço. Seria sobre o centro de distribuição de encomendas que vai ser inaugurado em breve no campus, propriedade da maior empresa varejista on-line do mundo, mas parece que o impacto que isso vai ter no pequeno comércio local não interessa a ninguém além de mim.

Tentei fingir que não estava arrasada quando voltei para o quarto, mas Madison estava lá sozinha, e ela é uma dessas pessoas que insistem na necessidade de "falar sobre seus sentimentos". Então contei o que estava acontecendo, e Dara chegou no meio da conversa. Tive receio de que elas achassem que só falo nisso e só me preocupo com isso, mas Dara foi empática, e elas insistiram em jantarmos juntas para tentarem me animar.

— Mas será que essas ideias vão prestar para alguma coisa? E se eu só tiver ideias medíocres que ninguém quer publicar? — resmungo, mexendo minha sopa, distraída.

— Não acho que tenha sido medíocre — diz Dara.

Percebo que ela cutuca Madison, que está distraída retirando as fatias de pepperoni de seu pedaço de pizza. Aparentemente, ela não quis esperar a pizza de queijo ficar pronta.

— E se você mudar o foco? — Ela dobra o pedaço de pizza ao meio e dá uma mordida. — Em vez de pautas tão sérias, talvez algo mais divertido?

— Desse jeito eu não vou derrotar Three — reclamo, rasgando o pão de alho que Dara me deu. Enfio um pedaço na boca.

— É para isso que você entrou no jornal estudantil? Para derrotar Three? — questiona Dara.

Paro, surpresa com a pergunta.

— Bom... não. Óbvio que não. Escolhi o jornal estudantil porque as pessoas merecem mais do que o ciclo de notícias que só duram 24 horas. — Faço uma careta. — Ou o ciclo apressado do *Two Minute News*. Mas acontece que eu ainda nem *entrei* para o jornal estudantil de verdade. Não entrarei até derrotá-lo. E ele tem ideias de pauta tão boas que me dão ânsia.

— Talvez o problema seja você estar tentando escrever uma história do Three em vez de uma história *da Wyn* — sugere Dara. — Tipo, em vez de tentar *ser* ele, porque não tenta *não* ser ele? Pelo que você conta, todas as reportagens dele são gigantes, um escândalo. Mas você escreveu uma matéria que acabou dando um carro para uma mulher.

Me ajeito na cadeira.

— O quê?

— Sua reportagem sobre o Buckeye Crossing — diz Madison. — Você não olhou a vaquinha virtual?

— Conseguiram arrecadar dinheiro suficiente para Kate comprar um carro — esclarece Dara.

Sou invadida por uma onda de vergonha por nunca mais ter procurado saber sobre Kate depois daquela primeira matéria. Eu sabia sobre o financiamento coletivo, é claro, mas não sabia que tinha tido um alcance tão grande. Achei que arrecadaria algumas centenas de dólares, no máximo, para que ela tivesse um ponto de partida.

Conferindo o site, descubro que a arrecadação foi muito maior, e tem até uma foto atual de Kate com a filha na frente de um sedan cinza antiquado.

O orgulho começa a disputar espaço contra a vergonha, ainda que eu tenha tido muito pouco a ver com isso. Eu me lembro de ter pensado que Kate era só uma entre as pessoas que perderiam suas casas no Buckeye Crossing. Agora, olhando para ela e para a filha na frente do carro novo, percebo que isso tudo não ajudou só uma pessoa — foram duas. Não é um grupo de alunos ou um complexo habitacional inteiro, mas é um começo, sem dúvida. Duas vidas alteradas pela bondade de outras pessoas por causa de algo que eu escrevi.

— Você fez as pessoas se importarem com alguém. Que tal escrever sobre alguma coisa com a qual Three nunca perderia o tempo dele, tipo uma pauta humanizada? — sugere Dara.

Eu hesito.

— Tipo... tipo o quê? Se vocês fossem ler uma matéria, qual assunto gostariam de ver?

Parece meio patético ter que pedir sugestões de pauta para Dara e Madison, quase como se eu estivesse trapaceando. Mas não tenho como escrever uma matéria interessante sem me aprofundar no que as pessoas querem ler.

— Vão demolir o Muro dos Sussurros — conta Madison. — Perto do Centro de Artes, sabe? Fiquei sabendo durante o ensaio na semana passada. É um marco do campus. Não é importante?

— Será que as pessoas vão achar interessante? — Olho de Madison para Dara. — Tipo, o suficiente para quererem ler?

— Um pastor ministra o culto não importa se a congregação tem duas pessoas ou duas mil — responde Madison.

— É, mas o *Torch* não vai me dar espaço no púlpito se só houver duas pessoas no banco da igreja.

— O Muro dos Sussurros é um marco. Acho que você deveria pelo menos sugerir — insiste Dara.

— Aposto que conseguiria várias histórias com os alunos e os professores. Talvez até com os ex-alunos formados, se souber quem procurar. Posso perguntar no meu grupo de oração e no coral se eles sabem de alguém que gostaria de contar sua história — incentiva Madison.

— Posso perguntar aos meus amigos também — diz Dara.

Não é a pauta mais envolvente do mundo, e não faço ideia de como desenvolvê-la. Pior, já nem sei se aguento passar por mais uma rejeição.

Dara percebe que estou hesitante e sorri para mim de um jeito gentil.

— Será que o *Humans of New York* ou o *This American Life* teriam crescido tanto se as pessoas não quisessem ouvir sobre esse tipo de coisa? Sempre falamos sobre eles nas minhas aulas de marketing.

É, eu não tinha pensado nisso.

— Posso dar uma olhada nas redes sociais da faculdade e ver se alguém comentou sobre o anúncio. Se as pessoas estiverem chateadas, talvez tenham alguma história que queiram contar.

Vou pensar em alguma coisa, em algum jeito de fazer as pessoas se interessarem tanto pela pauta que Mel vai ter que aceitar.

Pego o celular e travo quando vejo que tenho uma notificação. A que eu estava esperando.

hayes6834: foi mal, tive que dar uma sumida
hayes6834: eu até explicaria mas aí arriscaria demais o anonimato de tudo

Respiro aliviada. Pelo menos ele não morreu. Nem me deu *ghosting*.

pomerene1765: por quê? viralizou algum vídeo do two minute news sobre como você foi resgatado quase morto de uma vala no fim de semana?
hayes6834: kkkk quase isso, vamos manter essa história
hayes6834: me faz parecer mais interessante do que eu realmente sou
pomerene1765: não, seu lado secreto bad boy te faz parecer interessante
pomerene1765: a experiência de quase morte em uma vala é só a cereja do bolo
hayes6834: ah é, como fui esquecer desse meu lado

Depois aparece outra mensagem na tela, e esta me faz sentir um frio na barriga.

hayes6834: tô contigo nessa aliás. sem ghosting.

12

Nos dias seguintes, reviro os comentários nos posts da faculdade sobre a demolição do Muro dos Sussurros e mando dezenas de mensagens. Várias pessoas respondem, e na sexta-feira já tenho anotações suficientes sobre as entrevistas e uma manchete para mandar para Mel. Estou a caminho de casa depois do meu turno na biblioteca quando chega a resposta: *De quanto tempo você precisa para terminar?*

E lá se vai meu final de semana. Não foi um sim entusiasmado, recheado de elogios, mas foi um sim. E é bom ter alguma coisa com que me preocupar além do péssimo resultado do meu trabalho de Estatística e da dura realidade de ter que dar um jeito de melhorar minhas notas para não ter que fazer tudo de novo no próximo semestre. Pensar no tanto de dinheiro jogado fora se isso acontecer me dá um nó na barriga — sem contar o tempo perdido.

Estalo o pescoço, soltando um suspiro ao abrir a porta do prédio. No entanto, logo que aproximo meu documento de identificação do leitor, a porta do elevador se abre e Lincoln aparece.

Não dá para fugir, penso enquanto empurro a porta de entrada. Já passei por ele, mas não nos falamos desde o dia em que fui interrogada pela polícia, quando ele admitiu ter me denunciado no caso de Ellie. Imagino que ele ainda esteja pouco à vontade com isso, mas seu rosto se ilumina quando me vê.

— E aí, como estão as coisas? — pergunta ele enquanto fecho a porta.

Sou invadida pelo alívio ao sentir o embaraço se dissipando no ar.

— Tudo bem. — Paro na porta do elevador e me viro para ele sem apertar o botão. — Está trabalhando?

Ele sorri.

— Não, estou indo para o meu jogo de queimada.

— Você joga queimada?

— Aham, na liga interna.

A informação me surpreende.

— Tem gente suficiente jogando queimada para ter uma *liga* nesta faculdade?

Ele ri.

— Tem, algumas fraternidades jogam, então demos um jeito de formar uma. — Ele aponta para a porta. — Quer ir ver o jogo?

Eu hesito. Querer eu quero, mas fico em pânico ao pensar na minha matéria sobre o Muro dos Sussurros. Nunca vou conseguir a vaga na Vida no Campus se não parar e me concentrar.

Lincoln entende meu silêncio e fica menos animado.

— Tudo certo. Acho que seria meio chato — diz, apressado.

— Não, não é isso! É que tenho uma matéria para escrever. O *Torch* está me dando espaço para apurar *de verdade* agora.

— Ah, é. Eu li, hum, aquela história de banir o pornô.

Impossível conter um gemido.

— Meu Deus, espero que meu legado não seja só esse.

— Você tem três anos e meio para se superar. E quer saber? Talvez seja melhor mesmo você não me ver jogando queimada. Não sei competir de um jeito saudável.

— Na *queimada*?

Lincoln sorri.

— Sou competitivo demais em tudo. Acho que minha incapacidade de jogar Detetive sem fazer inimigos eternos foi o motivo da minha última namorada terminar comigo. — Ele faz uma pausa e fica vermelho. — Não que você precisasse saber disso. *Enfim*, queimada é tudo de bom: é o esporte perfeito para quem é intenso demais para jogos de tabuleiro, mas tem poucos talentos esportivos.

Eu não esperava isso dele e, por algum motivo, a revelação me faz parar para pensar. Lincoln é competitivo.

Hayes é competitivo. Megacompetitivo. Competitivo a ponto de estragar uma partida de Banco Imobiliário.

É mais uma coincidência em um mar de coincidências. Mas todas elas se conectam, como se fosse uma colcha de retalhos de Hayes.

Meu silêncio se prolonga por tempo demais, e Lincoln deve ter achado que eu estava encerrando a conversa. Ele começa a caminhar na direção da porta, mas para.

— Ei, está tudo bem entre nós? Depois de...?

Eu o interrompo.

— Super. Aquele foi um dia difícil. Mas passou. Quer dizer, nem tinha muito *o que* passar. Você só estava fazendo seu trabalho.

— Bom, se ainda serve de algo, eu sinto muito.

— Não se preocupe.

Ele me dá um tchauzinho antes de ir embora e sai noite afora.

Fico parada no saguão por mais alguns segundos, com a cabeça rodando. Se Lincoln realmente for a pessoa por trás de Hayes — e eu sei que é pensar longe demais, mas não consigo não considerar essa possibilidade —, talvez eu queira saber a resposta. E, caso seja, talvez eu não me importe por ele saber que sou a Pomerene. Não acho que isso o afastaria.

E se ele não for Hayes, vou me incomodar muito? O pior que pode acontecer é eu ter feito um amigo. Coisa pela qual estou desesperada desde que cheguei aqui. E nunca vou fazer amigo nenhum se continuar me enfurnando no quarto, escrevendo uma reportagem atrás da outra para o *Torch*.

— Lincoln! — chamo, correndo atrás dele.

Ele ainda não tinha se afastado muito, então dou uma corridinha para alcançá-lo mesmo que seja um tanto embaraçoso.

— Quero ir ver o jogo.

Minha cama virou um mar de embalagem de barrinhas de cereal de granola depois de pular o jantar para acabar minha tarefa de Estatística, o que fiz após trabalhar o dia inteiro na matéria do Muro dos Sussurros.

Acho que deveria estar arrependida por ter passado tanto tempo no jogo de queimada de Lincoln ontem, mas não sinto que foi perda de tempo. Depois do jogo, fui comer uma pizza com ele e os amigos dele, e acho que ele até flertou comigo em dado momento. Quanto mais tempo passamos juntos, mais o senso de humor esquisito, o jeitão maduro de cara mais velho e a maneira como ele fala sobre tudo com muita propriedade me fazem pensar que ele pode ser Hayes. E vale a pena perder meu sábado todo por causa disso.

Em algum lugar embaixo da coleção de embalagens, meu celular vibra anunciando uma ligação. Quando finalmente consigo achá-lo e vejo o nome na tela, me assusto e engasgo com um pedacinho de granola.

Fico afoita para atender e respiro fundo para controlar a voz.

— Alô?

— Vem abrir a porta para mim.

Pisco e confiro o nome na tela de novo.

— Você ligou para a pessoa errada?

— Eu sei para quem liguei. Desce aqui e abre a porta do prédio para mim.

— Hum, não?

— Evans, eu preciso da sua ajuda. Me deixa entrar.

Desço da cama, levando junto um monte de embalagem de barrinha. Elas descem até o chão girando como folhas de bordo que caem da árvore.

— Como assim, você precisa da minha ajuda?

Fico paralisada ao pensar que ele pode ter sido baleado ou esfaqueado e estar sangrando na frente do prédio depois de ter se arrastado até aqui.

Acho que o pânico transborda na minha voz, porque Three dá risada.

— Não tem ninguém morrendo. Mas é bom saber que você se preocuparia comigo.

Solto uma risadinha debochada enquanto caminho em direção à escada e desço até o térreo.

— Eu não me preocuparia — disparo quando chego ao saguão. — Só gostaria de poder ver.

Three está esperando do outro lado da porta. Está vestindo um moletom de capuz por baixo da jaqueta e mantém o zíper fechado até em cima, mas tem um volume embaixo da blusa, como se ele carregasse uma mochila virada para a frente. Ele sustenta o volume com um braço, e usa o outro para apoiar o celular junto da orelha. Ele está curvado, todo estranho, com o capuz tão baixo que não consigo ver seus olhos.

Assim que abro a porta, ele entra e corre para o elevador.

— Opa, oi para você também — digo.

Ele aperta o botão com o cotovelo e a porta se abre.

— Você tem a intenção de me contar o que está acontecendo? E por que parece que está escondendo um peru congelado embaixo da blusa? É meio cedo para o jantar de Ação de Graças. — Incrédula, percebo que o casaco dele *se mexe*. — Que porr...?

— Entra — diz ele, com um tom ríspido, usando o corpo para me empurrar para dentro do elevador. Com o cotovelo, aperta o botão do meu andar.

— Por que isso está *se mexendo*? O que você fez?

Ele me encurrala em um dos cantos do elevador, ficando tão perto que nossas testas quase se tocam. Sinto perfeitamente sua coxa pressionada contra a minha, me impedindo de sair do lugar. O pacote embaixo da blusa está apoiado sobre o braço dele e, quando Three abaixa o zíper, uma cabecinha aparece.

— Isso é um *bo*...?

Ele cobre minha boca com a mão.

Eu a afasto, sem conseguir disfarçar a ânsia.

— Que nojo! Não encosta no meu rosto com essa mão *suja*! Sabe-se lá onde você estava e onde colocou essa mão hoje! — Aponto para o moletom dele, enquanto Three empurra o bode de volta, se preparando para sair do elevador. — Tipo assim!

Ele me ignora, sai do elevador quando a porta se abre e corre direto para o meu quarto.

— Opa, nem pensar — sussurro, e vou atrás dele. — Não sei por que achou que este era o melhor lugar para vir, mas nem ferrando que vou ficar...

— Abre — manda, chutando minha porta de leve.

Eu o encaro.

— Que história é essa de aparecer aqui do nada e ficar me dando ordens?

— Você me deve uma.

— Eu não te devo *nada* — sibilo, mas destranco e abro a porta mesmo assim, porque é mais seguro discutir com ele dentro do quarto do que ficar no corredor.

Ali dentro, ele olha o interior do banheiro, depois fecha e tranca a porta. Dara está com Kayla e Yasmin por aí, mas Madison voltou para casa agora há pouco. Dá para ouvir baixinho a música que ela está escutando no quarto das duas.

— Só preciso que fique de olho nele. Volto rapidinho, tipo, em umas duas horas.

— Duas *horas*?

Ele está abaixado para tirar o bode de dentro do moletom; quando olha para mim por cima do ombro, meu coração se sobressalta. Não sei se é um alerta ou... sei lá. Ele parece mais sério do que nunca e tem uma nota de pânico por trás da atitude firme, bem mal escondida.

— Você me deve uma — repete enquanto se ajeita. — Você vomitou em mim, lembra? E eu fiquei do seu lado. Então esta é a sua chance de me retribuir. — Ele afasta o bode de uma das embalagens de barrinha de granola caídas. Ao recolher as que estão no chão, percebe todas as outras em cima do edredom e arqueia as sobrancelhas. — Meu Deus, Evans, você está fazendo um cobertor com elas?

Paro entre ele e minha cama, abrindo os braços para bloquear sua visão.

— Você está invadindo minha privacidade.

— Tudo bem, pode continuar com seu projeto artístico esquisito ou sei lá o que é isso. — Ele joga as embalagens no lixo perto da minha escrivaninha. — Só não deixa ele comer nenhuma dessas coisas.

Eu o seguro pelo braço quando o vejo se direcionar para a porta.

— Espera aí! Você falou que tinha aceitado tudo que fiz e falei naquela noite como pagamento. Ou uma coisa, ou outra... as duas não dá.

Ele bufa impaciente e passa a mão no cabelo. O capuz cai da cabeça.

— Beleza. Como vai ser? Quer saber tudo que aconteceu?

— É obvio que quero!

Ele assente depressa.

— Que parte? A que você admitiu que sonhou comigo? A que chorou, me agarrou e implorou para eu não te deixar? A que vomitou no meu moletom? Ou a que você falou que eu te distraio?

— Mentiroso! Eu sabia que você faria isso. Está se aproveitando da minha falta de memória e inventando coisas!

— E você também falou que não tem amigos. — A voz dele ganha um tom frustrado, e fico chocada ao perceber certa tristeza em sua expressão quando ele diz isso.

Minha barriga dá um nó e olho para Three horrorizada. Ele comprime os lábios, tenso.

— Preciso ir. Se eu não voltar logo, alguém vai perceber que fui eu que o peguei. Prometo que volto o mais rápido possível. Duas horas, no máximo. Espero que antes, e aí ele vai estar fora do seu caminho.

Ele se vira para sair, mas para outra vez, já com uma fresta da porta aberta. Olha para mim e para o meu braço esticado, para a mão segurando sua jaqueta.

— Estamos quites — aviso. — Independentemente de tudo o que aconteceu, agora estamos quites.

Ele hesita por tempo o bastante enquanto o encaro. Sua expressão é tensa.

Continuo segurando sua jaqueta.

— Fala!

— Beleza. Estamos quites — Ele cospe as palavras, mais contrariado do que eu esperava.

Solto a jaqueta dele.

— Sabia que você odiava perder, mas não pensei que odiasse tanto assim.

— É, pois é, todo mundo tem defeitos.

Ele escancara a porta, vai embora e a deixa bater antes que eu tenha a chance de responder.

Escuto um barulho atrás de mim e me viro.

— Ah, *não*! — sussurro, e corro até o outro lado do quarto.

Porque o bode está em cima da minha mesa de cabeceira, pronto para pular na minha cama.

Acho que duas horas suportando esse tipo de situação deveriam valer mais para Three, mas agora é tarde demais para cobrar.

Mandei seis mensagens para Three desde o segundo em que as duas horas se completaram, e ele não respondeu nenhuma. Já é mais de meia-noite, quase três horas desde que ele saiu daqui.

Boca Nervosa — o nome que dei para o bode depois de ele comer pedaços de papel de dentro do meu lixo, um canto do meu cobertor e um pedaço da cortina perto do armário — não parece estar nem um pouco cansado. Ele passou a primeira hora perambulando pelo quarto, procurando coisas novas para comer, destruir ou dar uma cabeçada. As cabeçadas chamaram a atenção de Madison, que insistiu em entrar para ter certeza de que eu não estava sendo feita de refém. Assim que viu Boca Nervosa, ela entrou no modo babá, pegou uma batuta brilhante de uma de suas apresentações com o coral e uns tecidos floridos, que amarrou como se fossem uma corda.

Conseguimos manter Boca Nervosa entretido perseguindo os tecidos, e ele já devia ter dado umas dez voltas no quarto quando ouvimos batidas na porta do banheiro e a cabeça de Dara apareceu pela fresta.

— Ei, espero que não se incomode. Encontrei com ele do lado de fora.

Ela mal termina a frase antes de Three invadir o quarto.

— Onde você estava? Mandei várias mensagens!

— Pois é, eu vi. — Ele trouxe uma mochila vazia, que agora coloca no chão. — Fiquei preso na casa.

Não é mistério nenhum de que casa ele está falando: Tau Delta, é claro.

Quando Boca Nervosa se aproxima o suficiente, Three o captura com a mochila. O bode quase não resiste, e Three fecha o zíper até sobrar só a cabeça dele para fora.

— Obrigado por cuidar dele. — Ele olha para cima, mas evita encontrar meu olhar. — Mas preciso de outro favor.

— Você está me zoando.

— Nem um pouco. — Ele tira uma chave do bolso e estica o braço em minha direção. — Preciso que dirija.

Empurro a mão dele de volta.

— Dirige *você*.

— Não posso.

Quando o encaro, entendo o motivo. Seu olhar é vago, e os olhos brilham um pouco demais. Se ele estivesse de óculos, acho que eu não teria percebido, mas ele esqueceu uma parte da armadura hoje.

— Você estava *bebendo*? — O desdém pinga da minha voz. — Que palhaçada é essa?

Madison pigarreia e se levanta.

— Acho que vou me deitar. Preciso ir para a igreja amanhã cedo.

— Obrigada por me ajudar — digo, conforme ela se retira.

Ela sorri para mim antes de passar por Dara e entrar no banheiro.

Dara espera na porta, hesitante. Quando assinto para indicar que está tudo bem, ela gesticula para sugerir que eu mande uma mensagem, depois vai atrás de Madison.

— Eu falei que fiquei preso na casa — continua Three assim que elas saem. — Não dava para eu falar: "Foi mal, não vai rolar beber hoje, preciso levar um bode que roubei até uma fazenda a uma hora e meia daqui". — Ele suspira, passando a mão no rosto. — Nunca mais vou te pedir nada.

— Como você trouxe o carro, se está bebaço? Não me diga que dirigiu neste estado.

Three dá um passo para trás, chocado.

— Não! Eu peguei as chaves mais cedo. O carro já estava no campus. E eu não estou tão *bebaço*. Tive que voltar para casa para ter um álibi, e eles me fizeram beber. Pois é, Evans, eu sou um calouro de merda. O que você esperava?

— Parece bem divertido fazer parte de uma fraternidade. Você não me contou de onde roubou esse bicho.

— De outra fraternidade. Óbvio.

— E por que uma fraternidade teria um bode? — Recuo e olho para ele com ar sério. — Por que acho que isso é uma armação? Está aprontando alguma comigo? Eu vou me...?

— Eles obrigam os calouros! Arrumam um bode, fazem os calouros cuidarem dele e aí...

Eu fico pálida.

— E aí *o quê*?

— Eu sei lá! Não faço ideia, mas também não quis descobrir! — explode ele, levantando as mãos.

Boca Nervosa faz um barulho agitado, se sacudindo dentro da mochila.

Three suspira, abaixa a cabeça. Eu me aproximo, dominada pela urgência de passar a mão no cabelo dele. Mas aborto o plano no meio do caminho, porque sei que seria uma péssima ideia, então pego o chaveiro da mão dele.

Three levanta a cabeça, e seu corpo estremece como se ele estivesse em choque.

— Eu só preciso que você dirija. Por favor. Eu... fico te devendo essa...

Levanto a mão, sem realmente cobrir sua boca. Mas é o suficiente para ele parar de falar e erguer as sobrancelhas, confuso.

— Não faço acordos com quem está bêbado. — Pego a mochila de cima da escrivaninha. — Neste momento, só vou fazer o que você pede e pronto. Se quiser falar sobre compensação, amanhã conversamos. Ou depois. Quando você estiver sóbrio.

Ele não se levanta imediatamente, continua debruçado sobre o bode. Depois pendura a mochila nos ombros virada para a frente, fecha o zíper do moletom por cima e fica em pé.

— Quem emprestou o carro, aliás? — pergunto, seguindo-o até o elevador. — Algum membro da fraternidade? — Não consigo nem falar essa frase sem salpicar uma boa dose de sarcasmo, como se fosse açúcar em cima de um sonho de padaria.

Three bufa.

— Ah, claro. Eles não podem nem sonhar que tenho algo a ver com isso. — A porta se abre enquanto ele responde. — Foi o Christopher.

— *Christopher?* — questiono, esganiçando.

13

Eu, meu arqui-inimigo bêbado, um bode roubado e o carro do meu editor.

Deve ter alguma graça nisso, mas estou exausta demais para encontrar. Já estou pronta para dar meia-volta e dormir por doze horas seguidas só pela caminhada até o apartamento de Christopher, que não fica longe do meu prédio, mas que pareceu a viagem até Mordor com Three e Boca Nervosa, e pela missão de colocar o bode no banco de trás — ele não gostou nada e baliu bem alto para todo mundo ficar ciente.

Mas a noite está longe de acabar. Ainda temos três horas de viagem de ida e volta pela frente.

— Como convenceu Christopher a te emprestar o carro dele? — pergunto, enquanto Three mexe no celular sem dar o comando de iniciar trajeto no mapa.

Ele demora mais do que deveria, e tenho a sensação de que deve estar mais bêbado do que parece. Provavelmente, ele é uma daquelas pessoas que podem estar quase em coma alcoólico e ainda assim manter um diálogo sem problemas.

Three suspira, apoia a cabeça no encosto do banco e fecha os olhos.

— Eu pedi.

— Você *pediu.*

Bato na chave da seta com um pouco mais de força que o necessário e entro na rodovia deserta. O fato de a maior parte da agitação ter sumido e ele parecer quase relaxado pela primeira vez durante a noite inteira deveria me deixar com raiva, porque ainda estou acelerada, exausta e fazendo tudo sozinha.

Mas, por algum motivo, estou aliviada por ver que ele não está mais tão tenso. Estou me esforçando muito para não cair nos encantos dele logo agora, mas... *ele salvou um bode.* Não porque seria fácil, mas porque ele não queria deixar Boca Nervosa à mercê do destino que planejaram para o pobre coitado, independentemente de quanto acabaria encrencado por isso. Além disso, teve que pedir ajuda para mim, entre todas as pessoas que ele conhece.

Levo a mão à coxa e me belisco. *De jeito nenhum.* Ele ainda é perverso.

— Então quer dizer que você pediu, e Christopher... concordou. Porque vocês são muito amigos.

Three ri baixinho.

— E Christopher parece capaz de ser amigo de alguém?

A voz dele está diferente do que costuma ser — menos elegante, mais arrastada e rouca. Aquela voz que precede uma gripe.

— E você é? — Olho para ele por um instante. — Acho que são a dupla perfeita.

— Eu tenho amigos.

— Ah, é verdade. Esqueci, amizades de fraternidade são escritas em pedra. — Aceno com a cabeça para Boca Nervosa no banco de trás. — Deve ser por isso que os outros calouros estão aqui te ajudando.

— Eles não são meus... — Ele se cala de repente, fecha a boca com tanta força que escuto os dentes se chocando. — Você quer mesmo que eu responda? Pensei que não fizesse acordos com quem está bêbado.

— E responder essa pergunta tem lá alguma coisa a ver com um acordo?

— Para mim, sim.

— Você é insuportável. Como pode nem parecer que está bêbado? E como pode estar equilibrado o bastante para se lembrar de não fazer acordos antes de responder a uma pergunta, enquanto eu... — Minha vez de parar de falar de repente.

"Enquanto eu expus todos os pensamentos que passaram pela minha cabeça naquela noite" era o que eu queria dizer.

— Não é tão difícil assim quando já virou hábito. — Ele ri. — Pronto, considere essa como um bônus.

— Não sei nem o que você quer dizer com isso.

— Quantas perguntas quer garantir para a viagem? Te dou...

— Cinco.

— Duas.

Dou risada.

— *Cinco.*

— Três — tenta ele mais uma vez.

— Bem a sua cara.

Quando olho para ele, Three dá um sorrisinho. Os olhos estão meio caídos, e ele descansa um cotovelo no apoio entre os bancos e estica as pernas compridas sob o painel.

Comprimo os lábios como se tivesse comido algo azedo.

— Por que Christopher te emprestou o carro dele? E não vem com essa história de que foi porque você pediu — complemento, depressa. — Quero a verdade.

— Estou escrevendo uma reportagem. Faz um tempo já. E é uma apuração grande, então Christopher está me ajudando, e eu o mantenho informado de todos os passos.

— Meu Deus. — Dou uma gargalhada. — É *claro* que você não perderia a oportunidade de tentar me intimidar. Por que eu deveria acreditar nas coisas que diz?

— Por mais divertido que seja te assustar, Evans, não preciso mentir para isso.

Ele se estica para reclinar um pouco mais o banco.

Deixo passar, porque sei que discutir com bêbado é causa perdida. E também porque ele está tomando uma surra da alavanca: o banco fica voltando para a vertical e batendo nas costas dele. Assisto a tudo de canto de olho, me mordendo para não rir.

Quando ele finalmente se ajeita, digo:

— Então, quer dizer que você e Christopher são *mesmo* amigos.

— Isso foi uma pergunta? Porque detesto te ajudar, mas é difícil ficar quieto enquanto você joga no lixo suas perguntas abordando coisas que já falei.

— Não, não foi uma pergunta — respondo, irritada por ele ser tão convencido até quando está bêbado. Nem preciso perguntar sobre isso. Consigo deduzir que Three e Christopher são, no mínimo, mais próximos do que eu esperava. — Espera, me deixa pensar.

— Temos tempo. — Ele aponta para a estrada.

— Você gosta de fazer parte de uma fraternidade?

Ele vira a cabeça para mim.

— Por quê? — Sua voz tem um tom cauteloso.

— Bom, eles iam fazer sei lá o que com Boca Nervosa...

— Quem caralhos é Boca Nervosa?

No banco de trás, o bode solta um balido como se respondesse.

Three se vira para trás para olhar para o animal. Quando colocamos Boca Nervosa no banco de trás, Three usou a mochila como uma espécie de coleira para mantê-lo seguro. Boca Nervosa detestou ficar preso. Olho pelo retrovisor e o vejo mastigando o cinto de segurança.

Three resmunga um palavrão e se estica, tentando arrancar o cinto da boca do bode.

— Boa sorte quando for explicar isso para o seu melhor amigo Christopher.

Mantenho os olhos fixos na estrada para resistir à tentação de olhar a faixa de pele que ficou à mostra quando a camisa dele subiu.

— Você deu um nome para o bode? — questiona Three em uma voz tensa.

— Você o deixou comigo por quase três horas!

— Não foram três horas.

— Ah, você ficou de olho no relógio? Não? Porque eu fiquei.

Ele revira os olhos com tanta força que a cabeça volta a descansar no encosto do banco.

— Pois então, hora de cumprir sua penitência. Você gosta de fazer parte de uma fraternidade?

Percebo sua expressão vacilar antes de ele dar um jeito de disfarçar.

— Não foi a *minha* fraternidade que pegou o bode. Quero deixar isso claro.

— Certo, a sua só te obriga a encher a cara quando você não quer.

Ele começa a responder, para e dá um suspiro.

— É. Acho que sim — concorda, contido.

— Acha que gosta?

— Não, acho que você está certa. — Ele passa as mãos no cabelo. Depois ri. — É claro que você escolheria essa pergunta... Não, eu não gosto de fazer parte de uma fraternidade.

— E por que está lá?

— Essa é sua próxima pergunta?

— Não! Ah, qual é? Me conta. Eu não assinei nada que limitasse as respostas a sim ou não.

Three hesita por um segundo.

— Meu pai queria que eu fizesse parte. Ele era da Tau Delta quando estudou aqui e diz que isso o ajudou muito depois do internato. Aquela coisa de *irmandade.* — Ele limpa a garganta e sinto que está olhando para mim. — E você sabe que eu também estudei em um internato.

— É, você comentou uma ou duas vezes... ou dez.

— Enfim, fazer parte de uma fraternidade não é bem assim — continua Three. — Talvez tenha sido bom para o meu pai, mas, repito, eu não sou meu pai. — A última parte sai amarga, como a borra que sobra no fundo de uma xícara de chá.

Percebo que entramos em um território meio real demais, e acho que Three também percebeu, porque logo ele diz:

— Então, essa é a resposta para a sua pergunta. Próxima?

Quero perguntar mais sobre a família dele — especialmente sobre o pai —, mas não quero que ele saiba o quanto me deixa curiosa. Então mudo de direção, escolho um caminho mais seguro.

— Sobre o que é a reportagem? A que está escrevendo com Christopher?

— Passo.

— Você não pode passar!

— Posso fazer o que eu quiser. Passo. Escolhe outra.

— Não tem mais nada que eu queira saber.

Three me encara.

— Eu sei que isso não é verdade.

— Não tem mais nada que eu queira saber agora. Nada além disso, é só isso que eu quero saber.

— Passo — repete Three.

— Você é tão...

— Eu conto depois. Quando estiver sóbrio.

— Então vou ter que esperar pela minha terceira resposta?

— Considere como mais um bônus. Escolhe outra pergunta. Não quero falar sobre a reportagem agora. Tem muita... — Ele para e balança a cabeça. — Só escolhe outra coisa.

Claro, tem centenas de coisas que eu gostaria de saber sobre Three. Talvez milhares, agora. Mas não quero perguntar sob pressão. Quero ter tempo para pensar na pergunta perfeita.

— Quero pedir um adiamento. Vou guardar a última pergunta para outro dia.

— Não.

— Então responde à pergunta que eu já fiz. Se você pode adiar a resposta...

— Não é uma resposta. É um bônus.

— Mesmo assim. Você não dita todas as regras, Three. Quero um adiamento. Acho que é justo. Estamos no meio da madrugada, estou exausta, mal consigo lembrar meu nome, imagine pensar em algo para perguntar.

— Este é o ponto. Se fosse fácil, eu só te daria duas perguntas.

— Beleza! Ou eu pergunto agora, ou já era?

— Exatamente.

— E você não vai mentir.

— Não vou.

— Não esquece que você se meteu nessa sozinho — aviso entre dentes, agarrando o volante com mais força. Olho para ele enquanto cuspo uma pergunta da qual me arrependo antes de terminar de fazer: — Você já sentiu tesão por mim?

Three congela, comprime os lábios em uma linha tensa. Ele não olha para mim.

Meu coração acelera. Se ele falar que não, vai ser humilhante. Mas se falar que sim... vai ser ótimo saber que estamos jogando de igual para igual. Se ele tem o direito de saber que sonhei com ele, então eu tenho o direito de fazer essa pergunta. Não precisa significar nada, é só um alívio para o meu constrangimento. Sei que não vai acontecer nada entre nós, e tenho Lincoln, que pode ser Hayes, e o próprio Hayes… de quem eu gosto. Muito.

E, se ele disser não, pelo menos vou saber a verdade. Não vou ficar chateada. Não vou chorar, certeza.

— Já. — A voz dele soa trêmula.

Quase perco o controle da direção.

— *O quê?*

Ele olha para a frente.

— Não vou repetir. Sei que não assinou um contrato limitando as respostas a sim ou não, mas não vou falar mais do que isso.

Respiro fundo para me acalmar.

— Não significa nada — acrescenta ele, depressa. — Fico com tesão quando discuto. E nós discutimos com frequência.

— Então você sente tesão por mim com frequência. — Não consigo evitar o comentário.

Ele suspira irritado, procurando a alavanca para reclinar ainda mais o banco.

— Me acorda quando a gente chegar.

— Ei, você não vai dormir!

— Eu vou fazer o que eu quiser. — Ele passa um dos braços por cima dos olhos, mas o levanta por um instante para olhar para mim. — Paguei pela viagem.

Ranjo os dentes. Não sei se ele está dormindo ou não, mas não diz mais nada. Passo o resto da viagem com o ar-condicionado assoprando um ar gelado no meu rosto para me manter acordada, mudando as estações de rádio para permanecer atenta.

Em momento algum penso — não penso *mesmo* — em como ele respondeu àquela pergunta.

Já passa das duas da manhã quando entregamos Boca Nervosa a uma mulher chamada Sarah, que nos encontrou na varanda da casa dela, vestindo um roupão por cima do pijama. Enquanto agradece por ela nos receber tão tarde, Three exibe uma educação impecável, mesmo bêbado, e eu me escoro nele, a imagem da exaustão.

Ele acabou dormindo de verdade antes de chegarmos, e fiz um esforço descomunal para me segurar e não fazer um cafuné nele enquanto estava apagado.

— Acho que não aguento fazer o caminho de volta — comento quando Sarah e Boca Nervosa desaparecem pela lateral da casa.

Three faz uma careta, assume um ar constrangido, como se quisesse se desculpar.

— Não posso pagar um hotel para nós. Meus pais controlam meus gastos.

— Não precisamos de um hotel. Você só tem que prometer que não vai usar nada do que vir esta noite contra mim. — Aponto o dedo para ele. — Nem uma piadinha.

Ele levanta as mãos.

Dentro do carro, procuro meu celular para fazer uma ligação, e ponho no viva-voz enquanto manobro o carro para fora da estrada.

— Não entra em pânico — digo quando minha mãe atende.

— Por que entraria? — Minha mãe pergunta com a voz rouca de sono. — Uma ligação da minha única filha às duas da manhã? Não tem motivo para ficar apavorada.

Meu pai ronca ao fundo.

— Só quero avisar que chego aí em uns quinze minutos.

Three olha para mim aflito, e me esforço ao máximo para ignorá-lo enquanto dou uma explicação superficial para minha mãe antes de desligar. A energia dentro do carro é elétrica, a curiosidade dele parece ser alimentada por um cabo de alta-tensão.

Enquanto estaciono o carro de Christopher na garagem, tento ver minha casa pelos olhos de Three. O chalé de teto arredondado que parece ter saído de um livro de contos de fadas. Por anos meus pais se dedicaram a fazer nossa casa parecer uma coisa de outra época — e, no geral, de outro mundo.

A porta da frente, entalhada à mão minuciosamente por meu pai para parecer élfica, se abre quando acabamos de subir os degraus da entrada.

— Wynnie — cumprimenta minha mãe, me abraçando ainda na varanda. Three se mantém atrás de mim, hesitante. — Vocês dois estão com uma cara exausta! Por que estavam na estrada a esta hora? — Ela passa por mim para se aproximar de Three e abraçá-lo também. — Oi, amigo da Wyn. É um prazer te conhecer.

Three parece surpreso, arregala um pouco os olhos.

— Hum, o prazer é todo meu. Sou o Three.

— Three. — Ela inspira fundo algumas vezes e se afasta, com uma careta. — Você está com cheiro de cachaça e roça, Three.

As bochechas dele ficam cor-de-rosa.

— Ah. Pois é, rolou... rolou uma...

— Uma situação — interfiro.

Sou poupada de dar mais explicações quando meu pai aparece e espia pela fresta da porta.

— Entrem, está muito frio aí fora.

Minha mãe nos acompanha, e meu pai me abraça e prolonga o abraço por um bom tempo, não me solta nem para apertar a mão de Three e se apresentar.

— Acho que temos umas escovas de dente fechadas aqui. Quer que eu lave suas roupas, querido? — pergunta minha mãe para Three. — Pode pegar umas roupas de Wilson emprestadas.

— Ah, não precisa — responde Three rapidamente, e levanta as mãos. — Muito obrigado. E obrigado por me receber. Sei que é um inconveniente. Agradeço muito.

— Puxa-saco — resmungo.

Tiro ele do meu caminho com o cotovelo, indo em direção ao corredor. Se Three está chocado por nossa casa ser tão pequena ou, é claro, por parecer um museu de produções de fantasia, ele não demonstra. É gentil com meus pais enquanto pego alguns cobertores para ele e, quando começo a arrumar o sofá, se aproxima rapidamente para me ajudar — e elogia a mesinha de centro que meu pai construiu.

Minha mãe finalmente encontra as escovas. Eu e Three dividimos a pia, batendo os cotovelos enquanto escovamos os dentes.

— Seus pais são legais — comenta, com a boca cheia de espuma.

Me inclino para cuspir na pia e enxaguar a boca.

— É, eu sei.

Devo ter adotado uma atitude defensiva sem perceber, porque Three avisa:

— É um elogio, Evans. Se aparecêssemos na casa dos meus pais às duas da manhã, eu ouviria um sermão interminável. — Ele cospe e enxágua a boca. — Seria um especial completo dos Wellborn: interrogatório, repreensão e... como chama quando você adota um tratamento silencioso, mas deixa clara sua decepção com as escolhas de alguém?

Levanto as sobrancelhas para ele pelo espelho. E ele imita o gesto.

— Vou pegar um travesseiro para você — digo, interrompendo a conversa antes de ter a terrível sensação de me sentir mal por ele, ou alguma coisa assim.

Atravesso o corredor e só percebo que ele me seguiu quando chego no meu quarto. Abro os braços para bloquear a passagem.

— Não.

Mas os olhos dele já estão explorando tudo.

— O que é aquilo?

Ele ri e passa por baixo do meu braço. Eu o alcanço ao mesmo tempo que ele pega a galinha de pelúcia em cima da minha cama. Arranco a galinha da mão dele.

— *Não* toque em nada.

— Você ainda dorme com bichinhos de pelúcia, Evans?

Ele se apoia na minha escrivaninha. Está mais organizada do que quando eu morava aqui, mas as prateleiras ainda estão lotadas dos meus mangás e das graphic novels românticas preferidas.

Pelo amor de Deus, não olha para trás, penso, tentando controlá-lo com a força do pensamento. Se ele descobrir que sou uma ultrarromântica enrustida, vou morrer na hora.

— Já vi que você achou a Cinturinha de Ovo — comenta meu pai, apoiado no batente da porta. — Exatamente onde você deixou.

— Cinturinha de Ovo — repete Three, satisfeito.

Me inclino na direção dele, dando as costas para meu pai, e sussurro:

— Vou te matar enquanto você estiver dormindo.

O sorriso dele fica mais largo. Volto a olhar para o meu pai.

— Aham. Achei.

Pego um travesseiro na cama e jogo no peito de Three. Ele esbarra na escrivaninha, e um dos livros cai da prateleira de cima.

Antes que Three consiga pegar o livro, eu o empurro para a porta, fazendo força mesmo que ele mantenha os pés colados no chão.

— Pai, por favor, leva o Three aos aposentos dos hóspedes — digo, com tom afetado.

Meu pai entra no personagem imediatamente, faz uma reverência e estende um dos braços para a sala de estar.

— Por aqui, nobre senhor — diz, com um sotaque à la Feira Renascentista.

Vejo o rosto de Three de relance e fico surpresa ao perceber que ele está sorrindo. E não é o sorrisinho presunçoso de sempre, mas um sorriso autêntico. Como se estivesse se divertindo.

Assim que eles saem do quarto, apago as luzes e me jogo de cara na cama, me arrastando até o travesseiro que sobrou.

Acho que não vou conseguir dormir sabendo que Three está logo ali do lado, mas aí eu pisco e, quando abro os olhos, o sol já está entrando pela janela.

Tenho que fazer um grande esforço para me arrastar para fora da cama. Quando chego na sala, Three ainda está dormindo no sofá. Deitado de bruços, com um braço envolvendo o travesseiro e o cobertor enrolado nas pernas. A camisa subiu um pouco nas costas, e ele está vestido com uma calça de moletom que meu pai deve ter emprestado depois que fui me deitar. A calça jeans está dobrada em cima da mesinha de centro, ao lado de um copo de água quase vazio.

Dou uma espiada na cozinha, e minha mãe está sentada na mesa com o tablet. O relógio do fogão marca 8h17.

— E aí? — sussurra minha mãe, acenando para que me sente ao seu lado.

Ela se levanta e caminha até a cafeteira. Enquanto serve café em uma xícara para mim, dá uma olhada para a sala e sorri de leve.

— Nem pense — aviso.

Ela faz uma cara inocente.

— No quê?

— Você sabe.

Minha mãe me ignora, volta a prestar atenção no café. Assim como eu, ela é uma grande romântica, do tipo que lê romances fantásticos religiosamente e escrevia pilhas de fanfic Aragorn/Arwen quando estava na faculdade — e de outros *ships* também — que ela jura que são terríveis e nunca me deixou ler. Apesar de eu achar que, neste caso, usa "terríveis" para não falar "indecentes".

Então é claro que ela deduz na hora que está rolando alguma coisa que *não* está rolando se trago um cara bonitinho para casa.

Bebo um pouco do café antes de ouvir ruídos na sala e Three aparecer na porta. Meu pai é maior que ele, então o cós fica caído mesmo com a calça de moletom presa por um cordão e puxada para cima, deixando à vista o elástico da cueca.

Faço o melhor que posso para não olhar, mas ainda estou fazendo o download da alma depois de acordar e demoro um pouco para reagir. Quando levanto a cabeça, Three está me encarando.

— Você está ridículo.

— Bom dia para você também — responde ele, com voz rouca. Depois pigarreia e sorri para minha mãe.

— Bom dia. Wilson deve chegar a qualquer momento com o café da manhã. Não quisemos te acordar, então ele vai trazer um sanduíche de ovos, bacon e queijo para você. — E para de falar, apavorada. — Meu Deus! Você não é vegetariano, né? Ou judeu?

Three balança as mãos.

— Não, senhora, para mim está perfeito, obrigado. Eu posso... trouxe algum dinheiro... — E tateia os bolsos, antes de lembrar onde deixou a calça jeans e olhar para a sala.

— De jeito nenhum — diz minha mãe. — Você toma café?

Ele solta os ombros, aliviado.

— Eu adoraria um café.

Assim que ele se senta na cadeira ao meu lado, chuto seu tornozelo.

— "Não, senhora" — imito, revirando os olhos.

— O nome disso é educação — fala ele, em voz baixa, me cutucando com o cotovelo.

— E o que trouxe vocês até aqui ontem à noite? — pergunta minha mãe, voltando à mesa com o café de Three.

— Coisas do jornal — digo antes que Three responda.

Não quero lidar com a fogueira da inquisição que minha mãe acenderia se soubesse que Three faz parte de uma fraternidade. Ela é extremamente contra esse tipo de coisa.

Seu rosto se ilumina com a resposta e ela olha para Three.

— Você também é um repórter nato? A Wynnie bisbilhotava a vizinhança toda, parecia a Pequena Espiã. Ela tinha tantos cadernos... Será que ainda estão aqui?

— Mãe.

Ela me ignora.

— Juro, ela sabia de tudo sobre todos os vizinhos. Quando saíam para ir trabalhar, quando chegavam em casa, quando arrumavam o jardim e quando recebiam o jornal pelo correio. Nós a chamávamos de Vizinhança Solidária.

Three parece satisfeito demais ao saber dessa informação.

— Por favor, eu imploro — falo para minha mãe. — Você tem ideia de quanto custa fazer terapia?

Sou salva pela chegada do meu pai. Ele entra pela porta da frente assobiando, todo feliz, como se não tivéssemos acordado a casa toda no meio da madrugada. Distribui os lanches de café da manhã contando com todos os detalhes uma história sobre a fila infinita no drive-thru e quase me faz pegar no sono.

Como rápido, evitando o olhar de Three. Batalhei muito para não me sentir esquisita comendo na frente dos outros, principalmente se for fast food. Regredi muito nesse aspecto durante o Ensino Médio, quando passei em um drive-thru com duas amigas e, depois de fazer meu pedido, elas pediram a mesma coisa, mas só um, para dividir, porque era "comida demais".

Depois disso, passei a evitar comer muito se estava perto delas, mesmo que isso significasse comer porções menores do que as que me deixariam satisfeita ou não comer nada e ficar com fome até chegar em casa.

Felizmente, trabalhei bastante essa questão antes de ir para a faculdade, então comer no refeitório é bem menos estressante do que teria sido um ano e meio atrás. Mas eu nunca comi na frente de Three, e mesmo que ele seja desagradável em todos os aspectos, *menos* nesse, ainda me preocupo com a opinião dele sobre mim.

— Precisamos ir logo. Christopher precisa do carro de volta — fala de boca cheia, terminando de engolir o lanche inteiro.

Ah, Christopher. Esqueci que nossa diária de empréstimo ia acabar.

Não que eu esperasse passar um dia em família com meus pais e Three, nada disso. Mas pensei que...

Acho que pensei que teria um pouco mais de tempo com eles.

Three desvia o olhar e coça a nuca ao sair da cozinha, em direção ao banheiro.

— Ficamos felizes por ver você. Mesmo que só por algumas horas — diz meu pai.

— Vamos sentir sua falta na semana que vem — acrescenta minha mãe.

Semana que vem. *É claro.* O Dia de Ação de Graças.

— Eu volto para casa logo. — Tomo mais um gole generoso de café. — Depois do feriado, são só mais algumas semanas até o fim do semestre. — Tento agir como se isso não me incomodasse, mas a sensação de abandono é forte.

Three volta com o cabelo úmido e ajeitado para trás, como se tivesse usado as mãos como pente. Ele agradece aos meus pais pelo acolhimento e pelo café da manhã.

E lá vamos nós.

— Não quer levar a Cinturinha de Ovo? — pergunta Three conforme passamos pela porta de entrada.

Preciso de toda serenidade do mundo para não empurrar o cara escada abaixo.

— Já falei que está proibido de usar qualquer coisa que tenha visto aqui contra mim.

Three gargalha a caminho do carro.

— Tipo o quê? Você ter pais muito legais e uma casa aconchegante?

— E "aconchegante" é o seu jeito de dizer "minúscula"?

Fuzilo ele com o olhar enquanto procuro a chave na mochila e destranco o carro.

— Não ponha palavras na minha boca.

Ele arranca o chaveiro da minha mão.

— Ei, você está…?

— Eu não dirigiria se não estivesse — interrompe ele. Depois de afivelarmos o cinto de segurança e partirmos, ele complementa: — Pode dormir até lá se quiser.

Olho para ele sem disfarçar a surpresa. Seu cabelo está quase seco de novo, ganhando ondas leves que emolduram o rosto, e fico impressionada com o quanto as mãos dele são lindas no volante.

Olho para a frente de novo.

— Como se eu fosse me arriscar a dormir com você do lado.

— Está com medo de sonhar comigo de novo? — pergunta, com uma mistura de presunção e deboche.

— Vou te matar.

— Aham.

Ele sorri, pega o celular no porta-copos e abre o mapa para começar a navegação. Não reparei ontem, mas sua tela de bloqueio é um gato cinza fofinho.

— Você tem um gato. — Soa mais como uma declaração chocada do que como uma pergunta.

— Minha família tem uma gata. Mas sim. — Ele olha para mim rapidamente. — O nome dela é Dick.

— Você deu o nome de Dick para a gata? *Pinto?*

Ele sorri.

— Minha irmã escolheu Emily Dickinson. Eu apelidei de Dick. Achei divertido.

— Pera aí, então é por isso que…?

Eu me interrompo assim que percebo, fechando a boca com força. *Burra, burra, burra.*

Mesmo assim, Three entende o que eu ia dizer. Estamos parados em um semáforo e ele vira para mim.

— Eu sabia. *Sabia* que você tinha feito isso.

— Você não sabe de nada. — Aponto para a rua. — O semáforo abriu.

Alguém buzina atrás de nós, mas Three não sai do lugar. Ele ainda está me encarando com uma cara irritada, mas um tanto impressionada.

Buzina novamente.

— Three!

Ele volta a olhar para a frente com a agilidade de uma lesma e por fim acelera.

— Mas e aí? Você roubou só minha pauta ou deu uma olhada nos meus nudes também? — pergunta alguns minutos depois, quando entramos na rodovia. — Foi de lá que tirou a inspiração para o sonho?

— Não vou me submeter a essa categoria de perguntas.

— Tudo bem — diz ele, em um tom bem resolvido. — Eu alterei a manchete da sua matéria sobre pornografia e postei aquele artigo de opinião no site da Tau Delta. Também entreguei sua pauta sobre os equipamentos de realidade virtual para o *Two Minute News*, mas sinceramente, Evans, era uma matéria muito sem graça; eu te fiz um favor...

— *Nathaniel!* — grito, virando para encará-lo.

A boca de Three se curva em um sorrisinho discreto.

— Não imaginava que você soubesse meu nome de verdade.

Eu me atropelo ao falar, roxa de raiva e soltando fumaça pelas ventas.

— Claro que eu sei o seu nome! Você realmente acredita que não sei fazer nem uma apuração básica.

— Você pesquisou sobre mim? — retruca ele, convencido.

Eu o ignoro.

— Meu Deus, eu *sabia* que tinha sido você! Estava tão convencido...

— Não deu para evitar. Foi divertido. E pensa bem: essa história toda de banir pornografia do campus provavelmente atraiu mais leitores do que você teria conquistado a vida toda, então deveria me agradecer.

— Vai sonhando.

O sorriso dele se torna menos sutil.

— Você nunca vai superar meus melhores trabalhos, disso eu tenho certeza.

Eu o encaro.

— Você está falando da matéria nova, não é? A que está escrevendo com Christopher.

Ele dá de ombros, evasivo.

— Você disse que me contaria sobre o que é.

— É, disse mesmo. — Ele suspira e alonga o pescoço. — Beleza. Começou com a matéria que escrevi sobre sua colega de quarto.

— Você está escrevendo sobre a Ellie? — O choque é suficiente para dissipar minha raiva.

— Mais ou menos. Comecei a apurar depois que ela foi pega. Como uma caloura que veio de Akron começa a vender drogas? Não é como se ela já tivesse vários contatos na área. Eu queria descobrir quem era o fornecedor e se valia a pena investigar.

Eu o encaro estupefata.

— Você acha mesmo que está escrevendo para a porra do *Post*, não é?

Para a minha surpresa, as orelhas de Three ficam vermelhas.

— É importante. Por que eu não deveria ser a pessoa que vai escrever sobre isso?

— E por que está me contando tudo? Você nunca dividiu suas pautas comigo.

As mãos de Three apertam o volante com mais força.

— Estava tentando achar uma brecha para te pedir…

Fecho os olhos.

— Estou sentindo que isso é uma armadilha.

— Não é uma armadilha. Você é muito desconfiada.

— Hã, foi mal, mas você *se conhece*?

Ele ri.

— Tudo bem, acho que é justo. Mas preciso mesmo da sua ajuda. Ellie não fala comigo. Já mandei uns seis e-mails. Ela só respondeu o primeiro me mandando tomar no cu, e aí acho que ela me bloqueou, porque nunca mais consegui fazer contato. Christopher recebeu a mesma resposta basicamente.

— Por que será?

— Se eu soubesse que investigar sua colega de quarto me levaria a um cartel dentro do campus, talvez eu tivesse pensado duas vezes. Mas agora já é tarde demais.

— Então esse é o grande "Vai se foder" do Christopher para o *Two Minute News*? Vocês estouram um esquema de tráfico, e ele se vinga deles por terem furado a matéria que ele estava escrevendo sobre o Adderall adulterado?

— Christopher não está tão envolvido assim e não acho que ele esteja procurando vingança.

Volto a encará-lo. Não é possível que Three acredite nisso.

— E para que você precisa de mim? Eu não sei nada sobre essa história. Não sabia nem que ela vendia droga até a polícia aparecer.

Os lábios de Three se distendem em um sorrisinho sarcástico.

— Que baita repórter investigativa você é, hein, Evans?

— Vai se lascar.

— Foi mal. Estou brincando... Desculpa.

Ouvir o pedido de desculpas me desconcerta, mesmo sendo só por uma bobagem.

— Eu estava pensando se você não toparia falar com ela. Se for você, talvez ela tope dar uma entrevista.

— Você quer que eu te ajude com a sua matéria? — Esta conversa virou uma sucessão de surpresas.

— Só com a entrevista — diz Three.

É um pequeno esclarecimento, mas nem por isso deixo de compreender o que ele quer dizer: só com a entrevista. Não com a matéria. O que significa que não vou levar nenhum crédito.

— Quero coautoria.

A resposta vem na velocidade da luz.

— Não.

— Então, acho que você vai ter que trabalhar com o que tem.

— Não vou te dar crédito de coautoria por fazer uma entrevista. Estou há semanas trabalhando nessa matéria e vou continuar por um bom tempo provavelmente.

Dou de ombros.

— Ok.

Ele respira fundo, contrai a mandíbula.

— Qual é? Não é uma matéria pequena e sem importância. Se eu estiver certo, isso vai ter uma repercussão enorme.

— E, neste caso, tenho certeza de que você ficaria muito feliz por ter meu nome ao lado do seu como coautora.

Three resmunga um palavrão. Sei que ele está bravo, e sinto quase que uma vertigem de euforia por isso. Finalmente fiquei um pouco na frente dele de novo nesta corrida.

O caminho de volta para o campus foi muito mais rápido do que a ida até a fazenda. Talvez por eu ter tido a chance de ficar toda confortável no banco do passageiro enquanto Three fervia de raiva ao meu lado. Ou talvez tenha sido por eu não estar exausta como ontem. Qualquer que tenha sido o motivo, nem vi o tempo passar até Three estacionar na frente do meu prédio.

— Wyn — chama ele quando estendo a mão para abrir a porta.

Paro e olho para ele. É muito esquisito ouvir Three me chamar pelo primeiro nome. Às vezes ele menciona meu nome para os outros na redação. Mas comigo é sempre "Evans".

Ele solta o ar devagar, olhando para a frente.

— Se você quer uma coautoria, vai ter que trabalhar.

Inclino a cabeça.

— Como assim?

Ele desliza as mãos pelo volante lentamente, e pisco para esquecer a cena. Não preciso dessa imagem grudada na minha cabeça.

— Não vou te dar crédito por fazer uma entrevista. Se quer trabalhar, você vai ter que trabalhar *mesmo*. Comigo. Redigindo, entrevistando. Investigando. Tudo.

— E daí, você acha que isso me assusta? Que é coisa demais para mim?

Ele vira a cabeça para me olhar e a apoia no encosto do banco.

— Aí é você quem me diz. Acho que o fornecedor de Ellie está na área das fraternidades. Na casa Sigma Rho, para ser mais específico. E acho que é mais do que uma operação pequena. Já sei de mais duas casas envolvidas e é provável que existam outras. Quero saber o que eles estão vendendo, quem está envolvido e como eles ainda não foram pegos. Não vai ser fácil e pode ser perigoso.

Olho para ele e minha boca fica seca.

— Só preciso da entrevista. Mas, se você quiser crédito de coautoria, vai ter que trabalhar.

Hesito. Não quero ajudá-lo, muito menos sem levar crédito. Mas ele não está errado, é uma matéria importante. Principalmente se chegar onde ele acha que vai chegar.

— Eu...

Three arqueia as sobrancelhas enquanto espera minha resposta.

— Eu te aviso — completo.

Abro a porta e saio do carro. Three abaixa o vidro.

— Não tenho todo o tempo do mundo. Preciso de uma resposta o quanto antes.

— E vai ter. Só preciso de um tempinho — falo por cima do ombro.

Quando entro no prédio, olho para trás. Three ainda está estacionado, me olhando de dentro do carro.

Ele só vai embora quando a porta se fecha.

14

Para os parâmetros do *Torch*, minha matéria sobre o Muro dos Sussurros foi um sucesso. Não viralizou como o Grande Banimento do Pornô, mas foi lida — ou, pelo menos, comentada — o suficiente para eu passar na frente do Muro dos Sussurros na terça-feira e encontrar um grupo grande de pessoas querendo usá-lo. Nos últimos dois dias, foram sussurrados segredos, confissões e piadas para amigos, amantes e desconhecidos que ouviam do outro lado do muro curvo palavras levadas pelas pedras até ouvidos atentos. Um casal que entrevistei, cujo noivado havia sido oficializado no Muro dos Sussurros, vai inclusive voltar lá para fazer um ensaio fotográfico de comemoração de bodas de estanho, e a história deles está circulando nas redes sociais.

Sabina está contente com a reação e quer mais coisas nessa linha.

Fico até envergonhada por estar tão surpresa com o sucesso da matéria. Mas isso me lembra do que Dara disse sobre as pessoas gostarem de ler sobre outras pessoas — e do meu apelido quando eu era criança, resgatado por minha mãe, Vizinhança Solidária. Eu era fascinada pelos vizinhos. Quando uma das famílias perdeu o cachorro, ajudei a espalhar as informações. Quando a casa de outra foi invadida, tentei colher depoimentos dos vizinhos. E quando um homem perdeu a esposa para um câncer, fui de porta em porta avisando, para garantir que todos soubessem. Era sobre as *pessoas*. Eu espalhava as histórias, mas não de um jeito sensacionalista ou escandaloso. Provavelmente, esse foi meu primeiro contato com o jornalismo.

Talvez esse seja o motivo de eu querer trabalhar com isso. Fico pensando em como aquele casal que ficou noivo no Muro dos Sussurros se sentiria se não descobrisse que ele seria demolido a tempo de tirar as últimas fotos. De repente, como Dara e Madison, entendo a importância desse tipo de pauta. E talvez essa seja uma abordagem que falta já há algum tempo na editoria Vida no Campus: matérias focadas nas pessoas, não nos escândalos.

Estou animada para pensar em mais coisas. Encontrar novas ideias vai ser uma boa distração durante meu longo e solitário feriado de Ação de Graças nesta quinta-feira.

Também vou ter tempo para pensar na matéria de Three. Felizmente, ele não está na redação hoje, já saiu para o feriado, assim como a maior parte da equipe. Passei mais de uma hora ontem ignorando aquele olhar penetrante dele até que Madison me mandou uma mensagem com um link do *Two Minute News* para uma notícia sobre uma fraternidade investigada por um trote envolvendo um bode.

— Opa, opa, isso aqui... isso é... — Dei uns tapas no braço dele, virando a tela do celular para que ele pudesse ver. — Eles sabem? A gente está...? Isso vai...? Eles vão...? — A ideia de ser pega roubando um bode de uma fraternidade me tirou toda a capacidade de formar uma frase completa.

Three empurrou o celular para baixo.

— Não deixa o Christopher te ver assistindo ao *Two Minute News* aqui dentro.

— Three!

Ele sorriu.

— Relaxa, Evans. Fui eu.

Olhei para ele e senti o coração desacelerar.

— Foi... você.

Ele inclinou a cabeça na minha direção e baixou o tom de voz.

— Bom, você preferia ter tomado a iniciativa? Alguém precisava falar sobre a investigação dos trotes. Eu não estava muito a fim de estar na linha de frente e, se você se tornasse a inimiga número um da área das fraternidades, não poderia mais me ajudar com a minha matéria, então... — Ele me encarou por um longo instante.

— E quando o *Two Minute News* conectar a história com a gente?

— Se um dia eles decidirem realmente investigar alguma coisa em vez de só cuspir por aí as fofocas que escutam pelo campus, o que é improvável, as pistas vão levar a reportagem até um grupo de proteção de animais que vai adorar assumir a responsabilidade pelo sequestro de Boca Nervosa.

— Muito bem. — Respiro fundo. — Parece que você já tomou todas as providências. — Não resisto à vontade de dar uma alfinetada, então acrescento: — O que é óbvio, e eu deveria ter imaginado, já que você é especialista em entregar pautas para o *Two Minute News*.

Ele se limitou a rir, voltou ao trabalho e não me perturbou de novo pelo resto do dia. Agora vai passar uns dias em sei lá de onde ele é — Cincinnati, acho — e eu vou ter o feriado inteiro para decidir se quero mergulhar de cabeça nessa linha de matérias sobre pessoas ou se ainda quero ser a jornalista investigativa que sempre sonhei em ser.

Apesar das minhas distrações diversas e das decisões que preciso tomar em breve, a ideia de ficar realmente sozinha pelos próximos quatro dias é pavorosa. Minhas colegas de quarto já foram. Meus colegas de trabalho também. Não sobrou ninguém no *Torch*. O campus todo está fechando, só reabre na segunda-feira.

Na minha mesa da silenciosa e vazia redação, pego o celular e abro o Buckonnect.

pomerene1765: na sua opinião, qual a data comemorativa mais deprimente?

A resposta dele é quase imediata.

hayes6834: todas
pomerene1765: ah você é daquela galera antidatas comemorativas?
hayes6834: sou da galera antificar com a família
pomerene1765: a maioria diria dia dos namorados
hayes6834: uma das únicas em que NÃO preciso ficar sentado à mesa com meus pais? acho que não
hayes6834: mas também posso te dizer qual a data comemorativa menos deprimente
pomerene1765: qual?

hayes6834: mardi gras
pomerene1765: ...
hayes6834: kkkk que foi?
pomerene1765: só fala que gosta de peitos e segue o baile
hayes6834: ah não mas não era
hayes6834: é, na verdade
hayes6834: olha não posso MENTIR mas não é por isso
pomerene1765: é bom te ver de volta na sua especialidade
hayes6834: minha especialidade?
pomerene1765: aham, meter os pés pelas mãos
hayes6834: kkkk ah é
hayes6834: mas eu gosto é do bolo que eles servem
hayes6834: e você já viu alguém triste em um desfile?
pomerene1765: acho que eu seria capaz de ficar triste em qualquer lugar

Aperto o botão de enviar antes de pensar direito. Conversar com Hayes é tão fácil que nem pensei duas vezes antes de digitar.

Mas agora, olhando para a mensagem, sinto o peso do arrependimento. Eu não devia ter falado isso. Foi real demais. Cru demais. Sinto um nó na garganta, tento segurar o choro.

pomerene1765: acho que esse é meu esporte olímpico kkkk
pomerene1765: enfim acho que nunca comi esse bolo

A mensagem dele chega ao mesmo tempo que envio a minha.

hayes6834: às vezes eu queria te abraçar

Meu coração vai parar na boca. Qualquer lágrima que estivesse tentando escapar secou na hora.

Demoro um pouco para responder, e mais mensagens aparecem.

hayes6834: imagina que o bolo de café e o pãozinho de canela tiveram um bebê
hayes6834: é isso aquele bolo
hayes6834: e às vezes tem um bebê no bolo mesmo
hayes6834: não de verdade. é tipo um bonequinho
hayes6834: e se você achar o bebê no seu pedaço de bolo dizem que dá sorte
hayes6834: te assustei, não é?
pomerene1765: não, adorei a ideia de encontrar um bebê no meu bolo
hayes6834: k
hayes6834: você sabe do que eu tô falando
pomerene1765: eu mataria por um abraço
pomerene1765: então não. não me assustou.

Quando ele não responde, tento aliviar o clima dos dois lados. Ser vulnerável é difícil, até no anonimato.

pomerene1765: se a gente não se falar amanhã, espero que seu feriado seja legal por aí
hayes6834: eu também espero que seja aí
hayes6834: espero que consiga dar uma recarregada na bateria. aposto que sua família vai ficar feliz por te ver

Uma dor chata brota no meu peito. Mas não quero que ele me ache patética nem quero falar sobre o que meus pais vão fazer neste final de semana.

pomerene1765: recarregar a bateria seria bom mesmo

Mas a ideia de recarregar sozinha no meu quarto durante os próximos quatro dias me faz sentir uma vontade enorme de sentar e chorar.

O Dia de Ação de Graças chega e parece que fui atropelada pelo caminhão da solidão. Nem deveria ser para tanto, principalmente porque só passou um dia. Mas me sinto um bote furado em um mar de tristeza, pronta para afundar. Fico na cama até não aguentar mais e aí me levanto e vou tomar um banho. Seco o cabelo com o secador. Faço uma maquiagem, arrumo o cabelo, passo meu perfume preferido e tiro meu melhor vestido do armário. Caprichei muito mais que o necessário para o lugar aonde vou, mas é divertido. Vou entrar desfilando como uma mulher misteriosa que poderia estar voltando de um jantar de Ação de Graças em algum lugar da cidade e sentisse uma vontade incontrolável de comer batata frita crocante, coberta de cebola e queijo derretido, uma vontade impossível de ignorar.

O Waffle House perto do campus está bem mais cheio do que eu esperava. Quando criei o momento na minha cabeça, achei que me sentaria sozinha em uma das mesas e ficaria olhando os carros pela janela, tomando refil de café.

Em vez disso, mal e mal consegui um lugar espremido no balcão entre um cara enorme e um casal que estava brigando em voz alta. Começo a prestar atenção depois de fazer meu pedido, satisfeita por ter com o que me distrair. Aparentemente, a mulher foi rude com a mãe do rapaz durante a visita de comemoração de Ação de Graças, a mãe se recusou a alimentá-los e a mulher está insistindo que a mãe dele entendeu errado o que ela disse e que "é cruel e esquisito se recusar a alimentar alguém no Dia de Ação de Graças".

O garçom põe o prato na minha frente, e eu corto o waffle enquanto eles continuam brigando.

— Com licença — sussurro para o moço do meu lado direito, tentando alcançar o xarope que está no cesto diante dele.

Ao mesmo tempo, alguém sentado do outro lado desse homem diz:

— Opa, posso?

Uma mão toca o cesto ao lado da minha.

— Desculpe — digo, me inclinando para enxergar quem está ao lado do meu vizinho.

Congelo, meu queixo quase cai no meu colo.

Three está sentado a uma cadeira de distância, me encarando.

Tiro a mão da embalagem de calda como se tivesse me queimado.

Por cima do ruído do choque em meu ouvido, escuto a mulher gritando atrás de mim:

— Você é *muito* babaca!

E o cara que está com ela dá um grito de alerta enquanto uma bebida cheia de gelo se espalha sobre minha cabeça e pelas costas do meu vestido.

Dou um pulo, tropeçando no rapaz que está sentado entre mim e Three, e me sacudo para tirar o gelo do vestido.

— Ah, não — diz a mulher atrás do balcão, apontando para o casal. Leio o nome no crachá: MARIE. — Sumam daqui os dois. Agora.

Enquanto o casal é conduzido à saída, eu corro para o banheiro. Me debruço em cima da pia e enxáguo o refrigerante grudento do cabelo.

Que ótimo, penso, olhando para o meu reflexo no espelho. *Que bom que tive todo aquele trabalho.* A maior parte das ondas que tinha feito no cabelo desmontou, e resolvo o resto rapidamente. Abro o zíper do vestido e o abaixo até a cintura para poder limpar as costas com papel-toalha molhado. Quando termino de me limpar, sofro para fechar o zíper com os braços já cansados, acabo deixando uns dois centímetros abertos e desisto.

Volto para o meu lugar e descubro que Three se mudou para a cadeira vazia à minha esquerda, levando seu prato e o café. Hesito ao me aproximar.

Ele levanta a cabeça, e a expressão branda se esvazia diante do que ele vê no meu rosto. Three indica minha cadeira vazia com o olhar.

Meu café ainda está lá, mas o prato sumiu.

— Derrubaram bebida na sua comida também — avisa Marie enquanto serve café para outra pessoa no balcão. — Espera só um pouquinho?

— Obrigada — respondo.

— Você pode trazer um prato pequeno, por favor? — pede Three.

Ela lhe entrega um, no qual ele coloca um pedaço do waffle que está comendo. Depois empurra o prato em minha direção. Tento devolver, mas ele insiste.

— Come.

— Não me dê ordens.

Ele olha para as costas do meu vestido, estica a mão e fecha o trecho que ficou aberto com um movimento rápido. Quase deixo escapar um suspiro, o que seria, possivelmente, o momento mais vergonhoso da noite toda. Acho que isso diz muito.

— Come — repete ele.

Enfio alguns pedaços de waffle na boca enquanto me recomponho.

Depois de uma longa pausa, ele pergunta em voz baixa:

— O que você está fazendo aqui?

Olho para ele enquanto mastigo. Three está encarando minha roupa, o que me deixa brava por algum motivo. Empurro o rosto dele para o outro lado.

— Não olha para mim. O que *você* está fazendo aqui? — pergunto de volta, com a boca cheia de waffle.

— Perguntei primeiro.

— Acabei de tomar um banho de refrigerante.

Three dá risada.

— E daí?

— Você deveria ter piedade.

Ele me olha com ar sério.

— Eu nunca seria idiota nesse nível para sentir pena de você, Evans. — Ele se vira de frente para mim, tocando minha coxa com o joelho. — Quando você voltou?

— Eu nem fui a lugar nenhum. — Meu prato chega e me ocupo cortando o waffle e misturando minhas batatas com as cebolas e o queijo derretido. — Sua vez.

— Nem eu. Por que não foi para casa?

Olho para o prato e espeto alguns pedaços de comida com o garfo.

— Rolou uma situação.

— Essa é sua explicação preferida, não é?

— E você? — Faço círculos no ar com o garfo, passando a palavra para ele.

— Várias situações.

Reviro os olhos.

— Que conversa emocionante.

— Será que a gente deve começar a brigar para você poder jogar bebida em mim?

Tento não me lembrar dele contando que fica com tesão quando discute.

— Nem pensem nisso — avisa Marie. Ela voltou para servir a pessoa sentada do outro lado de Three.

Ele dá um sorrisinho para ela, e Marie retribui encantada.

— Não olhe nos olhos dele. Three vendeu a alma para ter esse sorriso — alerto.

Marie dá risada.

— Acho que valeu a pena.

Three fica lisonjeado.

— Muito obrigado — diz, jogando todo seu charme.

— Isso está me dando azia — resmungo.

— E qual é a do vestido? Planos grandiosos para o resto da noite? — pergunta Three quando Marie vai para o outro lado do balcão.

— Sim, sim. Vários planos. Incríveis.

— Um encontro? — Ele fala com naturalidade, e eu me arrepio.

— Na mosca. Achei melhor me alimentar antes. — Enfio outro pedaço de waffle na boca. — Nunca se sabe até quando a noite vai durar.

— No seu lugar, eu teria evitado a cebola — comenta ele, apontando com o garfo para as minhas batatas cheias de cobertura.

— Espero nunca precisar da sua opinião sobre como agir em um encontro.

— É alguém que eu conheço? — pergunta ele, apoiando um cotovelo no balcão.

— É, mas não muito. — Levanto a mão direita e balanço o indicador e o dedo do meio para ele.

Three para, se vira lentamente na cadeira e apoia a cabeça no balcão.

Sorrio olhando para o prato, vitoriosa. É legal ver Three sofrer um pouco de vez em quando.

— Ele morreu? — pergunta Marie quando passa por nós de novo.

— Espero que sim — respondo.

Three não se mexe.

— E você, quais são os planos para hoje à noite? Alguma coisa na mesma linha? — questiono.

Quando levanta a cabeça, ele está com as bochechas coradas.

— Não exatamente.

— Ah, um encontro de verdade, então?

— Eu até contaria, mas você não me respondeu até agora sobre a entrevista com a sua colega de quarto.

Me concentro na comida de novo.

— Ainda não decidi.

— Decide agora.

Mas não é tão fácil. Sinto que finalmente estou conseguindo achar meu espaço no *Torch* e não quero largar essa oportunidade pela matéria de Three.

— É feriado. Estou de folga — argumento.

— Então vai ficar de folga e curiosa.

Dou mais algumas garfadas, limpando o prato. O silêncio pesa enquanto Three também termina de comer.

Quando Marie traz minha conta, Three a pega depressa e dobra com uma cédula de valor alto, que devolve para Marie antes que eu possa reclamar.

— Feliz Dia de Ação de Graças — diz para ela.

Não sei como reagir.

— O quê...? Por quê...?

Ele pula da cadeira.

— Feliz Dia de Ação de Graças, Evans.

Three bagunça meu cabelo de um jeito irritante, depois se dirige à porta enquanto veste o casaco.

Olho para Marie sem entender nada.

Ela arqueia as sobrancelhas e acena com a cabeça em direção à porta.

— Feliz Dia de Ação de Graças — digo, e pulo da minha cadeira.

Quando atravesso a porta, Three está a algumas fachadas de distância.

— Conta o que você vai fazer hoje — grito, enfiando os braços nas mangas do casaco.

Three se vira e continua andando, só que de costas.

— Acho que não, hein.

Ele coloca as mãos nos bolsos, se divertindo.

— Vamos considerar isso como um período de experiência — digo enquanto me aproximo. Ele desacelerou o passo para que eu o alcançasse, o que significa que não está irredutível. — Eu vou com você. Para ter certeza se quero mesmo fazer essa matéria ou não.

Eu quero... e muito. Mas estou preocupada com a distribuição do tempo entre a matéria, o trabalho, minha nova abordagem focada nas pessoas para a vaga da Vida no Campus e, de algum jeito, não ser reprovada em todas as matérias, especialmente em Estatística. Preciso ter certeza de que vai valer a pena e ter uma ideia de quanto vou ter que trabalhar.

Three ri.

— Que generosa. — Ele se vira, acelerando o passo de novo. — Vai para casa, Evans.

Solto um grunhido de frustração. Sei que ele está brincando comigo, provavelmente, me encurralando até eu não conseguir mais conter a curiosidade. Ele não está indo na direção do campus. No final do quarteirão, vira à direita rumo à área das fraternidades.

Vou atrás dele. Se ele não quer me contar, vou ter que segui-lo.

Mas, ao virar a esquina, ele está esperando, apoiado na parede do prédio.

Three inclina a cabeça na minha direção sem nenhuma pressa, com cara de quem está se divertindo.

— Beleza — digo.

Ele arqueia as sobrancelhas.

— Beleza, eu topo fazer a entrevista. Beleza. — Faço uma pausa e reflito. — Mas vou fazer o que estiver ao meu alcance. Já te falei que não somos amigas.

— Manda uma mensagem para ela.

Reajo assustada:

— Agora?

— Preciso de uma prova de que está falando a verdade.

Pego o celular, levantando o aparelho para ele enxergar quando abro minhas mensagens com Ellie. Ela ainda aparece bem no topo da lista de contatos com quem converso, embora não tenhamos trocado mensagens há meses.

Começo a digitar: "Oi, Ellie. Você está disponível"...

Three arranca o celular da minha mão.

— Não. Meu Deus, Evans, você não faz a menor ideia de como falar com pessoas, não é?

Estremeço, puxo o celular de volta. Disputamos um breve cabo de guerra com meu celular, um tentando tirar o aparelho da mão do outro, e grito aflita ao olhar para a tela.

— Three!

Levanto o aparelho, ainda na minha mão e na dele.

EU:

E

Ele puxa o celular da minha mão e começa a digitar, os polegares voando sobre a tela. Quando olho por cima de seu ombro, já tem um bloco de texto escrito.

EU:

E aí? Foi mal, apertei para enviar depressa demais. Só queria mandar um oi e desejar um bom feriado de Ação de Graças. Espero que esteja bem. Tenho pensado muito em você e na matéria que publicaram no Torch. Sinto muito se aquilo te prejudicou. Eu teria te avisado, mas também só fiquei sabendo quando já era tarde demais. Mas eu deveria ter te procurado mesmo assim.

Acho que ele viu que não troco mensagens com Ellie desde setembro, quando mandei: "Eu deixei algum caderno azul em cima da cama?". Ellie respondeu: "Não".

Three continua digitando.

EU:

Quero tentar consertar as coisas, se você quiser. Quero o seu lado da história. Pode ser uma entrevista curtinha. Eu não acho que você vendia sozinha e não é justo só você rodar.

Encaro as mensagens, depois olho para ele.

— Você é mestre em manipulação, hein?

Não falo o que realmente ocupa o maior espaço na minha cabeça: como ele consegue se comunicar do *meu* jeito?

Three me devolve o celular.

— Não falei nada que não fosse verdade.

— Ah, sim. Claro. Porque está preocupadíssimo com as pessoas que podem ser prejudicadas pelas suas matérias.

— Eu sei que você vai odiar saber disso, Evans, mas na verdade estou mesmo. — Ele passa a mão no cabelo. — Entrei no *Torch* porque quero escrever matérias que ajudem as pessoas. Sinto muito por sua colega de quarto ter enfrentado tantos problemas por minha causa, mas ela mesma se colocou nesta situação. Estava vendendo drogas. *Drogas pesadas.* Então fico meio confuso tentando entender como você consegue me pintar como o vilão desta história.

Mordo o lábio, sinto o peito apertado de vergonha. Até certo ponto, ele está certo. Não sei se acredito que ele entrou no *Torch* para fazer o bem na mesma intensidade com que persegue a glória, mas ele está certo em relação a Ellie. O que quer que tenha acontecido com ela foi consequência de uma escolha ruim. Uma escolha que poderia prejudicar muita gente.

Desvio o olhar e murmuro:

— Desculpa.

Sinto a atenção de Three se voltar totalmente para mim.

— Como é que é?

Ergo uma das mãos.

— Não força. — Vejo-o sorrindo satisfeitíssimo quando o encaro de volta. Solto um grunhido. — Aff! Já está forçando.

Seu sorriso fica ainda mais largo, mesmo que antes já fosse amplo o suficiente para dividir seu rosto ao meio.

— E aí, o que vai fazer? Já fiz minha parte. Agora tem que me contar seus planos.

Three cobre a boca com a mão fechada, olha para o fim da rua e finge tossir. Depois chega mais perto e se inclina para sussurrar no meu ouvido.

— Vou invadir a casa da Sigma Rho.

A casa da Sigma Rho fica no meio do corredor das fraternidades, a algumas casas da Tau Delta Pi. As janelas estão escuras, e Three me conduz pela lateral até o estacionamento vazio nos fundos. Ele anda com a confiança de quem sabe que não vai ser pego.

— "Invadir"? — sussurro, levantando as mãos para criar aspas imaginárias no ar, enquanto ele mostra uma chave da porta dos fundos.

Three sorri para mim e empurra a porta com o ombro.

— Peguei durante uma festa na semana passada. Você ficaria chocada se visse como esses caras largam as coisas deles por aí.

Assim que entramos, noto o estado da cozinha, onde há pilhas enormes de pratos sujos na pia, uma caixa de pizza velha sobre o balcão e dois sacos de lixo perto da porta que, a julgar pelo cheiro, já estão lá há um bom tempo. Cubro o nariz com a manga da blusa.

— É, não preciso fazer muito esforço para imaginar, na verdade.

Ele gesticula me chamando para segui-lo da cozinha ao corredor. Passamos por uma sala grande com dois sofás enormes, suficientes para acomodar umas vinte pessoas, mas cobertos de roupas jogadas e um cobertor do qual eu não chegaria perto nem se me pagassem. Por alguma razão, tem um pé de sapatênis amarrado no ventilador de teto.

— Por favor, me diz que sua fraternidade não é nojenta desse jeito — sussurro para Three enquanto subimos a escada.

Ele olha para mim por cima do ombro e faz cara de ofendido, balançando a cabeça.

— Ah, fala sério, você disse que nem gosta disso — continuo sussurrando quando chegamos ao primeiro andar.

Ele estica um dedo em frente aos lábios, e arregalo os olhos.

Tem alguém aqui?, pergunto, só movendo os lábios, sem emitir nenhum som.

Ele revira os olhos.

— Não, mas estou tentando me concentrar.

Three indica uma porta no fim do corredor. Eu o sigo e meu coração dispara a cada rangido do assoalho.

Lá dentro, Three aponta para a escrivaninha, coberta de todo tipo de lixo que se pode imaginar, mas sem nenhum trabalho acadêmico.

— Estamos procurando um possível esconderijo. Embalagens, garrafas, qualquer coisa. — Ele abre as cortinas, deixando o luar e a luz dos postes da rua entrarem. — Acho que ele é o fornecedor de Ellie, mas não vou conseguir associá-lo aos caras das outras casas se não descobrir o que ele vende.

Começo a abrir gavetas, revirando tudo que tem dentro delas e procurando fundos falsos, como se eu fosse o Sherlock Holmes ou alguma coisa parecida. Three abre o armário e usa a lanterna do celular enquanto afasta as roupas e os sapatos. Não tenho mais onde procurar na mesa e vou conferir embaixo da cama, mas encosto em alguma coisa felpuda e sinto uma ânsia instantânea.

— Que drama — resmunga Three.

— Vai lá você pôr a mão naquilo então!

— Se você não consegue lidar com isso, vou ter que… *ah*. Não, esquece.

Ele acena para que eu me aproxime.

Three desenterrou uma mochila debaixo de uma pilha de roupa, em cujo interior há vários saquinhos plásticos. A maior parte está cheia de comprimidos de cores diferentes e alguns contêm maconha.

Ele tira algumas fotos, virando os saquinhos para todos os lados para garantir que registrou todas as variedades e quantidades. Enquanto seguro um para ajudá-lo, me parece prudente perguntar:

— Hum, será que a gente não deveria tomar cuidado para não deixar digitais?

Ele dá risada.

— Meu Deus, Evans, você vê muita televisão.

— É uma pergunta coerente! — Começo a devolver alguns saquinhos à mochila, fazendo uma careta quando analiso o esconderijo. É realmente muita droga. — Por que ele largaria isso aqui enquanto passa uns dias fora?

— Ele não está passando uns dias fora. A família dele mora aqui perto.

— *O quê?* — As palavras saem da minha boca como um soluço.

Lá embaixo, uma porta bate.

Three arregala os olhos.

— Vou vomitar — resmungo, com um gemido.

Three guarda tudo de volta no armário rapidamente, depois segura minha mão e me puxa para fora do quarto. Deixa a porta aberta, como a encontramos.

Entramos em um quarto do outro lado do corredor, onde me puxa para dentro de um armário e fecha a porta. Eu me agarro a ele como se fosse o último colete salva-vidas em um navio naufragando. Na pior das hipóteses, se formos pegos, empurro ele na frente como distração enquanto fujo.

— Aconchegante — murmura Three.

— Juro, se você não calar essa boca... — sibilo de volta.

Ouço passos pesados subindo a escada e fecho os olhos, encostando a testa no ombro de Three. Já perdi toda a noção de realidade além do que está acontecendo do lado de fora da porta.

E acho que Three também perdeu, porque ele passa os braços em volta do meu corpo e acaricia minhas costas com suavidade.

— Vai ficar tudo bem. Não vamos ser pegos — sussurra, inclinando a cabeça para aproximar a boca do meu ouvido.

Engulo o nervosismo e, devagar, solto o ar fremente.

Não sei quanto tempo passamos aqui até ouvirmos a batida da porta de um dos quartos. Uma música alta começa a tocar do lado de dentro.

Three muda de posição sem deixar de me abraçar. Ele encosta na parede e usa uma das mãos para abrir uma brecha na porta. Um leve brilho alaranjado entra pela fresta. A luz do corredor deve estar acesa.

— Vamos — chama com um sussurro, abrindo a porta do armário.

Olho para ele apavorada e balanço a cabeça em negativa. Mas ele sai do armário e me leva consigo. Tento respirar fundo para me acalmar enquanto caminhamos em direção à porta. Ele inclina o corpo para fora pelo vão, mantendo um braço esticado para trás, na minha direção. Depois gesticula me chamando e sai para o corredor.

Congelo ao me aproximar da porta.

Ele olha para trás, repete o gesto me chamando para seguir em frente.

Balanço a cabeça, com o coração disparado.

Three fica sério, agarra meu punho e me puxa para o corredor. Andando na ponta dos pés, passamos na frente do quarto que estávamos vasculhando e ouvimos a música alta atrás da porta fechada. Descemos a escada no maior dos silêncios e estremeço a cada rangido das tábuas de madeira do assoalho.

Do lado de fora, Three me conduz pela parte de trás da casa, andamos colados à parede até atravessarmos o quintal e chegarmos à rua.

— Meu Deus do céu. Pensei que eu fosse morrer — sussurro, já na calçada.

Three continua andando e me puxando.

— Você travou — comenta ele, com um tom de acusação. A mão dele queima no meu punho.

— Eu estava *apavorada*! — Chacoalho o braço para me soltar dele. — Você não me deu nenhum aviso sobre nada! Se eu soubesse que ele poderia voltar a qualquer momento...

— Não era para ele voltar. Os pais dele moram na cidade, mas era para ele ter ficado lá até tarde. — Three passa a mão no cabelo. — Não entendi por que ele voltou tão cedo.

— E eu não tinha como saber que você não ia me deixar sozinha! Sua vaga na Vida no Campus estaria garantida se eu fosse detida por arrombamento e invasão.

— Arrombamento e invasão. — Ele revira os olhos. — Você realmente perde muito tempo com a televisão.

Acelero o passo até avançar vários metros na frente dele.

— Ah, qual é? — Ele corre para me alcançar. — Eu não te deixaria lá. Você me denunciaria sem pensar duas vezes, e Christopher saberia que não seria mentira, então...

É impossível conter minha exclamação indignada.

— Fico feliz por saber que seus motivos seriam esses! E não porque seria uma coisa horrível de ser feita!

— Ei, eu te tirei de lá, não tirei? — Ele segura meu braço pelo cotovelo e me puxa para perto. — Eu não te deixaria para trás. Tinha quatro planos diferentes para sair de lá. Posso até te atormentar, mas não te abandonaria desse jeito.

Ele já está mais tranquilo, superando a descarga de adrenalina. Eu ainda estou no limite, mas a calma dele começa a me contagiar.

— Quatro planos diferentes? — Encaro Three. — Por acaso você é alguma espécie de gênio do crime?

— Desenvolvi algumas habilidades especiais no internato.

— É claro. O internato, de novo.

— Não posso mudar a realidade de ter estudado lá.

— Mas pode mudar a quantidade de vezes que fala sobre o assunto. Apesar de eu achar que deve ser difícil não pensar nisso enquanto seu apelido ainda é o do internato.

Meu comentário tem um tom de deboche, mas Three responde com honestidade.

— Three não é um apelido do internato. — Meu olhar incrédulo provoca um sorriso. — Sempre me chamaram de Three. Wells foi o primeiro a ganhar um apelido no internato. Three é um apelido usado pela família.

— Wells?

A expressão dele muda e ele tosse baixinho.

— Meu, hum, primo.

Ele olha para a rua e não consigo mais ver seu rosto. Quando ele me deixa revê-lo, o que quer que tenha se manifestado ali já desapareceu. Ele coloca as mãos nos bolsos e sorri.

— Enfim, deve ser meio chato mesmo ouvir sobre isso, mas hoje não consigo evitar o assunto. O Dia de Ação de Graças me faz pensar nele.

— No colégio?

— No meu grupo de amigos. — Ele dá de ombros. — Nos meus primos.

— Por que não foi para casa, então? Pelo menos para rever seus primos? Imagino que nem todos os seus amigos do internato sejam do mesmo buraco de onde você saiu, seja lá onde for.

— Cincinnati.

— E por que não foi passar o feriado de Ação de Graças em Cincinnati? Relembrar os tempos de internato com alguém que se importe com isso?

— Porque eu precisava resolver a situação aqui. — Ele aponta com o polegar por cima do ombro na direção da casa da Sigma Rho. Depois olha para a frente, como se estivesse evitando me encarar. — E porque eu não quero ficar em casa.

— Não está com saudade da sua gata? E da sua irmã?

Ele suspira.

— Estou. Olha, Evans, a verdade é uma merda. Abri mão de rever minha irmã, minha gata e meus primos porque não queria ter que lidar com meus pais. Wells já me repreendeu o suficiente por isso, então acho que não preciso ouvir mais ainda de você. Sei que acha que minha vida é perfeita, coisa de cinema, e até que é mesmo, em partes, mas nem sempre. Quase nunca é divertida. E o Dia de Ação de Graças é só uma mesa enorme à qual servem expectativas, com expectativas de acompanhamento e, para a sobremesa, torta de expectativas. Não que seja a pior coisa do mundo, e sou muito grato por ter para onde ir, mas este ano eu não conseguiria lidar com isso. E obviamente... — Ele aponta para a casa da Sigma Rho outra vez. — Eu tinha coisas para resolver.

Three fecha ainda mais a cara e me pergunto se está arrependido por ter se aberto tanto comigo. Eu até quero usar as informações para atormentá-lo — diferente dele, *eu* não tive para onde ir e muita gente está em situações bem piores. Mas ele já sabe disso, não tem que se culpar porque tinha para onde ir e escolheu não ir. Em vez disso, digo apenas:

— Obrigada por não me deixar lá. Na casa. Na próxima vez, não vou travar.

— Acho bom — responde ele, mas não de um jeito ríspido. Sinto que está agradecido por eu ter mudado de assunto.

— Então *vai* ter uma próxima?

— Não era seu período de experiência?

— E ainda vale se eu não conseguir a entrevista?

Pego o celular na mochila e mostro a tela sem notificações. Nada de Ellie até agora.

— Dê tempo ao tempo — encoraja ele.

— Vou interpretar como um não.

— Não foi um não. Foi um teste. — Ele sorri para mim. — *Quem sabe* ainda te aceito no time?

— Eu e você formando um time?

— Só desta vez — responde rápido. — Ainda tenho planos de acabar com você e ficar com a vaga na Vida no Campus.

— Fico aliviada por saber que você não morreu e foi substituído, ufa.

Ele me leva até a frente do meu prédio e espera eu entrar, antes de ir embora para o dormitório dele.

Mais tarde, quando já estou deitada na cama depois de me recuperar de toda a adrenalina, percebo que ainda sinto o fantasma do abraço de Three. E o que eu disse a Hayes é verdade: eu mataria por um abraço daqueles.

Mesmo que fosse vindo de Three.

15

Recebo uma resposta de Ellie na tarde seguinte. Estou no quarto episódio de uma série que passei o semestre todo querendo ver enquanto anoto algumas ideias novas para o *Torch* e tento não pensar na matéria de Three — *nossa* matéria, se tudo der certo.

A mensagem dela só diz: "Feliz Dia de Ação de Graças".

Espero um pouco, tentando me convencer de que ela só está nervosa e vai concordar a qualquer momento. Mas horas se passam até eu perceber que estou tentando me enganar. Mando uma captura da tela para Three.

Acabei de me sentar diante da escrivaninha com uma tigela de macarrão instantâneo, minha especialidade para depois do Dia de Ação de Graças, já que o refeitório está fechado, quando o celular toca e o nome dele aparece na tela.

— Ela falou que não? — pergunta em vez de me cumprimentar.

— Oi, Three.

— Ela não disse mais nada? Só isso? A mensagem chegou às 14h17. Você enrolou *cinco horas* para me contar?

— Pensei que ela pudesse mudar de ideia. Decidi esperar um pouco. — Assopro o vapor que sobe do macarrão. — Esquisito isso de você me ligar. Não sei se gostei de ouvir sua voz bem no meu ouvido.

Ele ri, uma risada tão suave que quase a senti pelo telefone.

— Eu sei que você vai sonhar com isso depois.

Faço uma careta e mordo a ponta dos palitinhos.

— Sabia que você repete essa piada vezes demais para alguém que também já me contou os próprios segredos?

O outro lado da linha fica deliciosamente quieto.

— E aí, ainda posso participar? — Pego um pouco de macarrão e levo à boca.

— Você precisa fazer essa barulheira toda *bem* no microfone?

— Você é daquelas pessoas que odeiam barulho de mastigação?

— Sou — responde ele, firme.

Faço mais barulho.

— Você pode participar se parar com o barulho. Agora.

— Beleza. Só isso? Meu macarrão está cozinhando demais.

— A gente devia se encontrar — propõe ele.

Derrubo os palitinhos.

No silêncio que se segue, Three pigarreia.

— Para de fazer isso parecer esquisito.

— Eu não estou fazendo nada. Você quer me encontrar?

Three fica quieto por alguns segundos.

— Deixa para lá. Vamos conversar com Christopher quando ele voltar.

— Eu posso te encontrar — falo depressa.

— Preciso ir. Tchau.

— Ei...

Mas a ligação é encerrada.

Ainda estou atordoada quando o celular vibra alguns minutos depois.

Tento alcançá-lo meio afobada, mas paro ao ver que não é Three. Estou surpresa por me sentir decepcionada, mas a sensação logo desaparece ao perceber que é uma notificação do Buckonnect.

hayes6834: feliz dia de ação de graças
hayes6834: esqueci de mandar ontem
pomerene1765: feliz dia de ação de graças
pomerene1765: eu também esqueci, é óbvio
hayes6834: espero que isso queira dizer que se divertiu o suficiente pra esquecer de tudo
hayes6834: hum soou meio passivo agressivo
pomerene1765: kkkk não soou não!

hayes6834: acredita em mim, pom. sabe aquela cena do rei leão que o mufasa fala pro simba que tudo que o sol toca é o reino deles?
pomerene1765: sei?
hayes6834: na minha família é tudo que o lado passivo agressivo toca. sinto o cheiro de longe. vou reformular.
pomerene1765: se você insiste
hayes6834: espero que seu feriado tenha sido tão bom que você nem lembrou de todos os... estresses
pomerene1765: obrigada. espero que o seu também tenha sido.
hayes6834: e o que te faz pensar que eu esteja estressado?
pomerene1765: acho que a necessidade gritante de não correr nenhum risco de ser mal entendido.
hayes6834: é. acho que você tem razão
pomerene1765: enfim, seu feriado foi bom?

Ele não responde de cara. Ao olhar para a tigela, percebo que meu macarrão já está molenga. Termino rápido de comer, fazendo uma careta ao sentir a textura.

Estou bebendo o caldo quando o celular vibra de novo.

hayes6834: com certeza um dos melhores
hayes6834: talvez o melhor
pomerene1765: uau. a torta devia estar boa.
hayes6834: prefiro a calda de cranberry
pomerene1765: ah então você é um psicopata
hayes6834: ué achei que a gente já tinha definido que sim
hayes6834: e como foi por aí?
pomerene1765: meu feriado?
hayes6834: sim. top 5? top 10?
pomerene1765: hum

Penso no dia anterior. Na tristeza que me acompanhou o dia todo. No banho de refrigerante. Dividir uma refeição com Three. O pavor de quase termos sido pegos na casa da Sigma Rho.

No peso dos braços dele em volta do meu corpo, na mão dele fazendo carinho em minhas costas.

Solto o ar, devagar. *Não*. Não vou cair nesse buraco de novo.

hayes6834: tão ruim assim?
pomerene1765: de jeito nenhum! foi legal
pomerene1765: mais do que eu esperava
hayes6834: fico feliz de ler isso
hayes6834: e você prefere beber a tigela de molho de carne inteira ou comer a tigela de calda de cranberry inteira?
pomerene1765: tem um lugar especial reservado pra você no inferno
hayes6834: já me falaram isso

No fim da noite, suspendo a restrição autoimposta às redes sociais e me pego encarando mais uma vez aquele perfil privado que já me é familiar.

Terceiro.

Meu dedo paira sobre o botão de "Pedir para seguir" por um bom tempo antes de eu ceder à curiosidade de meses e apertar.

Depois jogo o telefone na cama com a tela virada para baixo e começo a hiperventilar um pouco.

É só uma pesquisa. Não é porque eu quero saber sobre os primos, a irmã e a gata dele. Ainda somos concorrentes, e saber da vida dele me dá alguma vantagem. Ele já deve ter visto meu perfil, que sempre foi aberto, porque não parei para pensar em fechar antes de entrar nesta guerra. Three não é bobo. Meu único conforto é que nunca fui muito ativa nas redes sociais e não há nada que ele possa ter descoberto sobre mim que eu mesma não tenha divulgado espontaneamente nas primeiras semanas de aula.

Meu celular vibra alguns minutos depois e corro para ver a notificação, sentindo o coração na boca.

THREE:

Que honra

EU:

Se não eu, quem vai fazer você feliz? GUERRA!

THREE:

Sun Tzu??

EU:

Charlie Brown Jr.

Alguns minutos depois, uma resposta.

THREE:

Eles eram bons de rima.

EU:

Engraçadinho

Alguns segundos depois, recebo uma notificação de que ele aceitou minha solicitação para segui-lo. Abro o perfil dele imediatamente e começo a olhar tudo com o desespero de alguém que sente que pode ser bloqueada nos próximos trinta segundos, só por diversão. Eu não descartaria essa possibilidade.

Three manda mais duas mensagens.

THREE:

Divirta-se

Mas acho que as melhores fotos
você já viu no meu computador

Não respondo, porque não vou cair de novo na armadilha de discutir sobre ter ou não visto os nudes dele.

Além disso, estou ocupada.

Three também não é muito ativo nas redes sociais. A última postagem foi no começo do semestre, uma foto dele em um jogo de futebol com uns caras da Tau Delta Pi. Um deles está sem camisa, batendo no peito, e Three está sorrindo para a câmera. Pelas roupas e pela data, acho que foi no mesmo dia em que ele me encontrou voltando para casa a pé e chapada de cookie.

Tem mais uma foto dele em uma festa da fraternidade. E outra no verão, na proa de um barco vestindo bermuda de praia, pronto para mergulhar em um mar azul-escuro. Antes dessa, uma selfie com a gata cinza e fofinha deitadona na frente de seu rosto, deixando só os olhos dele visíveis.

Ele postava mais antes da faculdade, documentava o cotidiano do internato. Visito os perfis públicos das pessoas que ele marcou e encontro fotos de Three em uma festa de Halloween, em um festival, em uma livraria. Rindo com uma pizza, com um café, com um sorvete.

Rindo muito.

No perfil de uma menina, encontro uma foto dele se formando, abraçado a outro garoto. Three está sorrindo e usa um capelo. O outro menino segura o capelo com uma das mãos e, com a outra, mexe no cabelo escuro e despenteado. A cabeça dele está um pouco abaixada, mas ele está sorrindo.

"ecaaa wellborn (de um jeito carinhoso)", diz a legenda.

Clico na marcação do outro menino e sou levada para um novo perfil, mas este é privado. Não tem nome completo nem biografia, só "Wells".

É a primeira foto que vi do primo misterioso e a estudo por um bom tempo. As coisas parecem leves entre eles — Wells brincando e Three sorrindo sem reserva. Isso me faz lembrar de como é ver as fotos dos meus pais no Ensino Médio — ficar procurando as diferenças sutis no rosto deles, pensando em quanto eles mudaram. É como ver uma foto da minha mãe aos vinte anos, cercada de amigos, e perceber que ela tinha uma vida antes de mim.

Não sei o que mudou em Three agora, mas sinto que algo aconteceu. O Three que conheço não é inteiramente esse menino das fotos. E não consigo apontar com precisão qual é a diferença.

Passo o resto do fim de semana conversando com Hayes para me distrair, parar de visitar compulsivamente os perfis dos amigos de Three do internato e parar de me desesperar pensando em qual abordagem adotar para a matéria se Ellie se recusar a falar comigo.

Até que no domingo de manhã, enquanto mastigo minha última barrinha de cereal de granola e penso que preciso comprar mais, recebo uma mensagem inesperada.

ELLIE:

Se puder me encontrar hoje fora do campus e sozinha, eu falo

Mas em off

Porra isso parece muito IDIOTA

Não vai publicar nada do que eu disser, mas topo falar com você

SÓ com você. Não vou falar com aquele otário.

Não há nenhuma dúvida sobre quem é o otário de quem ela está falando.

Quando Ellie entra na cafeteria no German Village, já estou sentada em uma das mesas com o meu café, sozinha. Ela para na porta, dá uma olhada no ambiente, depois se aproxima da mesa.

— Não quer pedir alguma coisa? — pergunto quando ela se senta na cadeira à minha frente.

— Não. Não vou demorar.

Olho para ela, confusa.

— Tudo... bem. Hum, é bom te ver de novo.

Ela tira os óculos de sol e arqueia uma sobrancelha.

— Não vamos fingir que estamos tomando um café porque sentimos saudade uma da outra.

Pego o celular e abro as perguntas que preparei com Three no Uber a caminho daqui.

— Posso começar?

— Não, eu começo. — Ela olha para o telefone. — Você não está me gravando, não é? E não vai publicar nada disso?

Balanço a cabeça em negativa. Ela levanta as sobrancelhas.

— Preciso que você verbalize esse não.

— Não, eu não estou gravando e não vou publicar nada que você disser. Juro. — Hesito e me inclino um pouco. — Mas posso divulgar como uma declaração anônima. Se você quiser...

— Eles saberiam mesmo assim.

— Quem?

— Você deveria desistir dessa reportagem. Você, ou quem quer que esteja por trás dela. — Ela olha para trás como se estivesse em um filme de espionagem e alguém a estivesse seguindo. — Meu estoque veio de uma fraternidade no campus. Imagino que vocês já tenham chegado nessa parte.

Afirmo com a cabeça. Ela balança a mão em direção ao meu celular.

— Esquece essas perguntas. Esquece tudo. Não sou a única pessoa do campus que estava traficando e não envolve só uma ou duas fraternidades. O buraco é mais fundo do que você imagina.

— Ela abaixa o tom de voz, se debruça sobre a mesa. — São pessoas perigosas.

— Eles vão, tipo, te matar por estar me contando? — sussurro, entrando em pânico.

Ellie me encara com ar surpreso.

— Você vê muita televisão.

Olho para ela sem esconder a irritação.

— Estou de saco cheio de ouvir isso. É você quem está olhando em volta desesperada, como se estivesse sendo seguida.

— Mas só porque sei que trouxe aquela cobra do *Torch* com você. Só não sei onde ele está escondido. — Ela arruma a mochila no ombro. — Mas pode contar para ele que não fui expulsa, apesar de tudo que ele fez.

— Não acho que era isso o que ele...

— Era, *sim*. Era exatamente isso o que ele queria. Tenho certeza de que ele vai amar saber que estou em condicional. Por que não conta para ele e observa a reação? — Ela se levanta. — Eu não deveria nem ter te avisado. Se ele tomar uma surra, só gostaria de poder assistir. Mas não quero que você rode também. Deixa ele se virar sozinho. Você não precisa ajudá-lo.

Vejo que ela está se preparando para ir embora.

— Sinto sua falta, sabia? — comento.

Ellie para, sem se virar completamente para mim. Eu me levanto e acrescento:

— Sinto falta de ter sua companhia.

Ela suspira, sua expressão relaxa.

— Você sentiria falta de qualquer companhia, Wyn. Não precisava ser a minha.

Eu a vejo ir embora e sinto um desconforto no fundo do peito. Nunca pensei que Ellie prestasse atenção em mim, mas ela captou perfeitamente meu desespero.

Pego o café, vou até uma das mesas mais reservadas no fundo do salão e me sento na frente de Three. Ele estava de costas para nossa mesa, mas, quando me aproximo, percebo que estava usando o celular para nos gravar.

— Não podemos usar isso.

Ele olha para mim sem revelar nenhuma emoção.

— Eu sei. Não é como se eu tivesse conseguido gravar o som. Só queria observar a linguagem corporal dela.

Não gostei de saber que também fui gravada no vídeo. Não só por ele não ter pedido autorização, mas porque sou pega de surpresa ao pensar na imagem do meu corpo sentado de perfil. Por mais que eu tente amá-lo o tempo todo, de todos os ângulos, às vezes a insegurança me pega desprevenida. Sou humana. Odeio que ele tenha esse arquivo eternizado no celular por quanto tempo quiser. E odeio mais ainda como isso fez minha gordofobia internalizada, contra a qual luto tanto todos os dias, mostrar as garras.

— Apaga.

Ele arqueia as sobrancelhas, surpreso.

— Agora?

— Você não pediu autorização para me gravar. — Não consigo olhar para ele enquanto falo, constrangida por ter me deixado dominar pela insegurança, mas é inevitável.

Three hesita. Vira a tela para mim e aperta o botão de apagar. Vejo o vídeo desaparecer.

— Do começo — pede, deixando o celular no meio da mesa.

Seu dedo se aproxima do botão para gravar nossa conversa, mas ele para e olha para mim, esperando minha permissão.

Eu assinto.

— Desculpa — diz ao iniciar a gravação. — Pelo vídeo. Eu deveria ter perguntado.

Em geral, adoro quando ele se põe no devido lugar, principalmente porque sei o quanto ele odeia isso. Mas desta vez não consigo saborear a vitória. Queria não ter dito nada. Sinto que exibi para Three meus pontos mais fracos, e ele deve ter percebido — deve ter ficado evidente — que tem tudo a ver com minha aparência.

— Não se preocupa.

Ele me encara, olho no olho.

— Não fala "Não se preocupa" quando alguém te pede desculpas, Evans. Isso minimiza os seus sentimentos.

Abro a boca e a fecho lentamente. Depois de alguns segundos, digo:

— Isso foi de uma percepção surpreendente.

— Surpreendente — repete ele, e ri baixinho.

— Você não parece ser do tipo que liga muito para os sentimentos dos outros.

O sorrisinho desaparece. Ele pega o café e toma um gole.

— Vamos começar da primeira pergunta.

— Bom, meio que não teve nenhuma pergunta.

Three suspira.

16

Na segunda-feira à tarde, eu e Three nos encontramos com Christopher para falar sobre o que achamos na casa da Sigma Rho e sobre a entrevista com Ellie.

— Então, com a confirmação de Ellie e as coisas que vocês acharam, já são três casas envolvidas. É suficiente para você escrever a matéria? — pergunta ele para Three, que está apoiado no canto da mesa. — Acha que conseguimos publicar na próxima edição?

Three passa a mão no rosto.

— Não quero precipitar nada. Se acreditamos no que Ellie disse, então provavelmente tem mais coisa para descobrir. E acho que isso pode explicar por que os fornecedores dela cresceram tanto e nunca foram pegos. Pode ser algo bem maior do que esperávamos, e ainda não temos nenhum registro de ninguém para sustentar essa hipótese. Se publicarmos, já era.

Christopher olha para mim, enquanto acompanho tudo sentada na cadeira na frente dele.

— E não tem jeito de fazer sua colega de quarto falar sem o off?

— Sem chance, principalmente se for para ele. — Aponto para Three com o polegar.

— Então qual é o próximo passo? — pergunta Christopher. — Se não publicarmos agora, só no semestre que vem.

— Isso atrasaria a decisão sobre a vaga na Vida no Campus? — pergunto, evitando deliberadamente olhar para Three.

Christopher hesita.

— Eu e Sabina conversamos sobre isso. Vocês dois já estão contribuindo com a coluna, então... talvez a gente espere mais um pouco para decidir.

— *O quê?* — falamos em uníssono, eu e Three.

— Não é justo! — protesto.

Temos pouco tempo até o fim do prazo para a candidatura ao curso de Jornalismo. Fiquei tão preocupada em terminar nossa reportagem sobre as drogas para incluir o material no meu portfólio que nem pensei no que aconteceria se Sabina decidisse adiar a decisão sobre a Vida no Campus. Se eu perder a vaga na Vida no Campus, não vai dar tempo de arrumar nada para substituir essa experiência no meu currículo, vou depender das matérias que publiquei até agora e dessa reportagem sobre as drogas, que vai ser compartilhada com Three. Não quero que pareça que sou assistente dele e não sei o que vão achar do resto do meu material. Sei que minhas pautas focadas em pessoas são boas, mas e se a mídia impressa estiver interessada em notícias de maior impacto, no estilo da reportagem de Three?

Christopher dá de ombros.

— Não temos o suficiente para tomar uma decisão ainda e não podemos abrir mão de um de vocês. Vamos receber mais um foca na primavera e, depois disso, faremos o anúncio. Até lá, com as contribuições de vocês dois, não vai ficar nenhum buraco com a saída de Angélica, então... — Ele fecha a cara ao perceber a expressão dura de Three e minha cara de raiva. — Olha, se quiserem reclamar, vão ter que falar com Sabina. A editora-chefe é ela.

Não me movo, só olho rapidamente para Three. Se um de nós vai reclamar com Sabina, vai ser ele. Eu não vou correr esse risco.

Ele retribui meu olhar, arqueia a sobrancelha como se não estivesse incomodado.

Dou de ombros. Vale a tentativa — se não para conseguir uma resposta, pelo menos para ele conquistar a antipatia dela.

— Vamos publicar no semestre que vem. Acho que a matéria vai estar mais completa até lá — diz Three.

Enquanto voltamos para a nossa mesa, Three se apoia no meu ombro e diz:

— Ei, não fica triste com a vaga na Vida no Campus. — Ele dá uns tapinhas amigáveis nas minhas costas. — Você não conseguiria a vaga de jeito nenhum. Então nem faz diferença.

Paro e olho para ele com um sorriso azedo.

Three se joga na cadeira, sorrindo para mim. Não parece preocupado com ter que olhar para cima, o que me irrita ainda mais. Ele não me vê *mesmo* como uma ameaça. E ele nunca teria considerado a ideia de me convidar para contribuir com essa matéria se não fosse por Ellie.

Ele acha que a entrevista é o máximo de que sou capaz.

Mal consigo me concentrar nas coisas pelo resto do dia. Nem enquanto trabalho na matéria que devo entregar hoje — um texto completo sobre uma organização para alunos indígenas e de povos nativos no campus, a primeira do tipo, dirigida pelo único professor nativo da universidade. Nem mais tarde, durante meu turno na biblioteca — em que passo a maior parte do tempo evitando Scott, que, mesmo depois dos cinco dias quando o prédio estava fechado, não esqueceu o quanto me odeia.

Continuo, sem sucesso, elaborando a raiva e tentando ter alguma ideia que me faça virar o jogo, inclusive quando saio da biblioteca no fim da noite e dou de cara com Lincoln.

— E aí? — diz ele quando me vê. Está andando em minha direção com a mochila pendurada em um ombro só. — Como foi o feriado?

— Foi legal. E o seu? Relaxou? Recarregou? — Estudo sua expressão procurando qualquer reação ao uso de "Recarregou".

Mas ele só sorri.

— Na medida do possível. Minha família inteira estava lá, então... não tanto quanto eu queria. Dois dos meus primos acabaram de ter filho, foi uma verdadeira parada dos bebês.

— Mas pelo menos foi divertido, já que não deu para descansar? — Meu coração acelera enquanto tento obter alguma confirmação, me lembrando do que Hayes disse sobre o feriado dele: "talvez o melhor".

— Ah, foi, foi ótimo. É sempre bom estar em casa.

Não faz muito sentido. Lembro o que Hayes contou sobre feriados: "sou da galera antificar com a família".

Talvez eu esteja pensando demais. Hayes pode ter se referido só aos pais. É nítido que ele tem uma relação complicada com eles.

Percebo que estou em silêncio há tempo demais e pigarreio.

— Biblioteca? Logo no primeiro dia depois do feriado?

Lincoln suspira.

— Pois é, as provas finais estão chegando e eu tenho um torneio de queimada no final de semana. O último do ano. Preciso organizar bem meu tempo.

— É, seria uma droga você conseguir medalha de ouro na queimada e reprovar nas provas.

— Meus pais me matariam. — Ele sorri. — Minha mãe já está furiosa por eu estar metido nisso. Mas é aquilo: o que é uma pequena decepção familiar, perto de uma vitória? — O sorriso adquire uma aparência forçada, como se alguma coisa o estivesse incomodando.

Agora parece mais Hayes. Os pontos vão se ligando e me fazem lembrar de uma linha de pesca — perfeitamente visível na luz certa.

Coloco as mãos nos bolsos do casaco.

— Bom, de minha parte, pode dormir tranquilo, não vou ficar decepcionada. — Faço uma pausa e finjo pensar. — A não ser que você perca. Nesse caso, não sei se vou poder continuar sendo vista do seu lado.

O rosto dele relaxa outra vez.

— Quer saber? Você deveria ir assistir ao jogo. Acho que eu jogaria melhor, sabendo que posso contar com essas dicas motivacionais entre uma partida e outra. — Ele muda o rumo da conversa rapidamente e adota uma expressão compreensiva. Agora estou conversando com o assistente de residência Lincoln. — Ah, mas acho que você precisa estudar para as suas provas também, não é? Talvez só uma partida, então. Ou metade, se estiver chato.

Dou risada.

— Vendendo bem o peixe, hein?

— Bom, você já assistiu uma vez, sabe do que se trata — diz ele, sempre com os olhos estreitos de quem está sorrindo.

Seria uma boa distração para tudo o que está acontecendo — as provas, o adiamento da decisão da vaga na Vida no Campus, a reportagem com Three. Principalmente para como ele me subestima.

Além disso, pode ser que Lincoln seja Hayes. E, se eu quiser ter certeza — transformar a linha de pesca em laço —, preciso passar mais tempo com ele.

— Pode contar comigo.

Passo a semana seguinte dividida entre estudar e planejar meu próximo passo. As provas estão chegando, e passar ou ser reprovada em Estatística depende totalmente de quanto eu for bem nessa prova. Também só tenho mais uma chance de escrever uma matéria boa para o *Torch* antes das férias de inverno. E ainda estou furiosa com Three; tenho vontade de gritar cada vez que vejo aquela cara arrogante dele. Nem o torneio de queimada de Lincoln, que foi frio, chuvoso e triste, pôde me distrair. Apesar de que o time da fraternidade contra o qual eles jogaram ser horrível — deviam estar todos bêbados — e vê-los cair na lama o tempo todo até me animaram um pouco.

Mas a luz no fim do túnel aparece no final de semana, quando ouço falar sobre uma festa na Teta Kappa Alfa, uma das fraternidades na lista de suspeitos que eu e Three fizemos. Começo a traçar um plano.

Um plano que sou covarde demais para concretizar sozinha.

— Uma festa de fraternidade? — Dara me encara boquiaberta, debruçada na escrivaninha com um tablet apoiado em alguma coisa diante dela. Todo mundo já está entrando no modo provas.

Madison está deitada de bruços na cama, com os fones no ouvido e digitando no computador. Os dedos dela congelam com as palavras de Dara, ela tira um fone e olha para nós.

— Eu ouvi errado, ou você disse que quer ir a uma festa de fraternidade?

Eu deveria passar a noite estudando, ou escrevendo minha próxima pauta humanizada para o *Torch* — uma matéria sobre um restaurante 24 horas chamado Claude's que era praticamente parte do campus, principalmente durante a época de provas finais. Fechou há alguns anos quando o dono, Claude Jacobson, faleceu. Ele era famoso por sediar uma celebração com jantar chamada Festas de Fim de Ano para Todos, voltada para as pessoas em situação de rua da região. Desde que o restaurante fechou, outros restaurantes pela cidade mantiveram a tradição em homenagem a Claude — agora chamam o evento de Festas de Fim de Ano do Claude para Todos.

Tudo acontece graças a doações, o restante dos custos fica por conta dos restaurantes, e espero que minha matéria ajude a inspirar novos doadores, especialmente depois do sucesso da vaquinha virtual para Kate.

Tenho ótimas anotações e algumas entrevistas feitas, mas o rascunho propriamente dito ainda não está pronto. Não tem quase nada, na verdade. Terminar essa matéria vai ocupar boa parte do tempo que eu deveria usar para estudar para as provas.

Mas *preciso* ir a essa festa.

Abro um sorrisão exagerado para Dara.

— Estava pensando se você não toparia ir comigo.

Dara continua me encarando.

— A uma *festa de fraternidade*?

Madison ajoelha na cama, tira o outro fone do ouvido.

— Posso ir?

O olhar chocado de Dara se volta para Madison. Eu também olho para ela com uma expressão igualmente espantada.

— Que foi? — Madison passa a mão no rosto, limpando uma migalha imaginária que poderia ser o motivo do choque.

— *Você* quer ir a uma festa de fraternidade — diz Dara.

— Se vocês duas forem — responde Madison.

Olho para Dara.

— Nós duas vamos?

— Será que estou sonhando? Por que você faria isso? — Dara se reclina na cadeira e cruza os braços. — Você odeia as fraternidades.

— Acho que vai ser divertido.

— Eu sei que vai. Mas não confio nisso, seja lá o que for. — Ela aponta um dedo para mim.

Hesito em admitir que só quero ir por causa de uma matéria. Não quero que Dara e Madison pensem que só me importo com o *Torch*, assim como meus amigos do Ensino Médio achavam que eu só me importava com o jornal do colégio. Principalmente depois de já ter contado tanto com a ajuda delas para as matérias que venho escrevendo sobre pessoas. Foram elas que me ajudaram a abrir esse caminho.

Mas também não quero mentir.

— Bom, preciso ir a essa festa para resolver um detalhe de uma matéria que estou escrevendo para o *Torch* e não quero estar sozinha se for para eu ser barrada na entrada por ser gorda ou feia. — Pronto. Falei. Eu até poderia ir sozinha, mas estou com medo.

Madison engasga.

— *Wyn*, ai meu Deus!

— Ninguém faria isso — afirma Dara ao mesmo tempo. — Isso não acontece. Que porra é essa, Wyn?

Madison se levanta da cama.

— Você *não* é...

— Não fala que eu não sou gorda — interrompo com uma risadinha insegura. — Eu sou, e não quero nem preciso que digam que não sou.

Madison olha para Dara, que se levanta também.

— Você não vai ser barrada — diz Dara. — Eles querem a casa cheia, tão cheia quanto couber, e não vão barrar uma garota que não acham atraente na possibilidade de outras garotas testemunharem tudo isso ou ouvirem comentários e tomarem a decisão de nunca mais aparecer lá. — Ela dá um soquinho no meu ombro. — Você vai ver... quando a gente chegar na festa.

Olho para Madison, que está com as bochechas vermelhas. Ela abre a boca e a fecha em seguida, rapidamente. Respondo para Dara:

— Então quer dizer que você já foi a várias festas de fraternidade?

— Bom, tecnicamente, não.

— Como assim? O que isso quer dizer?

— De verdade mesmo, nunca *fui* a uma, mas...

Eu resmungo.

— Dara...

— Vai dar tudo certo! Olha, não é bem o rolê das minhas amigas, mas já fomos a várias outras festas, então confio no meu palpite. Inclusive, vou convidar Kayla e Yasmin — decide ela, e pega o celular. — Três mulheres pretas, duas delas queer, uma crente e uma gorda gostosa entram em uma festa de fraternidade. — Isso me faz dar risada. Dara sorri para nós e se inclina para dar um soquinho no ombro de Madison também. — Eles vão *amar* a gente.

A ansiedade está me engolindo quando chegamos na frente da Teta Kappa Alfa. Faço força para não bater os dentes, resultado da mistura de nervosismo e do fato de que nenhuma de nós trouxe um casaco para não ter que procurá-lo no final da noite. Já é dezembro, e o ar noturno está gelado, nossa respiração vira nuvenzinhas brancas.

Seguimos outro grupo de meninas até a porta, onde um dos garotos da casa acena para entrarmos. Em segundos, a pior parte da minha noite já passou. O sujeito não olha para mim nem quando passo por ele, e sinto certa vergonha ao pensar no tamanho da minha preocupação.

— Estamos vivendo a típica experiência universitária? — pergunta Yasmin, passando um braço sobre os ombros de Kayla.

— Estamos, e acho que a típica experiência universitária envolve cerveja ruim e cheiro de homem fedido — reclama Kayla, olhando para a pilha de sapatos ao lado da porta de entrada. Tudo aqui tem cheiro de vestiário.

— Ei, mas estava na sua lista! Você falou que queria ver como era uma festa de fraternidade — argumenta Yasmin.

— Para fins científicos. Eu sou observadora — retruca Kayla, conferindo as próprias unhas.

— Estou muito feliz por riscar esse item da minha lista também — diz Madison, animada.

Dara olha para ela sem esconder a surpresa.

— O que mais tem na sua lista?

Dá para ver Madison corar na penumbra baixa.

— Eu meio que estou... vivendo e aprendendo.

— Só não bebam nada que não tenha sido servido por vocês mesmas nem aceitem drogas de estranhos — alerta Yasmin.

Enquanto ela nos guia na busca pelas bebidas, Dara me diz:

— Você está quieta.

— Estou descongelando — respondo, colada nela enquanto atravessamos a multidão.

Estou muito grata por Yasmin e Kayla terem vindo conosco. As duas são tão extrovertidas que consigo me camuflar. E é disso que eu precisava hoje. Agora que o nervosismo passou, todo meu foco está em encontrar o momento certo para fugir para o andar de cima.

Também estou de olho para evitar Three, que saberia na hora que estou tramando alguma coisa se me visse. Nada garante que ele esteja aqui, mas, mais do que isso, nada garante que ele não esteja.

Encontramos um barril, e eu pego um copo de cerveja para ficar segurando e conseguir me encaixar no ambiente. Madison pergunta educadamente a um dos caras perto do barril se eles sabem se tem água, o que faz os dois gargalharem.

— Essa cerveja é tão barata que é praticamente água — responde um deles, segurando a torneira do barril.

Madison hesita, olha para Dara e para mim.

— Se você não quiser, não precisa — digo.

— Mas, se quiser, pode. Cuidamos de você — encoraja Dara.

Madison umedece os lábios, olhando para os caras do lado do barril. Depois respira fundo, solta o ar e diz:

— Beleza! Legal! — Ela pega um copo e oferece para eles. — Típica experiência universitária!

Dara vira para mim com os olhos arregalados.

— Nós a corrompemos totalmente.

— Queria saber se ela vai contar para os pais dela — respondo. — O sermão do próximo domingo vai ser sobre Jesus ter transformado água em vinho, mas não para beber com menores de idade em uma festa.

Dara ri e abafa a risada no meu ombro.

Demora um tempo para a festa começar a ficar animada. Preciso de todo mundo um pouco mais bêbado do que está agora, mas não o suficiente para a festa acabar e as pessoas começarem a ir para o andar de cima. A linha entre um momento e o outro é tênue, não tenho certeza se vou saber identificá-la, considerando o meu conhecimento limitado sobre festas de fraternidade adquirido apenas nos filmes que vi.

E sim, beleza, talvez todo mundo tenha razão e eu veja televisão demais.

Ainda estou esperando o momento certo quando vejo Three no meio da multidão.

Não sei como o encontrei naquele mar de gente, ainda mais entre tantos caras tão parecidos com ele. Mas é que talvez... eles não sejam tão parecidos com ele. Não exatamente. Não para mim.

Ou estou tão sintonizada com a presença dele que senti sua chegada no ambiente.

Seja como for, serve de partida. *Hora de agir.*

Me afasto do grupo enquanto elas assistem a um jogo de *beer pong* e passo por uma porta antes que Three me veja. Vou até a parte da frente da casa, espero até ter certeza de que ninguém está me observando e só então subo escondida para o primeiro andar.

Ali está mais silencioso e todas as portas estão fechadas. Tento a primeira e dou uma espiada lá dentro: *vazio.*

Não tenho conhecimento sobre quem faz parte deste universo, não como Three, que sabe quem em cada fraternidade pode estar envolvido no esquema, mas vou investigar quarto por quarto se for preciso. Sei o que estou procurando agora; caso eu consiga confirmar o envolvimento dos garotos da TKA, Three vai ter que reconhecer que minha contribuição para a matéria vai muito além de simplesmente segui-lo e coletar umas migalhas.

Demora muito e é arriscado, mas não tenho escolha se quero provar meu valor. Vou me fazer de bêbada se eu for pega. Fingir que estou procurando um banheiro. Ou melhor, falar tão enrolado que ninguém vai entender nada — vou deixar para que deduzam o que quiserem.

No interior do quarto, dou uma olhada rápida dentro das gavetas, reviro algumas roupas sujas e vasculho o armário. Não encontro nada e sigo para o próximo. Procuro embaixo da cômoda, reviro mais gavetas, espio embaixo da cama, apesar de todos os alertas do cérebro para *pular essa parte.* Nada. Nenhum sinal de algo mais grave que falta de higiene.

Xingando mentalmente, me pergunto se estou perdendo tempo e volto ao corredor. Quase morro de susto.

Three está esperando do lado de fora, encostado na parede de braços cruzados.

— Que porra você está fazendo? — pergunta em voz baixa e insatisfeita, e sua expressão deixa claro que não está brincando. Assim como no dia em que roubei os óculos dele, não tenho a menor dúvida: ele está bem bravo.

Fecho a porta depressa e olho em volta.

— Só tem eu — diz ele. — Para sua sorte, ou você estaria ferrada. Que ideia foi essa?

— Estou investigando. Pelo jeito, você acha que eu não sou capaz de fazer isso... — sussurro.

Ele solta um grunhido e bate a cabeça na parede.

— Eu não penso nada di...

— Você basicamente disse isso!

— Ok, beleza, será que a gente pode brigar em outro lu... *merda*. — Ele trava ao ouvir vozes subindo a escada. O pânico em seus olhos é rapidamente ofuscado pela luz de uma ideia se formando, e ele segura meus braços e nos gira. — Enfia a mão dentro da minha camisa.

— *O quê?*

As vozes se aproximam. Estão quase chegando no corredor.

— A não ser que você prefira o contrário — sussurra ele, afobado.

Enfio a mão embaixo da camisa tão depressa que ela amontoa na dobra do meu cotovelo. Meus dedos apertam seus ombros, e sinto a pele pegando fogo. Quando ele me empurra contra a parede com o quadril e enfia o rosto no meu pescoço, minha temperatura sobe tanto que quase alcança a dele, ou talvez eu fique até mais quente.

Que porra é essa?

Ele não me beija em momento algum. A boca não encosta em mim nem quando roça o rosto no meu pescoço.

— Opa, opa, opa — grita um deles.

Outra pessoa dá risada.

Three se afasta lentamente, levanta a cabeça. O olhar está um pouco desfocado, a raiva sumiu de seu rosto. Deslizo a mão para fora da camisa enquanto ele se vira na direção das vozes com um sorriso tímido.

— Ops. Foi mal.

Odeio perceber que ele é um ator tão bom, porque fica perfeito se fazendo de bobo, corando, adotando uma atitude constrangida.

Não me arrisco a olhar para o grupo, e não é só porque não quero que leiam minha expressão.

— Não estamos aqui — diz o segundo cara, ainda rindo. Conto três deles pelo canto do olho.

— Estamos aqui, sim — refuta o terceiro, um pouco mais firme que os outros. — Se quer dar uma, leva ela para casa, irmão.

Olho para o perfil de Three enquanto ele responde, mas a risada dos dois primeiros já virou um zumbido em meus ouvidos.

De mim. É de mim que eles estão rindo, penso.

Rindo *disso*. Eu e Three. Porque, claramente, eu não…

Porque não sou o tipo de garota que sobe para o quarto no meio da festa.

É pior que ser barrada na porta. E quero me convencer de que estou exagerando. É só a ansiedade descabida de novo.

Finalmente crio coragem para levantar a cabeça, e aqueles dois estão se cutucando e rindo; quando percebem que estou olhando, cobrem a boca com a mão para tentar disfarçar, uma tentativa patética. Porque, para eles, tanto faz se sei que estão rindo de mim.

Empurro Three para longe, me viro e caminho em direção à escada. O terceiro cara, o que está reclamando do desrespeito de Three depois de o terem deixado entrar na festa como uma cortesia à outra fraternidade — *blá, blá, blá* —, não para de falar enquanto desço a escada.

Ouço o cara gritar indignado logo em seguida, e já estou na metade da escada quando alguém segura meu braço.

— De nada — fala Three, e me puxa com ele.

Sacudo o braço para me soltar.

— Não, não vou agradecer pelo que acabou de acontecer, nem agora, nem *nunca*.

Chegamos ao fim da escada, eu passo na frente dele.

— Ah, desculpa por ter livrado sua cara.

Ele me segue tão de perto que sinto o calor de seu corpo nas minhas costas. Giro e o encaro.

— Estava tudo sob controle. Eu não precisava da sua intervenção, e com certeza precisava menos ainda de você fazendo... *aquilo*.

Ele olha para mim boquiaberto.

— Você quer dizer convencer aqueles caras de que você é inofensiva? Para que eles não te expulsassem daqui a pontapés, ou coisa *pior*, quando te pegassem fazendo... sei lá que porra você estava fazendo... Não faço ideia, de verdade!

— Eu estava investigando. Fazendo exatamente o que você acha que eu não sou capaz de fazer sem sua supervisão, e estava dando tudo certo... — sussurro com tom firme.

— Você ia ser pega!

— Se alguém desconfiou da minha presença lá em cima, foi porque viram você me seguindo. — Percebo que algumas pessoas estão olhando para nós, sentindo o drama no ar, e tento suavizar a expressão. — E não sei como você sabia que eu estava aqui ou para onde eu tinha ido...

— Você achou que eu não ia notar sua presença no instante em que entrasse aqui? — Ele me encara com uma expressão de incredulidade.

— É claro. É óbvio que você notaria minha presença de cara, não é? — Mordo o lábio e desvio o olhar. Quando olho para ele novamente, sua expressão está diferente, confusa. — Sei que não me encaixo em uma festa como esta. Sabia disso antes de vir. Mas não sou uma encostada inútil nessa pauta e não vou deixar você me tratar como se eu fosse. Acho que eu e você juntos lá em cima fazendo... *aquilo*... é tão difícil de acreditar quanto seria eu estar lá em cima sozinha, bêbada. E, se para você tanto faz, prefiro me preocupar com livrar minha cara a ser humilhada por você.

Me viro para ir embora, mas Three passa na minha frente e bloqueia a passagem.

— Ei — fala, aproximando a cabeça da minha. — Não tem nada de difícil em acreditar em nós dois juntos.

Abaixo a cabeça, desviando o olhar.

Three segura meu rosto, levanta meu queixo para me fazer encará-lo. A intensidade em seus olhos me choca, e meu olhar desce até sua boca por um segundo, antes de eu me concentrar em seu pescoço.

— Aham. Só que você me odeia — sussurro.

— Ah, é. — A voz dele volta ao normal. Esfria. Ele aperta meu rosto de leve, antes de me soltar. — Só que você me odeia.

Séria, abro a boca para protestar, dizer que *não* foi isso que eu falei. Mas ele já passou por mim, se misturando aos convidados e desaparecendo rapidamente.

Em vez dele, acabo encontrando Dara e Madison dançando na sala. Madison está com as bochechas coradas, os olhos brilhantes.

— Ah, legal, você voltou! — Dara me abraça. — Ela está muito bêbada. Acho que a gente precisa levar ela para casa. — E para, estuda meu rosto. Depois sorri. — Você estava com o Three?

— Não. — Olho em volta, procurando Yasmin e Kayla.

— Elas foram embora — diz Dara, sem nem precisar perguntar quem eu estava procurando. — Acho que tinha gente cheirando pó em um canto, e elas não queriam estar por perto se a situação saísse do controle.

Olho para a escada e sinto uma pontada no estômago. *Sei* que tem alguma coisa lá em cima. Mas qualquer chance que eu tinha de associar a TKA às outras casas morreu.

— Elas pediram para dizer tchau, já que ninguém sabia onde você estava — continua Dara.

Volto a olhar para ela.

— Desculpa. Não queria te deixar sozinha.

Ela sorri.

— Tudo bem. Fiquei vendo nossa menininha se divertir. — Ela aponta para Madison, que ainda está dançando. — Mas acho bom a gente ir embora de verdade, antes que a situação fique intensa demais. — Dara acena para chamar a atenção de Madison. — Vamos?

Madison assente radiante. Ela abraça nós duas.

— Eu simplesmente amo vocês!

Olho para Dara por cima da cabeça dela, e Dara ri antes de responder:

— Nós também te amamos, Mads. Vamos para casa.

— Eu amo beber — comenta Madison quando estamos a caminho da porta. — Não sei por que o povo na minha igreja age como se beber fosse... fosse... arruinar sua vida ou alguma coisa assim! — Já na porta, ela levanta os braços. — Eu bebo e Jesus *ainda me ama*!

Algumas pessoas em volta gritam, comemorando.

Dara e eu a arrastamos para fora da casa, para o frio.

No caminho de volta, parece que todo pensamento que passa pela cabeça de Madison sai pela boca na mesma velocidade.

— Nunca fiquei de ressaca. Tem que comer um ovo cru de manhã? Acho que vi isso em um filme uma vez. Oba, a gente pode assistir um filme quando chegar? Quero ver *Mamma Mia!* Sabia que meus pais não me deixaram ver esse filme porque ele glorifica o sexo antes do casamento, e é muito... hã, é muito sensual em alguns momentos! Eu nem sabia que ABBA era tão sensual. Ai, meu Deus, não consigo parar de falar "sensual"... O que está acontecendo comigo? — Ela começa a rir e cobre a boca com a mão. — Eu via o filme escondida com as minhas amigas do coral. Normalmente não faço nada escondida, mas amo musicais! Quero muito fazer uma audição para o musical do próximo semestre. *Sei* que meus pais não concordam, mas quero fazer!

— Você tem mais é que fazer, mesmo — diz Dara, sempre a incentivadora.

Madison tagarela sobre o musical até chegarmos perto do dormitório, mas a energia dela despenca assim que entramos no saguão. No elevador, sinto que ela está se escorando em mim.

— Quer ajuda para colocá-la na cama? — pergunto para Dara quando entramos na suíte pela porta delas.

— Não, eu me viro. Você conseguiu tudo o que queria hoje?

Penso em como toquei o peito de Three, na pele quente embaixo das minhas mãos. Em como ele me olhou em seguida, aqueles olhos azuis tão intensos e sombrios.

E então Dara acrescenta:

— Para o *Torch*?

Quase dou uma gargalhada, mas estou exausta demais.

— Foi um fracasso. — Engulo em seco e forço um sorriso. — Obrigada por terem ido comigo. De verdade.

Dara assente, mas percebo em seus olhos uma hesitação que me faz pensar em quanto desta noite ela consegue ler no meu rosto.

— Ei, Wyn!

Madison me segura no banheiro, agarrando meu braço. Olho para trás.

— Que foi?

— Obrigada por me convidar para ir com vocês hoje — agradece ela, e se aproxima para me abraçar.

— Não foi nada. — Bato de leve nas costas dela. — Fico feliz por você ter se divertido.

Ela se afasta e apoia as mãos nos meus ombros.

— E quero que você saiba... quando eu disse que você não é gorda... nao quis dizer que...

— Não se preocupa. — As palavras saem arranhando a garganta.

— Você é *linda*. — Ela pega minhas duas mãos e segura perto do peito. — Você é linda, Wyn. E eu peço desculpas se fiz você se sentir menos linda do que é. — Algo dentro de mim parece estar quebrando.

Abro a boca para dar a resposta automática de novo. "Sem problemas. Não se preocupa." Mas ouço a voz de Three: "Não fala 'Não se preocupa' quando alguém te pede desculpas, Evans. Isso minimiza os seus sentimentos".

— Obrigada — acabo respondendo, e aperto as mãos dela. — Obrigada mesmo.

Ela sorri, assente e me solta. Dá um passo em direção ao quarto delas, mas volta para acrescentar:

— E Jesus também te acha linda!

Do outro lado da parede, Dara dá risada.

Madison também ri.

E eu me pego sorrindo, apesar da dor que invade meu peito.

Consigo manter o sorriso enquanto me arrumo para ir dormir, tiro a maquiagem e escovo os dentes. Fico sorrindo até o momento em que me deito na cama, puxo as cobertas e deito de lado, voltada para a parede.

E aí começo imediatamente a chorar.

17

Sei que não tem como escapar de Three, principalmente enquanto tento terminar meu texto sobre as Festas de Fim de Ano do Claude para Todos a tempo de entrar na próxima edição — a última do semestre. Então, depois da bateria final de entrevistas para minha matéria, vou até a redação do *Torch* para dar os toques finais. E isso não tem nada a ver com o fato de eu saber que Three passa as tardes de segunda-feira na redação e querer que ele entenda que não o estou evitando.

A sala está cheia quando chego. Three está na mesa dos focas, debruçado sobre o computador. Respiro fundo e caminho em direção ao meu lugar, parando para colocar a mochila no chão.

— Eu sofreria muito se fosse sua quiropraxista — digo ao me sentar.

Os dedos de Three congelam em cima do teclado. Ele ajeita a postura e boceja, alongando os braços acima da cabeça.

— Sabe, Evans? Acho que você deve ter sido professora de escola religiosa em outra vida. — Ele se arruma na cadeira, se virando para mim. — Toda hora essa história de sentar direito, palmatória, essas coisas.

— Se achar uma palmatória, vou adorar usá-la em você — respondo com tom doce.

Ele finge estar chocado e leva as mãos ao peito.

— Não no meu ganha-pão.

Reviro os olhos, me abaixando para pegar o computador dentro da mochila. Quando arrumo tudo, percebo que Three está sorrindo sozinho.

Fico aliviada. Nitidamente eu e Three estamos na mesma frequência: nenhum dos dois menciona a noite de sexta.

Trabalhamos lado a lado em silêncio enquanto a redação esvazia. Mel passa rapidamente para saber em que pé está meu texto, depois Sabina faz uma parada antes de ir embora para avisar que vai postar o anúncio de vaga para um novo foca assim que o próximo semestre começar. Os outros também vão embora, até que só restamos eu, Christopher e Three.

— Até que horas você pode ficar hoje?

Meu coração dá um salto quando ouço a voz de Three. Olho para ele e vejo que sua expressão é neutra; os dedos se movem com agilidade pelo teclado. Então ele me encara e para de digitar.

— Precisa conferir a agenda?

— Estou livre. Por quê?

— Temos uma reportagem para escrever. — Ele bate de leve no computador. — E tenho algumas coisas novas para te mostrar. Quero que escreva as partes sobre sua colega de quarto. Você sabe mais do que eu e pode recorrer ao meu primeiro texto se precisar de alguma coisa.

Quase suspiro de alívio, mas me recomponho a tempo. A última coisa de que preciso é Three pensando que minha cabeça estava em outro lugar.

— Beleza.

Christopher se aproxima da nossa mesa, olha para Three, depois para mim.

— Vocês não vão embora?

— Temos muito o que fazer — explica Three.

Christopher nos encara. Relutante, ele diz:

— Certo. Por favor, não se esqueçam de trancar a porta antes de ir.

— Fazemos isso o tempo todo — respondo.

Christopher me encara, depois olha para Three com uma expressão que não consigo nem entender. Three reage com um sorriso. Nosso editor suspira e se vira para a porta.

— Que me interessa? Só não cheguem perto da minha mesa.

— Nem em sonho — brinca Three.

Christopher olha para ele mais uma vez, depois vai embora.

— E aí, que coisas novas você queria me mostrar? — pergunto assim que ficamos sozinhos.

Three apoia o cotovelo no braço da cadeira, se inclinando em minha direção.

— Fiquei pensando no que Ellie disse. A Teta Kappa acabou de promover um final de semana dos ex-integrantes, e, se essa história toda vai além da esfera dos moradores atuais, deveria haver alguma coisa que sugerisse quem está envolvido no esquema. Então, depois que você foi embora aquele dia… — Prendo a respiração, mas ele não para. — … comecei a procurar.

Levanto uma das mãos.

— Espera aí…

Three continua falando:

— Pensei um pouco, e não era uma ideia ruim…

Eu me levanto, minha cadeira desliza para trás e bate na mesa.

— Você me fez ouvir um discurso sobre quanto a ideia era estúpida e perigosa e depois decidiu roubar a cena…

— Não tem como eu *roubar a cena* da minha própria matéria, Evans — defende-se Three, se levantando também. — Você nem achou nada e estava a cinco segundos de ser pega sozinha quando eu te encontrei.

— Graças a Deus você estava lá para me salvar. — Coloco uma mão em cima do coração. — Meu herói.

— Acho que na próxima é para eu te deixar ser pega, então?

— Isso se você ficar sabendo quando houver uma próxima.

— Uma próxima em que você faça alguma besteira que te meta em uma encrenca? — Seu sorriso é prepotente, e ele se apoia na mesa e cruza os braços. — Tenho certeza de que vai acontecer logo e vai ser imperdível.

— Você se acha demais para alguém cuja ideia genial foi "Enfia a mão dentro da minha camisa".

O sorriso desaparece.

— Deu certo, não deu?

— Um pouco melhor do que teria funcionado me beijar de uma vez. Acho que eu deveria te agradecer por abastecer meus pesadelos.

— Pesadelos!

Ele solta uma gargalhada, joga a cabeça para trás. Desvio o olhar para não ter que ver seu pescoço. Não sei dizer se a vontade de voar em cima dele é para beijar ou rasgar a garganta dele a dentadas. Ele abaixa o rosto novamente, o que me poupa de ter que pensar nisso por muito tempo. Mas agora ele me encara de um jeito intenso que faz um calor se espalhar pelo meu corpo.

— *Pesadelos?* — repete.

Dou de ombros, forço um sorriso amarelo e apoio as mãos na mesa para ele não perceber que estão tremendo.

— Só estou sendo sincera com você.

— Ah, é isso que está fazendo? — Ele inclina a cabeça, e um lado da boca se levanta em um sorrisinho. — E isso aqui é o quê? — Ele aponta para o espaço cada vez menor entre nós. — Isso é você se aproximando para abastecer seus pesadelos?

Estamos tão próximos que quase nos tocamos. Não consigo desviar o olhar do rosto dele, mesmo sabendo que o cérebro transmite as emoções no meu rosto: ME TOCA, ME TOCA, ME TOCA, em letras garrafais e brilhantes bem na minha testa.

A risada dele faz cócegas no meu pescoço, como se me acariciasse.

— Você podia só ter pedido com jeitinho, Evans.

Deixo escapar um arquejo sutilíssimo enquanto sinto a língua dele deslizar lentamente pelo meu maxilar. Os dentes mordem de leve a ponta da minha orelha, e me agarro com tanta força à beirada da mesa que fico com medo de ela esfarelar na minha mão.

A bochecha dele roça a minha enquanto ele murmura:

— Acho que isso já deve abastecer seus pesadelos por semanas.

Three afasta meu braço, saindo do espaço entre mim e a mesa. Eu desmonto, vermelha e ofegante. Vejo que ele começa a arrumar suas coisas e sinto uma explosão de raiva quando penso que ele está debochando de mim outra vez, ultrapassando os limites do nosso joguinho. Mas o vermelho que sobe por sua nuca o delata.

Preciso ver a cara dele.

Não sei quem de nós dois fica mais surpreso quando puxo a manga de sua blusa. Quando ele se vira, fico feliz por ver que seu rosto também está vermelho e que seu peito arfa com rapidez.

Você não vai fugir de mim, penso em dizer.

Mas não tenho nem tempo de falar, porque Three larga tudo que está segurando, me empurra contra a mesa e me beija.

Acho que meus joelhos se desmancham completamente. Só isso explica eu estar empoleirada na mesa dos focas com as pernas em volta do quadril dele. Nossas mãos se movem aflitas, respiramos ofegantes e eu registro atentamente o jeito como ele enrosca a língua na minha, o gemido que ele dá na minha boca quando seguro seu cabelo entre os dedos e a pressão da mão dele atrás dos meus joelhos, subindo pelas coxas e pelas costas para me puxar para mais perto.

E acho que isso vai virar combustível para os meus pesadelos mesmo. Porque na hora em que finalmente o empurro para longe — nem que seja para me livrar da humilhação de ele ser o primeiro a se afastar — e pego minhas coisas para não ter que vê-lo ir embora, percebo que isso provavelmente nunca mais vai acontecer. Não *posso* deixar isso acontecer de novo. Um beijo no meio de uma briga com um cara que já admitiu que fica com tesão quando discute não é um beijo de verdade. Eu sabia onde estava me metendo. *Me aproximando para abastecer meus pesadelos?*

Sem dúvida.

Quando a porta da redação se fecha atrás de mim, não consigo me decidir se cometi um erro. Não porque estou arrependida.

Mas porque sei que é provável nunca mais rolar outro beijo tão bom em minha vida.

Durante a semana de provas, a biblioteca se torna a estação Grand Central de Nova York, com multidões de pessoas entrando e saindo. Espaço vago nas mesas vira artigo de luxo, e é terminantemente proibido guardar lugar. Vi poucos locais mais disputados que esse, e o horário estendido parece só piorar a situação. Estamos todos estudando feito loucos e sofrendo com a privação de sono. Ninguém mais do que eu, que terminei meu turno de ontem à meia-noite, tive duas provas hoje e voltei para mais um turno até tarde.

Sem alarde, estou tentando estudar para a prova de Estatística enquanto fico de olho no balcão de atendimento, dividindo a atenção entre a ideia terrível de que essa prova vai definir minha aprovação ou reprovação na matéria e Scott, que pode aparecer a qualquer momento e me pegar negligenciando o trabalho.

Fica evidente que sou péssima nessa coisa de dividir a concentração, porque estou suando frio de nervoso pelos poucos dias que tenho para aprender uma matéria que ainda é um completo mistério quando Scott aparece atrás de mim e diz:

— Não é para você ficar estudando no seu horário de trabalho.

Eu me viro enquanto fecho imediatamente as anotações.

— Desculpa. Eu estava só dando uma conferida em uma coisa... Para ter certeza de que não esqueci nada, sabe?

Ele não se deixa abalar.

— Guarde isso, por favor.

Estou abaixada, colocando minhas coisas na mochila, quando ouço uma voz baixinha:

— Por favor.

Eu me endireito e quase bato a cabeça na quina do balcão. Tem uma menina parada do outro lado, mordendo o lábio.

— Em que podemos ajudar? — pergunta Scott. Ele está ganhando tempo para continuar me vigiando.

Quando acho que não tem como piorar, pelo canto do olho vejo Three atravessar o saguão, andando na direção do balcão de atendimento.

E aí a menina diz:

— Hum, tem um cara no segundo andar. E ele está, hã, assistindo coisas...

Meu estômago revira. Não só podia piorar como podia piorar *e muito*.

Olho para Scott, que suspira.

— ... inapropriadas — conclui a garota.

Three para atrás dela e espera pacientemente para ser atendido. Evito seu olhar como se ele pudesse me transformar em pedra.

— Obrigado por avisar — responde Scott, e se vira para mim em seguida. — Por favor, vá lá e peça para ele ir embora.

— Mas eu estou... cuidando do balcão — argumento sem muita intensidade. Minhas bochechas queimam por Three estar testemunhando este momento de humilhação.

— Acho que consigo me virar por uns minutos. — Scott gesticula apontando o elevador. — Vai lá.

Olho para a menina, que me encara de olhos arregalados.

Three pigarreia.

— Com licença, o que está acontecendo? — A voz dele é diferente, tem um tom de autoridade que faz até Scott reagir com certa tensão.

Ele se recupera depressa e dá um sorriso profissional para Three.

— Nada demais. Como posso te ajudar?

Three não responde, olha para a menina e faz uma nova pergunta:

— O que aconteceu?

É evidente que ela não tem a capacidade de resistir a alguém como ele, porque responde imediatamente:

— Tem um cara no segundo andar assistindo... *pornô*. — Ela sussurra a última palavra, olhando para mim com ar preocupado.

Three franze a testa enquanto absorve a informação, depois assente devagar. Ele se vira, olha para Scott daquele jeito que já me fez me sentir como um bichinho indefeso várias vezes. Só que desta vez eu sou a lebre que conseguiu fugir e está assistindo enquanto ele intimida outra presa.

— Então, quer dizer que tem um cara no segundo andar assistindo pornô — fala com o mesmo tom de voz, e aponta para mim. — E você acha que ela é a melhor pessoa para resolver a situação?

— Está tudo bem. Já resolvi isso outras vezes — afirmo às pressas, saindo de trás do balcão. Tenho medo de como essa situação pode me afetar quando Three enfim deixar Scott escapar dessa conversa sufocante.

Three fecha a cara ainda mais.

— Quantas vezes?

Não me atrevo a olhar para Scott.

— Esta é a quarta.

Three olha para mim por um instante, completamente incrédulo. Depois se dirige para Scott.

— Você fez ela passar por isso *quatro* vezes? — E não deixa Scott responder antes de olhar para mim de novo. — E você já descobriu se ele é aluno? Pegou o documento dele? Denunciou para a segurança do campus?

Fico boquiaberta.

— Eu...

Desta vez, olho para Scott.

— Ele já foi avisado que vai ser banido, se continuar com esse comportamento — responde Scott por mim. — Acho que não há motivo para...

— Não se mexa — ordena Three, apontando para mim. Em seguida pega o celular, digita alguma coisa na tela e aproxima o aparelho da orelha. — Oi, eu estou na biblioteca principal e tem um cara aqui assistindo a pornografia. Os funcionários estão dizendo que ele já foi alertado várias vezes. O que devemos fazer para que ele seja tirado daqui? — Ele escuta em silêncio por alguns segundos, assentindo. — E você teria que falar com... Sim, é claro. Na verdade, um segundo... — E oferece o celular para Scott. — É para você.

Fico paralisada enquanto Scott pega o celular e se afasta, falando baixo. Three se debruça no balcão para ouvir. A menina ao meu lado sussurra:

— Hum, você acha que eu preciso ficar aqui esperando?

Dou de ombros. Nem sei mais quem está no comando — Scott ou Three. A julgar pela cara de Scott ao devolver o celular, deve ser Three.

— A segurança do campus está a caminho — anuncia Scott, contido.

— Ufa, obrigada! — responde a menina, e quase não a ouvimos à medida que ela corre para o elevador.

Three sorri para Scott com cara de "Vai se foder". Ele se apoia no balcão, deixando claro que não vai embora até a situação ser resolvida.

Faço um esforço enorme para dar a impressão de que não o conheço.

Um guarda da segurança do campus entra pela porta principal alguns minutos depois, um homem que parece ser um pouco mais velho que meus pais. Ele se dirige ao balcão e cumprimenta todo mundo com um aceno.

— Qual de vocês fez a ligação?

Three levanta a mão.

— Mas é ela que tem lidado com a situação.

Ele acena em minha direção com a cabeça.

Odeio gostar tanto de sentir essa transferência de autoridade. E só melhora quando vejo o rosto de Scott ficando vermelho.

— Ele está no segundo andar. Posso te levar lá.

— Quantas vezes ele já fez isso? — indaga o guarda.

— Esta é a quarta, mas a situação está se agravando. — De esguelha, percebo que Three se esforça para conter um sorriso. Eu o ignoro. — Nas primeiras três vezes, não tinha ninguém por perto, ou só uma pessoa ou outra. Agora ele está fazendo isso no meio de uma multidão, em plena semana de provas. É uma plateia e tanto. — Olho para Scott e pela primeira vez me sinto um pouco mais poderosa. — Não gosto nem de pensar em qual pode ser o próximo passo dele, não quero ter que ser a pessoa expulsando-o quando isso acontecer.

— Não. Liguem para nós se ele voltar. — O guarda olha para Scott. — Como vocês deveriam ter feito desde o começo.

O rosto de Scott fica ainda mais vermelho. Me sinto vitoriosa, mesmo sabendo que só me enfiei ainda mais no buraco fundo da antipatia dele por mim.

Quer dizer, Three cavou o buraco um pouco mais fundo para mim. E eu peguei a segunda pá.

Three nos segue até o elevador. Enquanto esperamos, ele se aproxima e murmura:

— "Agravando." Você assiste televisão demais mesmo.

Olho para o guarda, que está com um sorrisinho contido.

— Você não tem nada melhor para fazer? — sussurro por cima do ombro.

— Nada específico — responde Three, satisfeito.

Quando o elevador para no segundo andar, o guarda sai primeiro. Na hora vejo o Cara do Pornô na mesa do fundo, um dos únicos pontos cegos das câmeras de segurança, e aponto discretamente para ele. A menina que o denunciou está na mesa ao lado e arregala os olhos ao notar a aproximação do guarda.

Three pega minha mão e me puxa para um canto, me silenciando com o olhar no momento que ameaço reclamar.

— Você pode denunciá-lo para a segurança de novo caso ele volte, mas não quero que seu rosto seja a primeira coisa de que vai se lembrar se ele cogitar dar o troco.

Vejo o guarda escoltar o homem até o elevador.

— Eu já o expulsei outras vezes. Ele já sabe qual é a minha cara.

— E agora ele viu a sua cara uma vez a menos, o que não custa nada.

— Legal da sua parte se preocupar comigo.

— Não tem a ver com você. Para começo de conversa, não era nem para você ter algo a ver com essa história toda. Não entendo como não existe uma merda de um protocolo para esse tipo de situação.

Ele bufa, agitado. Não me encara, continua olhando por cima da minha cabeça.

— Eles já foram — digo.

Three espera mais um instante, se acalmando. Depois diz:

— Tenho uma coisa para você.

Ele vira a mochila para a frente e abre o zíper para tirar dali um maço de papéis. Estranho quando ele me entrega aquilo.

— É meu guia de estudos de Estatística. — Ele pigarreia. — Tirei uma cópia.

— Para mim — digo lentamente. Volto a olhar para o rosto dele.

Three assente e mantém a boca fechada. Comprimo os lábios e estico a mão, devolvendo o presente.

— Não, valeu.

Ele fecha a cara, pega a resma antes que eu a solte.

— *Não, valeu?*

Começo a caminhar em direção à escada, e ele me segue.

— Você não vai aceitar? — questiona ele.

— Não preciso disso.

Ele solta uma risada incrédula.

— Qual é, Evans? Eu sei que isso é mentira. Eu tirei dez. Me deixa te ajudar...

Viro a fim de olhar para ele quando chegamos no próximo lance e sussurro com firmeza:

— *Para* de tentar pedir desculpa.

Ele recua.

— Do que você está falando?

— Disso. — Aponto para o guia de estudos. — E daquilo. — Aponto para o andar de cima. — Não preciso da sua ajuda e não quero suas desculpas.

Começo a me virar, mas ele bloqueia a passagem e abaixa a cabeça para ficarmos frente a frente, olho no olho.

— Pelo que você acha que eu estou me desculpando exatamente?

Abro a boca e a fecho em seguida. Desvio o olhar, então resmungo:

— Você sabe muito bem.

— Não sei mesmo, porque não tenho nenhum motivo para me desculpar. — Ele agarra meu punho e põe os papéis na minha mão novamente. — Seu orgulho não vale ter que refazer essa matéria. Siga exatamente o que está aqui e vai tirar pelo menos um seis na prova. Você nem precisa agradecer.

Ele se vira e começa a descer o próximo lance de escada. Eu o encaro, e qualquer argumento que pudesse ter fica preso na garganta seca. Ele já foi embora quando chego no térreo, e eu fico só com meu chefe furioso e milhares de pensamentos passando pela cabeça, a maior parte deles envolvendo "Não tenho nenhum motivo para me desculpar".

18

FÉRIAS DE INVERNO, DIA 1

hayes6834: será que é muito cedo pra falar sobre as provas
pomerene1765: sem aviso de gatilho? com os dois pés no peito assim?
hayes6834: ih, foi muito mal?
pomerene1765: menos do que achei que iria, mas… vamos ver. só recebi uma nota até agora.
hayes6834: e?
pomerene1765: surpreendentemente… fui bem

FÉRIAS DE INVERNO, DIA 1

EU:

Valeu pelo guia de estudos

THREE:

Não vai me contar nada?
Nem se você passou ou não?

EU:

Tirei 7

Então. Passei.

Por sua causa

Espero que você saiba o quanto essa ideia me irrita

THREE:

Você já agradeceu, então vou fingir que não li o resto

FÉRIAS DE INVERNO, DIA 4

pomerene1765: eu sabia que uma hora ia chegar, mas o inevitável chilique familiar aconteceu
hayes6834: ?
pomerene1765: briguei com os meus pais
pomerene1765: quer dizer, não foi bem uma briga…
hayes6834: um festival de queixas?
pomerene1765: aham, exatamente
hayes6834: a gente faz muito isso aqui em casa
hayes6834: alguma queixa específica?
pomerene1765: sim, estava fervendo em fogo baixo. eles meio que me largaram sozinha no dia de ação de graças
pomerene1765: eles adoram coisas de fantasia tipo senhor dos anéis, guerra dos tronos e tudo mais. teve uma convenção no fim de semana de ação de graças e eles participaram
hayes6834: mas você disse que seu dia de ação de graças foi bom
pomerene1765: foi, mas por outros motivos. fiquei no campus, mas teve uns pontos altos
hayes6834: você não ficou sozinha?
hayes6834: silêncio longo…

pomerene1765: foi mal
hayes6834: sem pressão, você sabe. mesmo que você goste de alguém
hayes6834: você disse que não quer me conhecer, então não tem muito o que fazer mesmo
pomerene1765: só tô pensando
hayes6834: você tá de férias, não precisa pensar em nada

FÉRIAS DE INVERNO, DIA 4

hayes6834: e aí, se recuperando do chilique familiar?
pomerene1765: aham… estamos assistindo um filme
pomerene1765: senhor dos anéis, versão estendida. meio que é o nosso lance.
hayes6834: você tá bem?
pomerene1765: vou ficar. acho que eles entenderam meu lado, se sentiram mal e se desculparam. foi legal da parte deles
pomerene1765: obrigada por perguntar
hayes6834: tô aqui pra isso
pomerene1765: eu mandaria um coraçãozinho mas acho meio brega. e não tem coração nesse app, o que é esquisito pra um app de relacionamento, não acha?
pomerene1765: coração
pomerene1765: finge que você não viu isso
hayes6834: agora já era, não dá pra apagar
pomerene1765: nossa que vergonha
hayes6834: não vou levantar esse tópico
hayes6834: mas concordo

FÉRIAS DE INVERNO, DIA 8

pomerene1765: e você não vai me contar como foi nas SUAS Provas?

hayes6834: kkkk fui bem
pomerene1765: pode falar, você é aluno com honras
pomerene1765: o silêncio muito longo já diz tudo
hayes6834: olha, é que ir mal não é muito uma opção pra mim
pomerene1765: ahhh, então é daí que vem seu lado bad boy. das expectativas que comandam sua vida
hayes6834: dra. pom e suas análises
hayes6834: pior que você deve estar certa
pomerene1765: nunca me canso de ouvir isso, pode falar sempre que sentir vontade

FÉRIAS DE INVERNO, DIA 10

pomerene1765: feliz natal!
hayes6834: feliz natal
hayes6834: como foi seu dia?
pomerene1765: foi legal! e o seu?
hayes6834: ganhou alguma coisa maneira?
pomerene1765: vou fingir que não percebi a mudança de assunto
pomerene1765: ganhei um computador novo. o que é um grande acontecimento, porque eu usava o antigo computador de trabalho do meu pai há um tempão
hayes6834: o que seu pai faz?
pomerene1765: agora você fez uma pergunta difícil.
hayes6834: interessante
pomerene1765: meus pais trabalham na feira renascentista, é tipo o trabalho dos sonhos deles. mas eles também têm empregos chatos pra pagar as contas. ele trabalha na contabilidade de uma construtora e ela é do RH de uma... atenção... construtora concorrente
hayes6834: uma competição apimenta o romance
pomerene1765: vou vomitar

pomerene1765: e você, ganhou algo maneiro?
hayes6834: sim, fui o único filho que não brigou com meus pais neste ano
hayes6834: um presentão pra todo mundo
pomerene1765: nossa. sinto muito.
hayes6834: não se preocupa, eu tomei café da manhã em paz. milagre de natal.

FÉRIAS DE INVERNO, DIA 12

hayes6834: minha vez de viver um chilique familiar enorme
hayes6834: e não que a gente esteja competindo nem nada, mas tô pensando SERIAMENTE em me mudar pra uma ilha deserta no pacífico. nunca mais vão nem ouvir falar de mim
pomerene1765: tem wi-fi na ilha deserta?
hayes6834: óbvio. como a gente ia conversar se não tivesse?
pomerene1765: fico feliz por saber que estou convidada
hayes6834: você poderia vir pessoalmente também, mas não quer me conhecer
hayes6834: desculpa. retiro o que eu disse. não quero te pressionar
pomerene1765: você realmente quer me conhecer?
hayes6834: sempre quis
hayes6834: é alguma coisa em mim?
pomerene1765: de jeito nenhum. é sobre mim.
hayes6834: o que te preocupa? eu já gosto de você
pomerene1765: e esse é o problema. eu também gosto de você.
hayes6834: isso me soa como o oposto de um problema. a maioria das pessoas chamaria de sucesso.
pomerene1765: tenho medo de que você deixe de gostar de mim quando me conhecer
pomerene1765: penso muito sobre isso. e sobre quem você é.

hayes6834: eu também
pomerene1765: mas acho que eu nunca iria superar se a gente se conhecesse e você ficasse decepcionado
hayes6834: você sabe que é uma via de mão dupla
hayes6834: e se você me conhecer e me achar nojento?
pomerene1765: jamais
hayes6834: eu nunca ficaria decepcionado com você
pomerene1765: você não sabe como eu sou
hayes6834: eu sei como me sinto com você
hayes6834: e sei disso desde que começamos a conversar
pomerene1765: ih, foi minha resposta bem pensada pra pergunta do cecê?
hayes6834: não discute comigo
hayes6834: tô falando que gosto de você. seja lá o que for que te assusta, não precisa se preocupar.

FÉRIAS DE INVERNO, DIA 16

pomerene1765: você se resolveu com seus pais?
pomerene1765: você nunca me contou o que aconteceu, desculpa se estou sendo invasiva, mas não queria começar o ano sem dizer nada. acho que você deveria começar o ano de cabeça tranquila. e se conversar comigo puder te ajudar, tô aqui pra isso.
pomerene1765: tô aqui pra tudo, mas especialmente agora
hayes6834: você bebeu?
pomerene1765: hayes
hayes6834: esse não é meu nome de verdade, não tem o mesmo efeito
pomerene1765: não, não bebi
hayes6834: não precisa se preocupar, sério
pomerene1765: por algum motivo eu não acredito nisso
hayes6834: é complicado. meus pais me deram uma vida muito boa, mas eles esperam muito de mim em troca.

comecei a tentar desviar dos planos que eles fizeram pra mim e não deu muito certo, é difícil para um filho quando ele decepciona os pais. e aí minha namorada terminou comigo no verão porque eu estava "regredindo", e provavelmente ela estava certa, e agora sei lá. eu crio coragem, mas não consigo tomar o controle, e aí todos os planos que eu bolo pra arrumar as coisas ou falham ou desabam total.
pomerene1765: sinto muito
hayes6834: não precisa. não tô triste.
pomerene1765: você não parece triste. parece bravo.
hayes6834: que ótimo
hayes6834: não tô bravo
pomerene1765: também não tem nada de errado se estiver. não é uma emoção pior que as outras. as pessoas acham que não podem ficar bravas porque é feio, mas a raiva é normal. não dá pra passar a vida toda sem sentir.
hayes6834: não é isso. tô só decepcionado comigo.
pomerene1765: você não acha que tá sendo muito duro com você mesmo?
hayes6834: acho que na verdade não tô sendo duro o suficiente
pomerene1765: acho difícil hein
hayes6834: bom, na real, você nem me conhece não é
pomerene1765: uau.
pomerene1765: ok.
hayes6834: espera
pomerene1765: não, beleza
hayes6834: não foi isso que eu quis dizer
hayes6834: só quis dizer que você realmente não sabe como eu sou fora daqui
hayes6834: me expressei mal
hayes6834: a gente pode começar essa conversa do zero?
hayes6834: pom?

FÉRIAS DE INVERNO, DIA 17

hayes6834: feliz ano novo
hayes6834: ok, vamos lá, eu falei merda e nem era o que eu queria dizer. acho que você me conhece melhor do que a maioria, só que é difícil ser quem eu sou com você fora daqui. é isso que tá difícil. meus pais esperam que eu seja alguém que não quero mais ser. eles me querem estudando, vivendo a experiência universitária perfeita, com notas perfeitas e frequentando as festas e os clubes certos, mas sem exagerar, e sei lá. continuo fazendo tudo que eles me pedem e faço até o que eles nem me pediram, mas nunca serve. até queimada eu joguei só pro meu pai sentir que eu estava me entrosando, e aí tive que ouvir da minha mãe que me enfiar em um torneio antes da semana de provas era falta de responsabilidade. e sei que assim que eu tentar fazer o que eu realmente quero, vai ser um inferno daqueles.
pomerene1765: tipo largar os estudos?
hayes6834: graças a deus
pomerene1765: ??
hayes6834: pensei que tinha te perdido
pomerene1765: você não me perdeu
pomerene1765: eu me dei um tempo
hayes6834: porque eu te magoei? pode me chamar de babaca quando eu estiver sendo babaca. eu aguento.
pomerene1765: ok
pomerene1765: você estava sendo babaca
hayes6834: eu sei. desculpa
pomerene1765: obrigada
hayes6834: e você estava certa. eu tô mesmo um pouco bravo. e não gosto disso.
pomerene1765: bom, quando sentir raiva, pode simplesmente falar. a gente pode conversar.
pomerene1765: era isso que eu estava tentando dizer

hayes6834: obrigado
pomerene1765: feliz ano novo

FÉRIAS DE INVERNO, DIA 17

pomerene1765: queimada?
pomerene1765: no fim de semana antes das provas?
hayes6834: sim?
pomerene1765: rolaram muitos torneios de queimada naquele fim de semana?
pomerene1765: tipo, queimada é uma coisa importante e eu que não sabia?
hayes6834: onde você quer chegar?
pomerene1765: eu fui em um torneio de queimada no fim de semana antes das provas
hayes6834: declaração arriscada pra quem não quer me conhecer
pomerene1765: talvez eu queira
hayes6834: sério?
pomerene1765: você já se perguntou se já não nos conhecemos?
hayes6834: vamos deixar essa pergunta mais pra frente
pomerene1765: por quê??
hayes6834: porque não quero responder se você não quiser me conhecer. eu chamo de redução de danos.

FÉRIAS DE INVERNO, DIA 23

pomerene1765: você não vai se mudar de verdade pra uma ilha deserta no pacífico, não é?
hayes6834: ainda tô pensando no caso. por quê?
pomerene1765: só pra ter certeza
pomerene1765: te vejo na faculdade

hayes6834: te VEJO?
pomerene1765: talvez
hayes6834: talvez
hayes6834: já serve

19

Hayes é Lincoln.

Só *pode* ser ele. Nem todas as peças encaixam, mas isso não quer dizer que eles não sejam a mesma pessoa. Lincoln e Hayes são muito parecidos — dão bons conselhos, são maduros e responsáveis, e Hayes nunca disse que é calouro. Às vezes ele parece ser mais velho do que eu, como quando conversamos sobre a síndrome da impostora. Os dois já mencionaram irmãos e uma ex-namorada que terminou com o relacionamento deles, o que pode até ser uma evidência fraca, mas ela existe. Lincoln é competitivo, talvez tanto quanto Hayes, e ele disse que a mãe ficou brava com ele por disputar o torneio de queimada. E é isso — esse torneio — que é a coincidência grande demais para ser ignorada.

O quebra-cabeça está se montando, e eu não tenho como negar a imagem que está se formando.

Mal posso esperar pelo momento da confirmação — é *Lincoln*. Eu sei quem Hayes é, exatamente quem eu suspeitava que fosse há um tempo, e ele é bonito, legal, e demonstrou uma migalha de interesse por mim!

Não importa qualquer outra coisa que eu esteja sentindo. Não vou dar nome a esses sentimentos, nem a quem eles se referem, nem ao lugar de onde meu coração idiota tirou coragem para criar tanta esperança sobre uma situação estatisticamente improvável.

E agora posso falar com propriedade, como alguém que foi aprovada em Estatística.

Em vez disso, decido me concentrar na volta para a faculdade, nas minhas matérias novas e em como vou contar para Lincoln quando chegar a hora. O que *deve* acontecer em breve.

Porém, ao vê-lo no refeitório na minha segunda noite depois do retorno, perco a coragem antes mesmo de processar a presença dele por completo.

— Por que está se escondendo? — pergunta Dara, sentada ao meu lado, enquanto eu me enfio embaixo da mesa para pegar o garfo que eu "deixei cair" na hora que o vi.

— Não estou me escondendo — murmuro com uma voz fraca ao me levantar.

Nem sinal de Lincoln.

— Parece que você estava se escondendo, sim — diz Madison do outro lado da mesa. Ela enrola um pouco de macarrão no garfo e enfia na boca. E, então, faz uma careta. — A comida está meio... Bom, eu estou muito feliz por estar de volta e claro que sou grata por termos este refeitório...

— Madison, você pode falar a real com a gente. Se a comida está uma droga, é só falar que está uma droga. — Dara adota um tom profundo, sofisticado, e estica uma das mãos sobre a mesa. — Não tenha medo de falar, minha filha.

Madison olha para ela com uma expressão confusa.

— O que foi isso?

— Fui eu imitando um padre. Faz tempo que não vou a uma igreja, mas acho que mandei bem, vai?

Madison ri.

— Não tem padre na minha igreja. Não somos católicos. Temos um pastor. Meu *pai*, lembra?

— Ah, é verdade.

Madison cora, pega mais um pouco de comida:

— Enfim, eu só queria dizer que estou feliz por estar de volta, mas sinto saudade da comida de casa. Apesar de que estar em casa desta vez não foi... tão fácil quanto antigamente.

Dara olha para mim, depois para Madison.

— Não tenha medo de falar, minha filha — repete ela, na imitação de quase-padre.

Madison sorri, mas os olhos dela não acompanham.

— Estou me sentindo esquisita com a história de ter bebido. Culpada, acho, por ter feito algo que sei que meus pais não aprovam, talvez nem Deus. E não quero me sentir obrigada a fazer coisas que não tenho vontade de fazer para ser aceita. Mas, ao mesmo tempo, quero poder fazer as mesmas coisas que meus amigos, quero poder aprender mais sobre o mundo e sobre as pessoas. Conforme conheço mais gente, acho que estou descobrindo que algumas coisas que a igreja me ensinou talvez sejam... dolorosas para alguns dos meus novos amigos.

Não sei nem o que dizer. Acho que não é segredo que minha família não é religiosa — a não ser que você conte a devoção ao altar de J. R. R. Tolkien. Isso tudo é muito distante do meu universo.

— E também fica difícil quando as coisas que eu quero fazer, tipo a audição para o musical da primavera, também são coisas que meus pais não aprovariam. Tive que brigar com eles até para entrar no coral. Eles amavam quando eu queria cantar no coral da igreja. Mas agora que estou cantando em outros lugares, eles desaprovam, e isso me deixa triste. Não gosto de fazer coisas que eles desaprovam, mas também quero ser feliz. E cantar me faz muito feliz, seja no coral da igreja ou nos lugares onde estou agora.

— Não sei se tenho muito o que falar sobre religião, mas sei o que me ajudou quando era eu que estava passando por um período de tantas crises — diz Dara. — Terapia.

— Eu nunca conseguiria convencer meus pais a pagarem terapia para mim.

— Tem conselheiros na clínica — sugere Dara. — É com eles que eu falo. Vou uma vez por semana e é totalmente gratuito.

Olho para ela sem esconder o espanto. Eu sabia dos conselheiros por causa da lista de pautas que li quando invadi o computador de Three e porque a assistente de residência também sugeriu que eu procurasse um deles depois de Ellie ser expulsa. Mas ouvir Chloe falando sobre isso ou ver o tópico na lista de Three é totalmente diferente de saber que Dara frequenta o aconselhamento e vai lá toda semana.

Talvez não seja a pior ideia do mundo. Não só para Madison, mas para mim.

— E mesmo que você acabe odiando, pelo menos não vai ser o Papai Pastor, e você pode... — Dara sorri, e já sei o que vem pela frente antes de ela abrir a boca. — Não ter medo de falar, minha filha.

— Legal. Me belisca.

Mal acabei de me acomodar no meu lugar na mesa dos focas quando Three fala sentado ao meu lado. Precisei de cinco minutos para criar coragem até abrir a porta da redação, sem ter certeza de que ele estaria lá dentro, mas sabendo que era possível. Eu não tinha como saber com o que teria que lidar depois do nosso último encontro, o Three gelado ou o Three intenso. Mas é óbvio que ele nunca age do jeito que eu espero.

Solto um suspiro profundo e olho para ele com ar irritado.

— Não, valeu.

— Qual é? Wyn Evans se dignou a *me agradecer* pelo meu guia de estudos de Estatística? — Ele mantém o braço esticado na minha direção. — Preciso de uma prova de que não é só um sonho muito longo.

Empurro o braço dele.

— Você guardou essa piada as férias inteiras, não é?

— Eu poderia ter mandado por mensagem, mas gosto de ver essa cara de nojo que você faz.

— Claro que gosta. — Viro de frente para ele e apoio o cotovelo na mesa. — Fiquei surpresa por não ter recebido nenhuma notícia sua sobre nossa reportagem. Você me parece ser meio inimigo do descanso.

Ele dá de ombros.

— Mexi em umas coisinhas só.

— Achei que estava tentando me excluir de novo.

— Nem em sonho.

Olho para ele.

— É, parece que você tem sonhado com outras coisas.

Ele sorri para mim.

— Será que não deveríamos falar dos *seus* sonhos?

Eu o ignoro e me abaixo para pegar o computador na mochila.

— Bom, não sei o que você fez durante as férias, mas eu fiquei revirando as redes sociais das fraternidades. Algumas turmas eram melhores que outras, mas consegui descobrir os nomes de quase todas as pessoas que foram aprovadas como novos membros dos Quatro Lixos nos últimos cinco anos.

Three olha para mim com ar confuso.

— Quatro Lixos?

— Sigma Rho, Teta Kappa Alfa, Alfa Qui Ômega e Gama Teta Nu. — Conto nos dedos, as duas fraternidades que eu e Three descobrimos juntos e as duas que ele já tinha descoberto antes de eu entrar na pauta.

— Você criou um apelido? — Seu tom de voz é sério, mas o canto da boca se ergue ligeiramente.

Tento não me arrepiar.

— Fica mais fácil.

Abro o computador e mostro a planilha na qual passei semanas trabalhando. Apesar do tempo que passei em redes sociais fazendo a apuração, fui madura e resisti à vontade de olhar as coisas de Three durante as férias. Ainda que eu tenha me perguntado várias vezes como deve ter sido o Natal na casa dele este ano, depois daquela história que ele contou sobre o primo Wells ter feito tanta pressão por ele ter perdido a comemoração do Dia de Ação de Graças. Mas não quis alimentar essa obsessão.

Em vez disso, me distraí pesquisando ideias novas para minhas matérias humanizadas e aproveitei o tempo com meus pais. Depois da discussão sobre eles terem me abandonado no feriado de Ação de Graças, eles se empenharam em me colocar no centro do mundo deles pelo resto das férias. Quando meu tempo ali estava chegando ao fim, eu já me sentia tão sufocada com o excesso de afeto paternal que comecei a ficar desesperada pelo dormitório vazio.

— Fiz planilhas separadas para cada fraternidade — continuo, enquanto mostro para Three os conteúdos da planilha — e organizei por nomes, com os arrobas e links de redes sociais, e quais contas privadas não aceitaram minha solicitação para seguir.

Three me encara, então completo rapidamente:

— Criei uma conta falsa, óbvio.

Ele relaxa.

— Destaquei os que parecem mais interessantes. Amarelo para os envolvidos em potencial, laranja para os envolvidos prováveis, vermelho para os que já saíram da faculdade.

— E esses em verde e vermelho? — Ele aponta para uma das células que contêm duas cores. Agora ele está no modo profissional, sem piadinhas. — Só tem alguns poucos desses.

— Saíram da faculdade e pode ser que aceitem falar conosco. E, se realmente houver ex-alunos envolvidos, ou se o tráfico estiver relacionado ao funcionamento das fraternidades, talvez esses caras saibam de alguma coisa.

Ele puxa meu computador para o centro da mesa, para ficar bem no meio entre nós dois.

— Você já tentou contato com algum?

— Não. Acho que você tem mais chances de conseguir alguma coisa.

— Sério? — Ele parece satisfeito. — Você está dizendo que eu sou um repórter melhor do que você?

Eu bufo, bato o joelho no dele. Mas fico chocada porque, em vez do choque da batida dos joelhos, sinto um arrepio que sobe até a barriga.

Isso é novidade.

Three continua ao meu lado, mas não consigo olhar para ele.

— Você é calouro e é novo na fraternidade — respondo depois de uma pausa longa demais, e com uma voz mais alta do que a pretendida. — Pensei que eles aceitariam falar com você por serem irmãos, sabe? Lealdade. Misoginia. Essas coisas leves.

Three solta o ar.

— Evans...

— Tenho muita coisa para fazer — digo, e pego meus fones. E não é porque quero abafar o som da voz dele, mas porque a música de Madison para a audição do musical está grudada na minha cabeça há dias, desde que ela decidiu que vai tentar, e preciso de alguma outra coisa que ocupe esse espaço no meu cérebro. Não tem nada a ver com Three. — Por que não tenta mandar uma mensagem para eles e me conta no que dá?

Sinto seu olhar no meu rosto quando ponho os fones no ouvido, mas o ignoro enquanto envio uma cópia da planilha para o e-mail dele. Não somos o tipo de dupla que tem uma pasta compartilhada. Eu sei que ele não publicaria a matéria sem mim a esta altura do campeonato, mas nenhum dos dois confiava no outro a ponto de compartilhar *alguma coisa* quando começamos a parceria.

E é isso que preciso manter em mente. Não confio em Three. Agora que já estamos no semestre de primavera, preciso me concentrar no que importa — ganhar a vaga na Vida no Campus e passar no curso de Jornalismo. O que quer que tenha acontecido entre mim e Three no semestre passado não pode me distrair. Ele é muito bom em joguinhos psicológicos, e eu estou perto demais de começar a esperar algo que não deveria.

E eu tenho Hayes, cuja identidade tenho 99% de certeza de ser a mesma de Lincoln. Alguém com quem sei que tenho uma chance razoável se nos conhecermos pessoalmente. Assim que acabarmos de escrever essa reportagem juntos, Three não vai ser mais ninguém para mim. Só um beijo delicioso, um guia de estudos e o equivalente a dez anos de dor de cabeça. Consigo superar.

Vou ter que conseguir.

20

No final da semana, fica claro que estou enrolando para conhecer Hayes. Trocamos mensagens umas duas vezes desde que voltei para a faculdade, mas não falamos sobre nada de verdade. Sendo justa, ele não me pressionou desde que falei que o *veria* na faculdade. Mas eu sei que nada mudou do lado dele. Ele quer me conhecer.

Sou eu que estou hesitando.

Para me distrair da minha covardia, tenho a festa de despedida de Angélica, a grande festa da equipe do *Torch*, agora que a perdemos para o *Columbus Dispatch*. Eu quase me esqueci dela, ocupada demais me preocupando com o encontro com Hayes, com o trabalho que ainda precisa ser feito para a reportagem dos Quatro Lixos e com minha matéria sobre uma autora, ex-aluna, que começou a escrever romances de mistério infantojuvenis para ajudar crianças a lidar com traumas depois de sua colega de quarto ter sido morta por um namorado abusivo — tudo isso com a música da audição de Madison tocando sem parar como trilha sonora dentro da minha cabeça. Mas Sabina me alcança na saída da redação para perguntar se quero uma carona, e é isso que me faz lembrar que temos planos.

Eu me sinto como se ela estivesse me contando um segredo, me deixando ver o carro dela por dentro — um carro de garota descolada, é claro, antigo e cheio de CDs que tocam no rádio ancestral. Tem um odorizador pendurado no retrovisor e o aroma no interior do veículo é de couro e tabaco.

A caminho do bar, ela me pergunta como está minha candidatura ao curso de Jornalismo e também sobre a carta de recomendação que estou tentando conseguir com o meu orientador.

— Estou muito impressionada com suas matérias ultimamente. — Ela olha para mim quando paramos no semáforo. — Sei que você se compara muito com Three, e ele é realmente um repórter muito bom, não vou mentir. Mas você também é. O trabalho dele pode até ser bombástico, mas acho que você tem uma coisa que ele não tem. Ainda, ao menos.

— É? O quê?

Não estou pescando elogios, quero saber de verdade. Todo mundo vive falando que Three é um ótimo repórter. Ele é endeusado por Mel e Christopher o tempo todo, mas Sabina tem se mantido bastante quieta em relação a nós dois. Ser reconhecida por ela, meu ídolo dentro do *Torch*, aumenta muito minha confiança.

— Essas pautas que você tem apresentado ultimamente, as matérias humanizadas — responde ela enquanto estaciona em uma vaga do lado de fora do bar. — Acho que estávamos precisando disso no *Torch*. Sempre fomos focados em notícias objetivas, diretas. Mas tenho notado que nem sempre as pessoas querem lidar com coisas pesadas demais. Elas querem matérias sobre o lado humano. Coisas boas. E você acertou na mosca. — Sabina sorri, bate com o punho fechado no peito. — Você tem alma.

Ainda estou curtindo o efeito dos elogios mais tarde, uma hora depois do início da festa. O bar está lotado, e nosso grupo ocupa uma mesa enorme no meio do salão. Sou a única que está totalmente sóbria e sentada na cadeira. Metade do grupo levanta toda hora para pegar mais bebida, e Angélica e Mel estão em pé ao lado da mesa, debruçando-se sobre uma pilha de nachos e competindo para ver quem come metade do prato antes.

Está divertido. Ou deveria estar, pelo menos. Foi isso que eu quis o ano todo, camaradagem com os meus colegas de equipe. Uma coisa meio galera. *Amigos.*

Mas há uma ausência notável na mesa. Uma ausência em que não consigo parar de pensar.

— Você sabe do Three? — finalmente crio coragem para perguntar quando Christopher volta para a mesa com mais uma cerveja.

Ele arqueia as sobrancelhas.

— Vocês não são, tipo, um combo agora?

Cerro os lábios.

Christopher ri e bebe um gole de sua bebida.

— Ele disse que não conseguiria vir. A fraternidade organizou um evento formal com ex-alunos. — O tom de voz deixa claro que ele acha isso ridículo. — E os pais dele estão aqui para passar o final de semana.

Bom, então é isso. Perfeito. Na verdade, isso é um bônus para mim. A equipe do *Torch* vai perceber que eu estou aqui, e que Three claramente tem outras prioridades. Como eles podem dar essa vaga a alguém que tem uma agenda lotada de eventos da fraternidade?

Ele nem é páreo para mim a esta altura. Sabina está certa, minhas matérias têm alma. Eu gosto de competir. E, não estando aqui hoje, Three só prova quanto ele não liga para me vencer. Na verdade, sequer tenho por que me preocupar com a ausência dele. Não preciso nem pensar nele, nada além da parte da nossa matéria pela qual ele ficou responsável e da necessidade de saber se já conseguiu contato com alguma das fontes em potencial. Temos uma relação profissional. Fora isso, não somos nada um para o outro.

Excelente. Pego meu celular.

É isso aí. Vou conhecer Hayes.

Definitivamente, é provável que eu vá conhecer Hayes.

Vou pelo menos abordar o assunto.

Agora.

Acho que agora.

Talvez…

Porra.

pomerene1765: vamos lá
pomerene1765: vamos nos conhecer

Escondo o celular embaixo de um guardanapo, sentindo o coração acelerado e o estômago dando um milhão de nós. Nós muito apertados. Nós de marinheiro. Provavelmente não vão se soltar nunca mais. *Parabéns, agora você vai ficar assim para sempre.*

Enfim crio coragem para olhar o celular, e uma mensagem me espera.

hayes6834: tem certeza?
hayes6834: não quero que faça isso se não quiser
pomerene1765: eu quero de verdade
pomerene1765: se você ainda quiser
hayes6834: eu quero. mas quero ter certeza de que você sabe que eu não estou esperando nada
pomerene1765: agora você vai tentar me convencer a desistir?
hayes6834: definitivamente não. mas preciso saber que você tá pronta. e se você se decepcionar quando descobrir quem eu sou?
pomerene1765: tenho quase certeza de que já sei quem você é

Pronto. Mandei. Não dá para voltar atrás.

hayes6834: estava torcendo por isso. porque também acho que você sabe.

Pego meu copo de água e bebo como se tivesse corrido um quilômetro. Ou uns dez. Meu coração está disparado como se eu tivesse corrido *cem*.

Engulo o pânico junto com a água.

pomerene1765: isso significa que você já sabe quem eu sou?

O silêncio se estende demais antes de ele responder.

hayes6834: sei

Fico aliviada por todo mundo estar distraído com a maratonacho e competindo para ver quem bebe mais, porque eu não saberia disfarçar se alguém olhasse para mim agora. Queria não ter bebido toda a água, porque parece que engoli areia e não tem nada para ajudar a descer.

Encaro meu celular enquanto novas mensagens aparecem.

hayes6834: não surta
hayes6834: você tá surtando já, não é?
hayes6834: acho que a gente tem que ter essa conversa pessoalmente
pomerene1765: não tô surtando

Estou surtando, surtando muito. Desde quando ele sabe? Por que não tentou me ver desde que eu voltei? Se ele gosta de mim, se sabe que eu sou Pomerene, por que não veio me procurar?

Será que ele tem tanto medo quanto eu de sair do anonimato?

pomerene1765: tô só me perguntando quando eu me entreguei
hayes6834: você conta primeiro
pomerene1765: nossa, você odeia mesmo perder, não é?
hayes6834: ah foi isso que me entregou?
pomerene1765: não. foi o torneio de queimada.
hayes6834: ??
pomerene1765: você falou que estava no torneio de queimada no final de semana antes das provas, lembra? e eu disse que também estava
hayes6834: não, eu sei, mas não sabia que você tinha me visto lá.
pomerene1765: quê??
hayes6834: não sabia que você tinha ME visto lá. que você sabia que eu estava lá.

Tenho uma sensação esquisita, de repente tudo fica fora do lugar.

Um silêncio longo se instala, enquanto meus pensamentos se atropelam. É evidente que não estamos nos entendendo. Ou Lincoln acha que outra pessoa é Pomerene, ou…

Meu estômago revira. E meu pânico é a única coisa que explica o que decido falar em seguida.

pomerene1765: você não é o lincoln?

A resposta é imediata.

hayes6834: você só pode estar me zoando, evans

Levanto tão rápido que acabo chamando a atenção do resto da equipe do *Torch* e de mais gente em volta. Fico vermelha ao perceber que todo mundo está me observando e quase derrubo o celular.

E me pergunto se não deveria *mesmo* derrubar o celular. Deixar perdido no chão grudento do bar, para nunca mais achar.

— Foi mal — digo com a voz sufocada, antes de me sentar novamente. — Eu... Eu estou...

— Que foi? — Sabina grita por cima da cabeça de Angélica. — Está entediada? Quer uma cerveja?

— Alguém deixa um gravador pronto — brinca Aaron. — Estamos prestes a presenciar uma exclusiva de uma editora-chefe permitindo que uma menor de idade beba.

Sabina ri e o ignora.

— Estou bem. — Tusso contra meu punho. — Só...

— Quer uma água? — pergunta Mel, apontando para o bar. — Eu pego para você. Já volto.

Começam a gritar pedidos para Mel, que tenta ignorar, e de repente todo mundo está berrando. Quero muito fugir, mas não posso sumir quando a pessoa que vai encabeçar a coluna da Vida no Campus daqui para a frente está indo buscar uma bebida para mim. Mesmo que seja só uma água. Preciso me despedir, no mínimo.

Vou esperar. Não deve demorar tanto assim para pegar uma bebida.

Mas cinco minutos se passam. E aí oito. E aí dez.

Estico o pescoço, procurando por Mel no bar lotado, mas nem sinal no meio da multidão.

E agora estou passando mal de verdade.

Ok, chega, penso, me levantando de novo.

— Ei, acho que vou embora — grito por cima do barulho. — Tenho que fazer um… uma… opa…

Perco o fio da meada e arregalo os olhos ao ver Three passando pela porta e caminhando em direção à mesa. As bochechas e o nariz dele estão rosados de frio e ele está descabelado por causa do vento. Está de terno por baixo de um sobretudo de lã que nunca o vi usando, a gravata está frouxa e torta, e o botão de cima da camisa está aberto. Respira ofegante, como se tivesse corrido até aqui. E olha diretamente para mim, como se eu fosse a única pessoa no bar inteiro.

Ele para ao lado da mesa e, ignorando todo mundo, engole o ar para recuperar o fôlego.

— Quem é Lincoln, porra?

21

Não tenho mais como negar. Nem para onde fugir. Ninguém mais no campus inteiro me chamaria pelo meu sobrenome. Não tenho como escapar.

Todos os caminhos levam a Three.

Eu estava muito, muito errada. É o único pensamento coerente que consigo formar enquanto o encaro de volta.

As mãos dele tremem, e a expressão no rosto fica mais branda. Uma linha se forma entre as sobrancelhas.

Sinto que todos os outros estão olhando para nós.

Não sei o que fazer ou o que dizer. Não sei nem se eu conseguiria falar alguma coisa, se quisesse.

Mas eu *não* quero. Há pensamentos demais passando pela minha cabeça ao mesmo tempo, não vou conseguir deixar um único que seja sair de um jeito razoável. Não sei qual vai escapar primeiro. Então, penduro a mochila no ombro e me viro, dando a volta mais longa para contornar a mesa sem ter que passar por ele.

Acho que ele não vai me alcançar se eu andar rápido o bastante. Dá para despistá-lo na multidão.

— Você está me zoando? — Sinto o calor dele nas minhas costas antes de as palavras chegarem ao meu ouvido. — Vai me obrigar a correr atrás de você?

— Não vou obrigar você a fazer nada. — Fico espantada com o peso da minha voz, como se alguém tivesse jogado uma bigorna no meu peito.

— Wyn.

Não sei se é o tom de alerta na voz dele ou o fato de me chamar pelo primeiro nome, mas me viro para encará-lo no momento em que saio e sinto o frio do lado de fora.

— O quê? O que você quer? — Recuo alguns passos, me afastando do grupo de pessoas lá fora. — Meu Deus, você está brincando comigo? Esse é seu último grande...?

— Não! *Não.* Eu não estou brincando com você. — Ele anda lentamente na minha direção, como se tivesse medo de me ver fugir. Sua voz ganha uma nota suave. — Cadê seu casaco? Você está congelando.

— Deixei no carro da Sabina.

Ele suspira, tira o próprio casaco.

— Não... — O protesto sai entre dentes enquanto ele coloca o casaco sobre meus ombros.

Fica ali pendurado, pesado e quente, implorando para eu me aconchegar. Mas as mangas ficariam justas se eu tentasse encaixar os braços nelas. Talvez ficaria até pequeno. Sem dúvida, não abotoaria.

Incrível como um pensamento ruim consegue se multiplicar. Como se fosse bolor se espalhando em uma fatia de pão. Não demora nada... nadinha. O modo como "gorda", uma só palavra, um adjetivo, que nem representa algo ruim — e não é, não *mesmo* —, de repente soa... tão nojento. *Vergonhoso.*

Olho de novo na direção do bar. O grupo de pessoas do lado de fora finge não estar nos assistindo, e é a sensação dos olhares em mim que arde de verdade. Ela começa atrás dos meus próprios olhos — o pior lugar possível. O que estão pensando enquanto olham para nós? Que julgamentos estão fazendo de mim?

Engulo as lágrimas, sabendo que nunca vou me recuperar se chorar agora, ainda mais na frente de Three. Já o deixei ver muito de mim, não vou permitir que veja isso também.

Ele está me olhando com tanta intensidade, tão perto, que tenho que desviar o olhar enquanto tento silenciar meus sentimentos ruins. Ele nunca deixa de reforçar quanto sou transparente e incapaz de esconder o que sinto; não quero que seja capaz de ler meu rosto.

Enquanto me recomponho, Three apoia uma das mãos nas minhas costas e me guia até a calçada. Um SUV branco está estacionado em fila dupla com o pisca-alerta ligado, e percebo que é para lá que ele está me levando.

Cravo os pés no chão.

— Não.

— Me dá cinco minutos.

Viro de repente para encará-lo, e ele segura o casaco prestes a cair. Quando agarra as lapelas com as duas mãos, ele bloqueia todas as minhas possibilidades de fuga.

— Acho que já te dei o suficiente. — Minha voz sai áspera e fria, como se todos os sentimentos ruins tivessem transbordado de mim e formado estalactites. — Não te devo nem *trinta segundos* do meu tempo.

Um músculo se contrai em sua mandíbula.

— Não estou dizendo que você me deve nada. Estou fazendo um pedido.

— Você não pediu.

Ele abaixa a cabeça e suspira. As mãos dele continuam segurando o casaco, me mantendo no lugar.

Alguém buzina. Vejo um policial parado atrás do SUV quando fito para além de Three, que olha para o policial e para mim com uma expressão meio aflita, agitada.

— Por favor. Você me daria cinco minutos?

Não sei se é o olhar dele, ou o jeito como pede "Por favor", ou se tem uma parte minúscula, ridícula de mim que quer saber o que está acontecendo.

— Cinco minutos — respondo, puxando o casaco das mãos dele. — Você pode me levar para casa.

Tento não notar o alívio em seu rosto quando ele abre a porta do carro para mim. É tão gentil que me dá vontade de gritar.

Não consigo encaixar esses modos em sua atitude habitual de arrogância.

Ainda está quente dentro do SUV. Ele está se ajeitando no banco do motorista quando me dou conta de onde surgiu este carro.

— Seus pais estão aqui.

Ele olha para mim conforme começa a dirigir entre o tráfego de carros.

— Estão.

— Este carro é deles.

— Não quero gastar meus cinco minutos falando dos meus pais.

— Onde eles acham que você está neste momento?

— Wyn.

— Eu não estou nem aí sobre o que você quer falar. Os cinco minutos são meus. Vamos falar sobre o que eu quiser.

Three contrai a mandíbula.

— Eles não sabem onde eu estou.

— E não se importam com isso. Até te emprestaram o carro.

— Não, quando eles perceberem que fugi *e* peguei o carro deles, não acho que vão ficar de boa.

— Então estamos dentro de um carro roubado. Reconfortante.

— Peguei emprestado... — Ele para de falar, solta o ar com um suspiro frustrado. Mexe e afrouxa a gravata com uma das mãos até conseguir tirá-la pela cabeça e a joga no banco de trás. Queria não estar vendo isso. — Não quero falar sobre meus pais nem sobre o que me espera quando eu voltar. Nada disso importa. Quero falar sobre nós.

Deixo escapar uma risada rouca.

— *Nós?* Não existe nós.

As mãos dele apertam o volante com mais força, e percebo as articulações de seus dedos mais brancas sob a luz das lâmpadas nos postes.

— Não acredito que você achou... Achou *o quê*? Que eu ficaria feliz? — questiono.

— Achei que eu teria mais tempo para preparar o terreno.

— Preparar o terreno. — Viro a cabeça na direção dele. — Desde quando você sabe que sou eu?

O pomo de adão sobe e desce em sua garganta. Ele leva a mão ao colarinho, abre mais um botão.

— Faz algum tempo.

— Seja mais preciso.

Ele solta um suspiro pesado.

— Desde aquela noite dos cookies.

Eu o encaro enquanto faço as contas. Aquilo foi antes do feriado de Ação de Graças. O que significa que ele já sabia quando ficou na casa dos meus pais, quando invadimos a Sigma Rho, quando ele me seguiu até o andar de cima da festa da fraternidade e quando nos beijamos. Ele sabia durante as férias inteiras de inverno. Quando me perguntou o que eu tinha feito no feriado de Ação de Graças. Quando perguntou sobre as minhas notas. Quando sugeriu que nos encontrássemos, várias e várias vezes. Ele sempre soube.

— Você estava me manipulando. Fazendo todas aquelas perguntas... sobre meu feriado de Ação de Graças e se eu gostava de alguém. Que... que *porra*, Three!

— Não era isso que eu estava fazendo...

— Era sim! — Minha voz sai mais alta e ríspida. — Você estava jogando verde comigo. Foi criando toda uma situação para... para *quê*? Para ter vantagem sobre mim? Para descobrir o que sinto por você?

— Não era por isso. Eu estava tentando fazer com que *você* pensasse *em mim*. Somar um mais um. — Ele vira uma esquina, e não consigo ver sua expressão entre um poste de iluminação e outro. — Para você perceber que não tinha muita diferença entre mim e Hayes. Eu não sabia que havia outra pessoa. Pensei que você... pensei que *a gente*... — Ele desiste de terminar a frase e balança a cabeça em negação.

Não havia, quase digo. Só havia Hayes e, se houvesse mais alguém, seria Three — não Lincoln. Ele era o único que me fazia hesitar. Mas não posso entregar isso para ele de bandeja.

Estou me sentindo gelada, o casaco que peguei emprestado não resolve. É um frio que vem de dentro, como se meu sangue tivesse virado gelo. Os arrepios se sucedem e começo a bater os dentes.

— Eu te contei coisas. — Minha voz falha com o esforço necessário para não chorar na frente dele. — Contei coisas que nem em um milhão de anos teria contado se soubesse que estava conversando com você.

— Por quê? — Ele estaciona junto ao meio-fio na frente do meu prédio e se vira para mim. A expressão dele é de dor. — Qual diferença faz agora que sabe que sou eu?

— Porque eu não confio em você!

Ele abre a boca, depois para e solta o ar lentamente.

— Sei que não te dei nenhum motivo para confiar, então talvez eu mereça isso mesmo. Mas doeu.

Ele massageia o peito e recosta a cabeça no banco.

— Você também não tem o direito de fazer isso. Não tem o direito de fazer eu me sentir mal sobre isso. Você mentiu para mim — sussurro.

— Eu não...

— Não vou ficar aqui sentada te explicando como isso tudo configura uma mentira!

Ele fecha a boca, morde o lábio inferior com força. Nossos cinco minutos acabaram. Já acabaram *faz tempo*. Acompanhei a passagem de cada minuto no relógio.

Preciso ir.

— Por que você não me contou? — pergunto em vez de ir embora, prolongando a tortura. — Quando descobriu. Por que não disse que era você? Foi por isso que você sumiu por uns dois dias, não é? Eu lembro... depois da história dos cookies. Lembro que Hayes... que você não respondeu durante um tempo. Estava planejando sumir, não estava?

— Eu não estava planejando nada. Estava pensando — responde baixo.

— Pensando em como poderia usar isso contra mim?

— Sinceramente, isso nunca nem passou pela minha cabeça.

— E por que eu deveria acreditar nisso? Você é claramente um mentiroso profissional.

— Eu fiquei preocupado! — Ele solta a cabeça contra o encosto e suspira, frustrado. — Você falou várias coisas naquela noite no seu quarto e fiquei preocupado com você. E com quem você poderia conversar se não tivesse Hayes. — Ele passa a mão no rosto e resmunga um palavrão.

Eu o encaro. A ficha cai.

— Por que eu falei que não tenho amigos?

Three abaixa a mão e olha para mim, e sua expressão fica mais suave. Odeio perceber a nota de pena. Odeio que ele possa me ver dessa maneira.

— Você ficou preocupado com não ter ninguém que conversaria comigo, porque Hayes era meu único amigo. — Solto uma risadinha incrédula. — Uau. Incrível, Three.

Sinto o olhar dele me seguindo enquanto abaixo para pegar a mochila.

— Você não vai embora assim — diz ele, mas não como uma ordem nem como uma pergunta. É outra coisa completamente diferente: um apelo.

Solto o cinto de segurança e me viro para ele, tentando alcançar a trava da porta às minhas costas.

— Naquela época, perder Hayes teria sido uma merda, mas eu teria me recuperado. Teria seguido em frente. Em vez disso, você me deu tudo de que eu precisava até que eu não conseguisse sair desta situação sem me machucar. — Abro a porta e saio do carro, deixando o casaco dele sobre o banco. Olho para trás para dizer uma última coisa: — Para mim chega. Você ganhou.

— Ganhei o quê?

Bato a porta e passo pela frente do SUV. Three desce do carro atrás de mim.

— O que é que eu ganhei? — pergunta de novo, me seguindo pela rua.

— Isto! — Eu me viro de frente para ele, gesticulando para apontar o espaço entre nós. — Isto aqui... o que quer que seja. Não tenho como brigar com você agora!

Ele adota uma expressão ainda mais confusa.

— Eu não estou tentando arrumar uma briga com você. Estou tentando falar que gosto de você. Não sei o que você acha que estou ganhando, já que não tem como eu ter ganhado alguma coisa considerando que você está se afastando de mim.

Algo preenche meu peito. Algo com o qual não tenho a menor ideia do que fazer. Eu gostava de Hayes. Tanto que achei que isso significava que eu gostava de Lincoln. E obviamente sinto atração por Three. Mas eu gosto dele? Sou *capaz* de gostar dele depois de tudo o que aconteceu?

Ao meu silêncio, Three acrescenta:

— Não era assim que eu queria que as coisas acontecessem. Queria… tipo, para começar, eu não queria nem estar tendo essa conversa no meio da rua.

— Claro que não. Você queria seu ambiente perfeitamente controlado, para ter vantagem — retruco com desdém.

Ele já está balançando a cabeça antes de eu acabar a frase.

— Eu só queria a melhor chance que eu pudesse ter.

— Para quê?

— Por *você*! Uma chance com *você*.

Preciso de um momento para absorver a informação. Iluminado pelos postes de luz e pelo brilho dos faróis, ele está descabelado pelo vento, corado de frio e tenso com a frustração. O terno está desalinhado — colarinho aberto, camisa meio para fora da calça. Enquanto tenho que recorrer a toda minha força para não bater os dentes, ele nem se encolhe diante do vento gelado de janeiro soprando pela rua. Aposto que está pegando fogo, de tão quente. Ele parece um filme. Um sonho.

Começo a tremer, não sei se de nervosismo ou se o frio conseguiu atravessar todas as camadas do meu corpo. Minha voz estremece quando finalmente digo:

— Não consigo fazer isso agora. E não vou dizer que sinto muito por ir embora, porque eu não sinto. Você… *meu Deus*, eu estou furiosa com você.

Ele me observa. Bem quando espero a máscara do Three cheio de compostura aparecer, os cantos de sua boca se curvam para baixo, o olhar perde a força, e ele parece… triste.

— Não me olha assim.

Ele levanta as mãos, balança a cabeça e se afasta.

— Tudo bem. — Para ao lado do SUV. — Será que dá para você entrar? Para eu poder ir embora e *não* te ver em outros lugares?

Ouço a raiva na voz dele, o que desperta algo em meu peito.

— Você não tem o direito de ficar bravo! Você não tem o direito de parecer *irritado* comigo. Foi você quem fez isso! A culpa é sua!

— É, eu sei! — Ele se apoia na porta, passa a mão no rosto. — Eu sei.

Há um tom de derrota na voz dele. Deveria fazer eu me sentir melhor, já que estou vencendo pelo menos uma vez. Não é ele quem está controlando a situação.

Mas não me sinto bem. Estou me sentindo pior do que se tivesse perdido.

Giro para ir embora, cruzando os braços para tentar esquentar o corpo enquanto caminho em direção à porta do meu prédio. Reviro a mochila procurando o cartão de acesso, com os dedos duros e doloridos de frio.

Quando finalmente entro e olho para trás, Three continua no lugar exato em que o deixei, esperando com a cabeça inclinada para trás, mas com o olhar fixo em mim, tão quente que quase derrete minhas camadas de gelo.

Quando entro no meu quarto, tiro imediatamente as roupas geladas e visto o roupão felpudo. Ouço Madison no outro quarto, ensaiando a música da audição pela milésima vez. No banheiro, fico embaixo da água quente até me sentir aquecida de novo, enquanto ouço sua voz alta e aguda. Canta exatamente como se espera ao olhar para ela: como uma princesa das fadas.

— Wyn? — Dara bate à porta do banheiro durante um intervalo no ensaio de Madison. — Você chegou agora?

Desligo o chuveiro.

— Aham. — Minha voz sai fraca, exausta de brigar. — Só um segundo.

Já me sequei e vesti o roupão quando abro a porta, deixando o vapor escapar.

Dara balança a mão para dissipar a névoa e arregala os olhos ao ver meu rosto.

— O que aconteceu?

Madison aparece atrás dela, boquiaberta e preocupada.

— Você está bem?

— Conheci o Hayes.

Elas me seguem até meu quarto, onde me sento na cama. Há uma corrente de ar no quarto, então puxo os cobertores sobre os ombros e me encolho embaixo deles. Meu cabelo molhado começa a ficar gelado.

— E você não parece estar feliz por isso — conclui Dara. — O que aconteceu? Por favor, não me diga que ele é otário.

— Ele não é só otário. Ele é *o* otário.

Dara e Madison trocam olhares confusos. Então Dara abre a boca, levanta a mão para cobri-la e abafa um grito.

— Não!

A cabeça de Madison vira de mim para Dara.

— O quê? O que aconteceu?

Dara abaixa a mão e continua de boca aberta.

— O Hayes é... o Three?

Bato palma devagar embaixo das cobertas.

— *Tá-dá* — digo em um tom fúnebre.

— Three, o cara que você odeia? — pergunta Madison.

— Ela não o odeia. — Dara olha para mim com cara de quem sabe o que está dizendo. — Você não o odeia. — O que quer que ela tenha visto no meu rosto, foi um choque. — Wyn! Você o *beijou*!

— Calma, beijou? — A atenção de Madison agora é toda minha. Ela parece estar um pouco escandalizada, mas também parece estar se divertindo.

— Não entendo como isso pode ser ruim — continua Dara. — É evidente que você está a fim dele. Fala dele o tempo todo, então sei que ele não sai da sua cabeça e não acho que seja só por causa desse joguinho entre vocês.

— Nosso joguinho. — Minha boca se contorce em um sorriso falso. — Pois é, e ele brincou muito comigo, não é?

Dara franze a testa.

— Como assim?

— Ele sabia que era eu. Soube por muito tempo, desde antes do feriado de Ação de Graças.

— Ah.

— É.

Madison hesita.

— Talvez ele tenha ficado com medo de contar.

Minha risada é contida, abafada.

— Three não fica com medo. Não sei por que ele esperou tanto, mas suspeito que tenha sido para levar vantagem, como sempre. Ele teve todo esse tempo para entender o que sente por mim, e eu só tenho cinco minutos dentro de um carro para decidir se confio nele.

Passo as mãos no rosto e na cabeça, ajeitando o cabelo para trás.

— E o que ele sente por você? — pergunta Dara.

— Diz ele que gosta de mim! — A resposta escapa da minha boca de modo esganiçado, quase um choramingo. — Não acredito que ele fez isso. Eu nem precisava que Hayes fosse nada disso. Só... só queria um amigo. — Escondo o rosto com as mãos. — Só fiz *um* amigo na faculdade, e ele deu um jeito de estragar até isso.

No silêncio que se segue, só escuto minha respiração. Levo uns instantes para perceber que tem algo errado.

— Só um amigo? — indaga Dara.

Levanto a cabeça, com a testa franzida.

— Hã?

— Você só fez um amigo na faculdade? — Ela olha para Madison, depois para mim. — E nós?

— Bom... eu... — Olho para as duas. Uma dor de cabeça começa a ganhar força atrás dos meus olhos. — Vocês têm as coisas de vocês. Suas próprias amigas. Sabe?

A expressão de Dara perde a intensidade anterior, mas não é resultado de compreensão... é incredulidade.

— Sério mesmo?

— É claro que nós somos, tipo, amigas, mas vocês são... vocês são minhas colegas de quarto. É meio... Vocês não pensam em mim como se eu fosse... É porque eu estou aqui, sabe? Não é como se... tipo... fizéssemos todas as refeições juntas ou saíssemos sempre, sério. Até fazemos isso tudo às vezes, mas...

— Pensei que isso fosse coisa de amigas — diz Madison em voz baixa.

Dara bufa.

— Uau.

— Calma, eu não estou fazendo muito sentido.

— Não, está sim. — Dara passa na frente de Madison, como se tivesse que... protegê-la de mim. — Entendi. Somos boas o suficiente para ouvir sobre os seus problemas e correr para ajudar quando você precisa. Mas como você não é o centro do nosso universo, não podemos ser suas amigas.

— Não foi isso que eu quis dizer.

— Temos o direito de ter vida própria e outras amigas, Wyn. E podemos fazer tudo isso e ainda sermos *suas* amigas. Não só suas colegas de quarto. — Ela solta um suspiro profundo. — Talvez o motivo para achar que só fez *um amigo* na faculdade tenha a ver com o fato de *você* não ser uma boa amiga.

Ela se vira para ir embora e atravessa depressa o banheiro para o quarto dela. Fico parada onde estou, olhando atordoada para suas costas.

Madison pigarreia de leve.

— Acho que devemos conversar sobre isso em algum momento. Mas... bom, eu estou bem magoada agora. Então também vou embora.

— Madison...

Ela levanta as duas mãos e sorri para mim de um jeito duro, sem emoção. Depois se vira e vai embora também, fechando a porta do banheiro.

Me escoro na parede, abalada. O medo se instala em meu peito e todo calor que recuperei com o banho fervendo evapora quando o frio me envolve novamente.

Olho para a escrivaninha, sobre a qual deixei meu celular, mas me contenho antes de fazer qualquer movimento para pegá-lo. Meu primeiro instinto é mandar uma mensagem para Hayes, mas agora ele se foi.

Não tenho ninguém com quem conversar. É como se fosse o semestre passado de novo. Aqueles primeiros meses de solidão pura, total e penetrante. Tudo de volta mais forte do que nunca.

E a culpa é toda minha.

22

— Wynnie? O que aconteceu?

Estou encolhida na cama, com o celular grudado no ouvido e coberta com o travesseiro, bloqueando qualquer som do mundo exterior. Se Dara e Madison estiverem em casa, eu não quero saber.

Passei a manhã toda assim, revendo mentalmente tudo o que aconteceu ontem, como se estivesse assistindo a uma reprise da merda toda. Remoendo os rostos de Dara e Madison quando elas saíram do meu quarto. Tentando não pensar em Three e em quanto eu queria poder conversar com Hayes. Com qualquer pessoa, na verdade.

Não tenho nem vergonha de dizer que quase chorei de alívio quando o celular tocou e atendi a ligação da minha mãe.

— Não aconteceu nada — digo. — Só falei "Oi". Por que você acha que aconteceu alguma coisa?

Acho que ela sentiu a mentira, mas não insistiu. Ela é boa nisso. Minha família é boa em *sentir seus sentimentos*. Por isso nós três choramos abertamente depois da nossa briga durante as férias de inverno. Na verdade, não é nem justo chamar de briga — no fim, ninguém gritou, exceto eu. Eles queriam ir assistir a uma sessão da maratona de *A história sem fim* no cinema independente da cidade, e eu falei:

— Eu *acabei* de superar a morte do Artax, faz, tipo, duas semanas. Vocês querem mesmo cutucar essa ferida?

— Você não precisa ir. Podemos ir de casal — disse minha mãe, rindo.

Eu até poderia ter deixado para lá, mas minha frustração acumulada ferveu e acabou transbordando.

— Não tenho dúvida de que vocês preferem assim.

É o tipo de coisa que você diz quando quer começar uma briga, mas eu não sabia que queria brigar até aquele momento. Ver a expressão chocada dos meus pais assim que as palavras saíram da minha boca foi gratificante.

O que aconteceu em seguida foi exatamente o que Hayes... o que *Three* disse. Um festival de queixas. Contei que a vida toda me senti colocada em segundo plano e que o feriado de Ação de Graças só confirmou isso.

No fim, ambos se desculparam, o que eu sabia que eles fariam. Mas isso não resolveu todos os problemas. Só os deixou cientes do problema. O que explica minha mãe estar me ligando — uma simples manifestação para me lembrar de que ela me ama, não uma ligação porque ela sentiu minha tristeza a 130 quilômetros de distância.

— Bom, se você não estiver ocupada, queríamos conversar com você sobre uma coisa importante. Vou colocar no viva-voz.

— Oi, Wynnie — cumprimenta meu pai.

— Oi, pai. Hum, não estou ocupada, não.

E provavelmente não vou estar por um bom tempo, já que minhas amigas me odeiam e estou pensando em mandar uma mensagem para Sabina dizendo que estou doente e não consigo ir para a redação na segunda-feira. Não consigo lidar com Three ainda. Não quero lidar nem comigo mesma.

Minha mãe faz uma pausa antes de dizer:

— Bom, seu pai e eu conversamos e decidimos que não vamos participar da Feira Renascentista este ano.

Meu travesseiro voa para longe da cama quando me sento bruscamente.

— *Como assim?*

— Estávamos pensando sobre o que você falou quando veio para casa, sobre como fizemos você se sentir — explica meu pai. — E sei que você disse que nos perdoa pelo Dia de Ação de Graças...

— Eu *perdoo*.

Minha mãe intervém.

— O ponto é que não queremos que você se sinta em segundo plano em nossa vida. E aí, em vez de ir trabalhar na Feira Renascentista, pensamos em tirar uma folga este ano para estarmos mais presentes para você.

— Mas... mas a feira é só no outono. Eu vou estar em aula.

— Mas, se precisar ligar ou quiser voltar para casa, não estaremos ocupados nos fins de semana. Estaremos aqui para você.

— *Não.* Olha, eu agradeço muito, de verdade... — Paro, sinto um nó se formar na garganta. Entendo o que eles estão fazendo. Essa é a obsessão que toma a maior parte do tempo de meus pais e é o maior sacrifício ao alcance deles. É um gesto muito grandioso, mas não posso aceitar... sei quanto ficam felizes com a feira. Quando o nó na garganta afrouxa, digo: — Não quero que vocês desistam da Feira Renascentista. Mas talvez a gente possa fazer algo no verão. Tipo... tirar férias de verdade? — E acrescento rápido: — E eu não estou falando da Comic-Con de San Diego.

Minha mãe ri.

— Que tal irmos para a Flórida?

— Ou para o Maine. Algum lugar que não tenha o clima de um sovaco no verão — sugere meu pai.

— Podemos fazer outra coisa, também. Sei lá, uma aula de cerâmica no centro comunitário? Você sempre quis aprender cerâmica — acrescenta minha mãe.

— Acho que vou ser um fracasso em cerâmica. Não sou muito boa com as mãos — comento. Não tenho nenhuma habilidade artística de maneira geral.

— Mas seria divertido mesmo assim, não é? — diz minha mãe, esperançosa.

Meus olhos ficam cheios de lágrimas.

— É. Acho que seria legal. — Minha voz falha, e enxugo os olhos com a ponta do cobertor. — E eu... eu agradeço muito por considerarem a possibilidade de abrir mão da feira por mim. Mas não quero que deixem de fazer algo que vocês amam tanto, nem que sintam que deveriam fazer alguma coisa desse tamanho por minha causa.

— Wynnie, nós *queríamos*. Não por sua causa, mas por nossa causa — diz meu pai. — Sim, nós amamos a feira, mas não tem nada no mundo que amemos mais do que você. Se pudermos cortar algo das nossas vidas para ter mais tempo para você, é claro que vamos querer fazer isso. Sinceramente, temos muita sorte por termos uma filha adolescente que quer sair com a gente.

Eu choramingo.

— Passear no verão parece uma ideia divertida.

Acho que meu pai está meio engasgado ao concordar, e minha mãe suspira aliviada.

— Ei, queria perguntar uma coisa. — Eu me viro de lado na cama e pego o travesseiro, me enrolo novamente no cobertor e o coloco sobre a cabeça. — O que vocês acham de eu falar com um terapeuta?

— Você está precisando conversar com alguém? — pergunta minha mãe.

— Mais ou menos.

— Somos uma família com uma atitude positiva em relação a saúde mental — afirma meu pai. — Você sempre pode conversar conosco... sobre qualquer coisa que esteja passando, ok? Mas se quiser conversar com outra pessoa, se vai te deixar mais confortável, podemos arranjar isso também.

— Acho que temos uns serviços de saúde mental no plano de saúde — comenta minha mãe, distraída, e ouço um ruído que me faz pensar que ela está revirando a mochila.

Dou uma risadinha chorosa, limpando o nariz com a manga do roupão.

— Temos terapeutas no campus. Eu só... fico me perguntando se deveria ir.

Não percebi que estava considerando essa ideia até perguntar, mas acho que isso está guardado em algum canto da minha mente há algum tempo. Ainda mais agora, depois de tudo o que aconteceu. Posso estar em um bom momento com meus pais, mas o cenário do resto da minha vida lembra uma cena atingida por um tornado. Preciso de ajuda.

— Se a terapia pode te ajudar a se sentir na sua melhor versão, não tem por que não tentar — encoraja minha mãe.

A sala de espera está silenciosa e surpreendentemente vazia. Só tem mais um aluno sentado em uma das cadeiras.

Isso explica por que foi tão fácil marcar uma consulta.

Reservei o fim de semana para a depressão. Peguei comida para viagem no refeitório em horários aleatórios para não correr o risco de encontrar alguém. Mandei uma mensagem para Sabina dizendo que não estava me sentindo bem e que ficaria ausente da redação por uns dias. Não sei se ela acreditou, depois do que todo mundo presenciou no bar na sexta à noite, mas não viu nenhum problema. Sozinha no meu quarto, mergulhei em novas pautas para o *Torch*, buscando alma e esperança. Mas, acima de tudo, tentei não pensar em Three, na nossa pauta dos Quatro Lixos e em como posso perder meu lugar nela agora que as coisas desmoronaram entre nós.

Então, na segunda-feira de manhã, marquei um horário na clínica para aquela tarde. E foi assim que vim parar aqui, nesta sala de espera quase vazia.

Não sei por onde começar. Se começo pelos meus pais e pelo que eu realmente espero deles no verão. Pelas minhas amigas, por como as machuquei tanto e por quê. Ou por Three e todos os meus sentimentos conturbados e caóticos por ele.

A porta se abre com um rangido e escuto:

— Éowyn Evans.

Eu me encolho ao ouvir meu nome. E então percebo uma coisa.

Talvez eu deva começar por *mim*. Não pelas situações em que estou, mas por como me sinto em relação a mim mesma. Mais do que como me vejo no espelho, mas como me vejo lá no fundo — minhas partes mais sombrias e incômodas, e como essas partes se espalharam de algum jeito por todas as coisas boas que conquistei desde que cheguei aqui.

Respiro fundo.

— Sou eu — respondo, já me levantando. — Eu sou a Éowyn.

Se fosse em um filme, a cena da terapia teria resolvido todos os meus problemas. Eu saberia exatamente como lidar com minhas amigas e o que dizer para Three. Porém, pelo que parece, não saí da sessão me sentindo uma nova pessoa. E mesmo sabendo que *preciso* resolver as coisas, ninguém vai me dar um manual que ensina a fazer isso.

Aparentemente, seus problemas não se resolvem em um passe de mágica depois de uma sessão.

Por isso, marquei mais uma. Não porque eu queira uma solução mágica, mas porque foi legal poder conversar com alguém. Falar em voz alta me ajudou a organizar a cabeça. E quero tentar fazer o que a minha mãe disse: ser minha melhor versão.

Falar sobre tudo que rolou nos últimos dias me fez perceber que preciso resolver as coisas com Dara e Madison antes de mais nada. E talvez eu não tenha um manual que ensine a resolver isso, mas agora sei que as conheço bem. Sei o que é importante para elas. E sei como demonstrar que as amo.

Quando Dara abre as portas de vidro do saguão do auditório, ela não parece estar muito feliz. Mas ela *veio*, o que já é alguma coisa. Quer dizer que ela leu minha mensagem, mesmo que não tenha respondido. Está me dando uma chance.

Ela para logo na entrada, olhando diretamente para mim.

— Você trouxe flores?

Abaixo a cabeça e olho para o pequeno buquê nas minhas mãos.

— Será que exagerei?

— Talvez. — Ela se senta ao meu lado, deixando um bom espaço entre nós. — Mas é legal.

Um instante de silêncio se prolonga. Meu estômago se contorce em nós de nervoso. Nos quadrinhos e livros de romance, sempre rola um grande gesto. Aparecer na audição de Madison me soa como um. Quando tentei pensar em como resolver as coisas com as minhas amigas, no entanto, não consegui imaginar nada para Dara. Nada que chegue à altura das desculpas que lhe devo — que devo *às duas*.

— Estava torcendo para a gente poder conversar depois disso. — Eu me inclino na direção dela, olhando diretamente para seu rosto. — Mas talvez a gente possa sentar juntas lá dentro antes? Pela Madison?

Uma pequena brecha se abre na máscara de ferro de Dara.

— Acho que, por mim, tudo bem.

As audições são abertas ao público, mas não foi nenhuma surpresa entrar no teatro e descobrir que todos os assentos estão vazios, exceto pelos dos jurados e de outros concorrentes. Cabeças se viram em nossa direção. O rabo de cavalo de Madison chicoteia conforme ela se vira para olhar duas vezes, arregalando os olhos.

Dou um tchauzinho enquanto eu e Dara nos sentamos na última fileira.

Madison enrubesce e fico preocupada quando penso que esta pode ter sido uma péssima ideia. Talvez eu devesse ter falado com ela antes em vez de forçar a barra e invadir seu espaço.

Mas então ela dá um sorrisinho, e o aperto no meu peito alivia.

Olho para Dara e digo:

— Quero muito ser uma amiga melhor para vocês. Muito melhor do que fui até aqui.

Dara funga, olha para longe.

— Eu não queria falar nada daquilo naquele dia.

— Mas acho que você estava certa. Eu estava sendo egoísta. Estou muito feliz por você ter vindo hoje.

Dara dá de ombros, ainda sem olhar para mim.

— É pela Madison.

— É claro. — Olho para a frente e me concentro no palco. — Pela Madison.

Madison nos encontra esperando do lado de fora depois da audição. Ela aceita as flores, radiante e com as bochechas coradas.

— Obrigada por terem vindo. — Ela aproxima o nariz do buquê e cheira as flores. — Foi bem legal.

Dara arruma a mochila no ombro, focada em Madison.

— Você foi ótima. Eles serão idiotas se não te escolherem.

— Não, teve várias outras cantoras boas. — Madison balança a mão livre na direção de Dara. — E eu nem tenho experiência atuando. Já vou ficar feliz só de fazer parte do coro.

— Você não participou de nenhuma peça no Ensino Médio? — pergunto.

Começamos a caminhar na direção do dormitório sem ter combinado.

— De jeito nenhum. Meus pais odiariam se eu tivesse participado. Eles não ligavam muito para os musicais que eram apresentados na escola, mas eu não tinha tempo para isso. Tinha o grupo de jovens e o voluntariado. Meus pais queriam que eu fizesse coisas pela igreja, não por mim. — Ela estremece. — Não contei para eles sobre nada disso. Não acho que eles ficariam felizes se descobrissem que faço parte de um musical com tantos assassinatos e adultérios. Em algum momento, provavelmente vou contar, mas não sei se vai ser logo de cara. Estou, hum, conversando com uma pessoa na clínica de terapia, como você sugeriu. — Essa declaração é direcionada especificamente para Dara. — Sobre meus pais e sobre meus... sentimentos. — Ela aproxima o rosto das flores outra vez, escondendo a expressão. — Tem sido muito legal.

— Isso é ótimo — Dara responde com um tom gentil, dando tapinhas delicados nas costas dela. — Fico feliz por você ter decidido ir.

— Eu... — Engasgo com o nó na garganta e tusso. Minhas bochechas queimam quando as duas olham para mim. — Também acho ótimo. Eu... Eu também estou indo. Conversar. Tive a primeira sessão hoje. — Quando nenhuma das duas diz nada, recuo rapidamente. — Não que isso seja... Não estou... Isso não é sobre m...

Madison pega minha mão e a segura firme.

— Fico muito feliz por você ter tomado essa decisão. Tem me ajudado bastante. Só fui em duas sessões até agora, mas me sinto muito melhor depois das conversas.

— Eu também — reconhece Dara, em voz baixa.

Engulo em seco.

— Sinto muito por ter demorado tanto para falar com vocês. Eu deveria ter ido me desculpar de cara, mas acho que estava... com medo. De não dizer as coisas certas ou de vocês não aceitarem minhas desculpas. Mas não se pede desculpas a alguém só quando se sabe que o pedido vai ser aceito. A gente pede desculpas quando faz algo errado, independentemente do que aconteceu. Me desculpem pelo que eu disse e pelas suposições que fiz. Acho que... acho que não valorizo quem eu sou como pessoa. Não consigo imaginar por que alguém iria querer fazer amizade comigo, principalmente uma pessoa de quem gosto bastante, *ainda mais* se ela já tiver outros amigos, porque todos vão ser melhores do que eu. Tenho... baixa autoestima, acho. E isso só deveria afetar negativamente a mim, mas deixei afetar outras pessoas. E magoei outras pessoas. Eu considerava... *considero* vocês minhas amigas. O tipo de amigas que eu faria de tudo para ter. Não achei que fosse digna disso e acabei magoando vocês duas. Nunca, nunca foi minha intenção. Acho vocês incríveis. Vim para a faculdade torcendo para encontrar pessoas como vocês. Fiquei muito preocupada com o que pensava que deveria ser uma amizade e não percebi que já estava muito feliz com a amizade que temos, do jeitinho que ela é.

Meus olhos ardem com o esforço para segurar as lágrimas quando termino de falar. Madison ainda segura a minha mão, mas agora com mais força.

— Todo mundo fala besteira às vezes, Wyn — diz ela, e me puxa para me fazer olhar para si. — Já falei coisas que te magoaram. Você não usou aquilo contra mim. Eu nunca usaria isto contra você. Estou muito feliz por saber que você me considera sua amiga e por ter sido capaz de me perdoar pelas coisas erradas que também já fiz. — Ela solta minha mão para me abraçar, apertando as flores contra minhas costas. — Amo ser sua amiga. E sei que o mais importante é como você mesma se vê, mas quero que saiba que acho que você merece o mundo.

O nó na minha garganta é tão grande que nem consigo falar. Assinto, movendo a cabeça sobre o ombro dela, e a abraço com mais força.

Olho para cima quando ouço outro choramingo e vejo Dara. Seu rosto está contraído, lágrimas escorrem pelas bochechas.

— Eu também não gostei de ficar brava com você — afirma ela com a voz trêmula. Dara cobre os olhos com a mão. — Só estava esperando você me dizer que gosta de mim de verdade.

Vê-la chorar me faz desabar e não consigo mais segurar o choro.

— É claro que gosto de você! — Dou um passo na direção dela, ainda que não seja tão boa com abraços quanto Madison, e felizmente Dara entende o convite e me aperta entre os braços. Com o adicional de lágrimas e voz embargada, acrescento: — Eu sinto muito. Desculpa, de verdade. Não foi minha intenção.

— Nem a minha. Eu não acho que você seja uma amiga ruim — diz Dara, soluçando agarrada em mim.

Madison envolve nós duas em um abraço e percebo que ela também está chorando.

— Será que esta é mais uma típica experiência universitária? Chorar em público? — pergunta ela, fungando.

— Aham — responde Dara, e nos abraça com mais força. — É tipo a cidade de Nova York. Você não é universitária de verdade até chorar de soluçar no meio do pátio.

Depois de chorarmos até cansar e retomarmos a caminhada, cada uma com um lencinho do kit de viagem que eu carrego na mochila, Madison é a primeira a falar:

— Então, posso ser bem invasiva e fazer uma pergunta? Acho que nem é o melhor momento, mas...

— Ai, graças a Deus, eu estava doida para perguntar — diz Dara.

Olho para as duas.

— Perguntar o quê?

— O que está rolando... — começa Madison.

— ... entre você e o Three? — termina Dara.

Naquela noite, fizemos uma festa do pijama. Arrastamos meu colchão para o quarto delas e o colocamos no espaço espremido entre as camas. Ficamos conversando até tarde — sobre Dara e como ela *jura* ter desistido do Buckonnect para focar no clube que quer fundar para outros alunos negros do Marketing, sobre Madison e o papel que ela gostaria *muito* de interpretar no musical, apesar de achar que está sendo ambiciosa demais, e sobre mim e Three.

Quando as duas pegam no sono e eu escuto só o som da respiração delas e do ronco baixinho de Dara, abro meu histórico de conversas com Hayes e volto até o começo. Leio o histórico inteiro, procurando pistas.

E eu as encontro desde o recesso de outono, quando começamos a conversar. Tem rastros dele por todo canto — nas piadas que fazia e no jeito como conversava. Houve muitos momentos em que eu deveria ter adivinhado. Mas quais as chances de, entre os milhares de usuários e as dezenas de milhares de alunos, dar match aleatoriamente com Three naquela noite, vários meses atrás? Acho que tinha mais chances de eu ser atropelada por um ônibus da faculdade.

— Você deveria falar com ele.

Prendo a respiração e derrubo o celular na minha cara. Esfrego o nariz dolorido enquanto me sento e olho para Dara.

— Pensei que estivesse dormindo.

Ela dá de ombros.

— Eu estava, mas o barulho das engrenagens dentro da sua cabeça me acordou.

Dou risada e me deito novamente.

— Mas, falando sério, acordei para fazer xixi. — Ela se levanta da cama, passa por cima de mim e desaparece na escuridão do banheiro.

Estou relendo as mensagens das férias de inverno quando ela volta e se deita do meu lado no colchão, segurando meu punho para virar a tela do celular para si.

— Sabe o que eu acho? — diz depois de um tempo. — Se eu conhecesse alguém no Buckonnect que falasse comigo desse jeito, não ficaria me arrastando agoniada, debatendo se devo ou não dar uma chance.

— Se fosse outra pessoa, talvez. — Solto o celular, deixando-o só na mão dela enquanto Dara lê as mensagens. — Mas sinto que fui enganada.

— Mesmo depois de ele falar que gosta de você?

Eu hesito.

— Até nisso é difícil acreditar. E não sei como seria, se não confio nele.

— Será que não confia mesmo? Vocês estão trabalhando juntos há meses. Ele cuidou de você quando estava chapada. Salvou aquele bode e conheceu seus pais. E chamou a segurança do campus para resolver a situação do pervertido da biblioteca.

Abafo a risada com o travesseiro.

— Ok, o que é isso agora? Andou lendo meu diário ou algo do tipo?

— Só fico me perguntando se talvez esta recusa não esteja vindo de outro lugar. Tipo, talvez você esteja... meio constrangida?

— Por não ter adivinhado que era ele?

— Por ter confessado o quanto gostava dele sem saber com quem estava falando. E aí isso pode ter te dado uma sensação de desequilíbrio de poder. Mas a vida é assim, não é? Ninguém está na exata mesma posição que o outro o tempo todo quando se trata de relacionamentos. Na melhor das hipóteses, fica sessenta para um lado e quarenta para o outro.

— Esses vinte a mais pesam bastante quando estão na mão de Three. Não sei se vou conseguir lidar com isso.

— Você nem conversou com ele o suficiente para saber. Não precisa perdoá-lo. Mas sei que tem coisas que você gostaria de dizer para ele também. — Depois de um instante de silêncio, ela completa: — E vou ter que admitir que não sou totalmente imparcial nessa situação. Eu meio que estou torcendo por ele. — Ela abafa uma risada no braço ao ver minha expressão de quem se sente traída. — Foi mal. Mas é porque estou torcendo por você acima de tudo, e acho que ele é dos bons.

Levanto o celular, relendo as mensagens mais uma vez. Dara não volta para a cama dela, acaba pegando no sono ao meu lado. Não demora muito para ela estar roncando no meu ouvido.

É claro que ela está certa. Tenho muitas coisas para falar para ele. Mesmo que não tivesse, não acho que Three me deixaria escapar sem nunca mais falar com ele.

Nem acho que é isso que quero.

E sei que ele está esperando por mim. Ele não vai forçar a barra. Está me dando um tempo. Não me sinto preparada para isso, mas quanto tempo quero esperar? E que benefício posso ter com essa espera, sem conversar com ele antes?

Eu poderia mandar uma mensagem para ele — *ele*, no caso, Three —, mas não acho certo. Temos que terminar como começamos.

pomerene1765: você tá livre amanhã?

Fico chocada quando meu celular vibra com a resposta alguns segundos depois.

hayes6834: tô
pomerene1765: podemos conversar?
hayes6834: eu adoraria

Encaro a mensagem dele com a barriga contraída. É muito estranho receber uma resposta tão sincera e séria de Three. Estou acostumada com ele sendo esquivo, transformando tudo em piada. Este é claramente Hayes, mas não se parece com Three.

pomerene1765: amanhã à noite.
hayes6834: no seu quarto?

Minha barriga revira. *Não.* Quero encontrá-lo em território neutro. Algum lugar sem ninguém por perto.

pomerene1765: na redação
hayes6834: ok. 20h?
pomerene1765: beleza.

Ele não responde mais, e passo um tempão encarando as mensagens antes de largar o celular e olhar para o teto.

Alguns minutos depois, meu celular vibra, e o pego com uma rapidez constrangedora. Dara resmunga um protesto rápido, vira de barriga para cima e escorrega um pouco para fora do colchão, ainda dormindo profundamente.

Encaro a nova mensagem de Three com o peito apertado.

hayes6834: obrigado

23

Não seria novidade alguém da equipe do *Torch* ficar na redação até tarde, então fico aliviada quando chego lá e encontro a sala vazia, escura e fechada, sinal de que todo mundo já foi para casa. Era isso que eu esperava quando sugeri a redação, quando meu cérebro propôs o único lugar onde estamos em pé de igualdade. Um joguinho de poder a esta altura só pioraria.

Conforme as luzes no teto se acendem, escaneio a sala. Eu poderia usar a mesa em que fazemos algumas reuniões, onde eu e Three ficaríamos de lados opostos. Ou uma mesa diferente, mantendo um espaço considerável entre nós. Mas sinto que fiz a coisa certa na hora que me acomodo na mesa dos focas. Lutamos muitas batalhas nela. Por que não encarar mais uma no espaço que dividimos desde o começo?

Atrás de mim, a porta range e prendo a respiração ao ouvi-la se abrir. O ar fica quente e energizado na presença dele, como se a sala pudesse sentir que algo está prestes a acontecer.

Eu me viro lentamente. Three está de cabeça baixa, não consigo ver seu rosto. Ele está vestido com o casaco velho de novo, um suéter macio que usa bastante e uma calça cáqui que já foi motivo de piada minha. Quando o vejo, meu coração dispara em um galope que faz pensar em uma corrida de cavalos e preciso virar de costas de novo para me recompor.

Tudo seria mais fácil se eu não sentisse esta atração insana por ele.

Depois de alguns instantes, escuto a porta se fechar e os passos firmes dele no carpete. A antecipação me faz arrepiar enquanto espero para ver aonde ele vai — se vai se sentar no lugar dele ou se vai escolher a mesa de outra pessoa, como considerei fazer.

Prendo a respiração quando os passos param logo atrás de mim. Após alguns segundos de agonia, ele puxa a cadeira ao meu lado e pendura o casaco no encosto. Quando se senta, arregaça as mangas bruscamente com movimentos rápidos e firmes.

Passa as mãos no rosto e no cabelo antes de levá-las até o colo. Então se vira para pegar o celular no bolso. Até tento, mas não consigo deixar de acompanhar de soslaio à medida que ele abre o aplicativo do Buckonnect.

Os dedos voam sobre a tela, digitando uma mensagem. Meu coração vai parar na boca enquanto espero.

Um instante depois, meu celular vibra na mesa, e eu o pego.

hayes6834: eu não conversava com você só por sua causa. eu também precisava disso.

Tento não olhar para ele enquanto leio a mensagem várias vezes. Enquanto isso, outra mensagem aparece.

hayes6834: não estou em uma brisa de culpa. eu entendi por que você ficou brava. mas quero que entenda
pomerene1765: pra que raios você precisaria de mim?

Estou agitada e trêmula quando digito a mensagem, porque sei que agora estamos... conversando. Ele abriu a porta, e eu entrei.

Não da maneira que eu esperava, mas isso é raro quando se trata de Three.

hayes6834: você tá brincando? você realmente não percebeu quanto eu precisava conversar com alguém?

Eu me lembro das minhas primeiras mensagens com Hayes, tão leves. Não demorou muito até eu começar a depender dele para várias coisas — amizade, acima de tudo, mas também para algo mais profundo. Alguém com quem eu pudesse conversar sobre minha síndrome da impostora, sobre meus momentos de raiva, as brigas com meus pais e minha tristeza.

E é aí que me ocorre que as melhores conversas com Hayes aconteceram mais tarde, depois que Three descobriu minha identidade. Ele foi honesto sobre a própria raiva, sobre os pais dele, sobre os sentimentos em relação ao lugar que ocupa no mundo. E sobre quanto é duro consigo mesmo.

É impossível ignorar o que ele diz. Ele precisava falar comigo — tanto que *continuou* conversando. Sugeriu um encontro, expôs suas partes mais verdadeiras e, durante quase todo esse tempo, sabia exatamente quem estava do outro lado da conversa.

Mas é muito, *muito* difícil ligar o Three que eu conheço pessoalmente ao menino com quem converso no celular.

pomerene1765: vamos supor que eu não tenha percebido
pomerene1765: você sabe por que eu precisava conversar com alguém. qual o seu motivo?
hayes6834: eu odiei a faculdade quando cheguei aqui.
hayes6834: ainda odeio em partes. a tau delta. meus colegas de quarto às vezes. mas eu estava sendo pressionado pelos meus pais e as únicas coisas legais eram o torch, brigar com você e conversar com a pom. fiquei preocupado quando você disse que não tinha amigos. mas não continuei conversando com você só por isso. continuei porque também me sentia assim.
pomerene1765: você vai tentar vender a ideia de que não tem amigos? tá me zoando? todo mundo te ama.

Quase esqueço que ele está sentado ao meu lado. Dou um pulo por causa do ruído cético que ele faz no fundo da garganta.

hayes6834: não kkkk não amam mesmo
hayes6834: não tenho um monte de amigos. mal tenho amigos. e é esquisito porque cheguei aqui vindo de uma escola onde tinha todos os meus amigos mais próximos e

meus primos por perto. nunca me senti sozinho porque todo mundo estava ali. e aqui não é assim.
hayes6834: não tem sido legal por aqui
hayes6834: quer dizer, não estava sendo, tirando você.
hayes6834: você não me deve nada mas eu queria ser sincero. porque não acho que eu teria conseguido parar de falar com você mesmo que achasse que você não precisava de mim. eu precisava de você.

Engulo em seco, encarando as últimas palavras. Cada uma delas cava um pouco mais fundo no meu coração.

E aí chega a próxima mensagem.

hayes6834: ainda preciso.

Olho para ele e congelo ao perceber que ele está tremendo, todas as partes do corpo travadas de tanta tensão.

Hesitante, toco seu braço com uma das mãos.

Ele solta o ar lentamente e minha barriga dá uma cambalhota quando olha para mim. Ele está *chorando*. E me deixa ver por alguns instantes até parecer se dar conta, endurecer a expressão e olhar para o outro lado.

— O que...? Por que...?

— Desculpa — diz com a voz rouca. Afasta o braço da minha mão e esfrega os olhos, como se pudesse apagar tudo que acabei de ver.

Séria, seguro a manga do suéter até ele olhar para mim de novo.

— Não se desculpe por isso.

Engulo em seco e sinto a garganta doer. Não sei por que ver Three sofrendo parte meu coração desse jeito.

Reviro minha mochila até achar um pacote de lencinhos. Abro e lhe ofereço um.

Ele solta uma risada baixa e trêmula.

— Valeu.

— Estou sentindo que isso tudo não tem a ver comigo.

Ele desvia o olhar novamente.

— Você não precisa fazer isso. Não precisa se esconder — digo, tocando suas costas.

Ele amassa o lencinho usado em uma das mãos, mas continua evitando meu olhar. Estou começando a pensar que ele não se permite chorar com frequência. Talvez nunca.

Me lembro de algo que Hayes disse uma vez, quando falei sobre me sentir triste. Sobre eu achar que poderia ficar triste em qualquer lugar.

"Às vezes eu queria te abraçar."

Pois eu também, penso, olhando a linha tensa dos ombros de Three.

Giro com a cadeira e o envolvo com os braços.

É esquisito. E desconfortável. O braço da cadeira está cutucando a minha barriga, e tenho que abraçá-lo de lado, não de frente.

Mas ele relaxa depois de alguns instantes. Para de tremer. A respiração volta ao normal. E ele se apoia em mim, solta o corpo.

— O que aconteceu? — murmuro.

Escuto quando ele engole o ar, mas não diz nada.

Depois de mais um instante de silêncio, sugiro:

— Podemos voltar para o Buckonnect, se for mais fácil.

— Não. — A voz dele sai grossa e rouca. — Estou gostando. Só preciso de um segundo.

Espero e afago suas costas, entre as omoplatas.

Depois de alguns minutos, ele ri baixinho.

— Se continuar fazendo isso, acho que não vamos conversar nunca.

Recuo um pouco, olhando para a parte do rosto que ele me deixa ver.

— Por quê?

— Porque está muito gostoso. E tenho medo de você parar se eu começar a falar.

Ele vira a cabeça na minha direção, finalmente me olha nos olhos. Ainda está com os olhos e o rosto vermelhos, mas sou surpreendida por um pensamento ao encará-lo.

Ele é bonito até chorando.

Claro que é.

Suspiro.

— Você está melhor agora?

Os cantos de sua boca se levantam com certa ironia.

— Não. — Ele passa as mãos no rosto e na cabeça, ajeitando o cabelo de qualquer jeito. — Fui cortado.

— De...?

— Tudo. — Seu rosto se contrai novamente, briga com as emoções e se controla antes de continuar: — Meus pais... inventaram uma caixinha bem pequena e desconfortável e esperam que eu me encaixe nela. E hoje contei para eles que saí da Tau Delta e entrei com um pedido de transferência de curso...

— *Transferência de curso?* — Não acredito no que estou ouvindo. — Você vai abandonar o Jornalismo?

— Não, é para esse que estou me transferindo. De Administração de Empresas para o curso básico pré-Jornalismo, para me candidatar no próximo semestre.

— Você estava cursando Administração esse tempo todo? — Eu o encaro perplexa. — Como eu não sabia disso? — A pergunta é quase um sussurro para mim mesma.

Um esboço de sorriso dança em seus lábios.

— Que bela jornalista investigativa, hein, Evans?

Olho para ele com uma expressão contrariada, mas fico grata ao perceber um brilho de humor em seus olhos. Um brilho que logo desaparece quando ele aparenta se lembrar de onde estamos e do que estamos discutindo.

— Desculpa. Não foi para isso que viemos aqui. Você não veio aqui para ouvir sobre os meus problemas.

— Acha mesmo que quero um pedido de desculpas por isso? — Inclino a cabeça olhando para o rosto dele. — Também não vim aqui para te ver colocar uma máscara e fingir que está bem só para não me incomodar com seus problemas. Não é isso que eu quero de você.

— É que eu sinto como se isso... fosse uma armadilha. Como se tivesse te trazido aqui para me ouvir.

— *Eu* não me sinto assim.

Inclino o corpo na direção dele, afastando o cabelo de seu rosto. É esquisito quão natural é o gesto para mim. Tocar Three sempre foi fácil — parte de um jogo, um teste de limites. Mas não esperava que algo como afastar o cabelo do rosto dele pudesse parecer tão... íntimo.

Pelo jeito como olha para mim, acho que sentiu a mesma coisa. Algo nele se solta, Three relaxa e se aproxima.

— O que aconteceu? — pergunto, afastando a mão.

Mas ele a segura entre as dele.

— Pensei que eles entenderiam se explicasse primeiro sobre a Tau Delta. Se eu abordasse os trotes, a pressão para beber sempre ou o modo como alguns caras *conversam*... — Ele vira minha mão, se concentra na palma enquanto passa a ponta de um dedo em cada uma das linhas com delicadeza. Até que parece se lembrar que eu ainda sou... eu, e solta minha mão gentilmente no meu colo, colocando certa distância entre nós. — Mas meu pai também estudou aqui e não ficou surpreso com nada. Tipo, ele... já *sabia* e esperava que eu ficasse de boa. E não estou. Se ele quer ser assim, é uma escolha dele, mas eu não quero. Não estou aqui para fazer do mundo um lugar pior. Foi isso que eu disse, e ele ficou, tipo, furioso. Nessa hora entendi que não tinha mais volta, e eu nem queria que tivesse, então escancarei tudo de uma vez. Contei que pedi transferência de curso. — Ele dá de ombros, finalmente olha para cima. — E agora estou por minha conta e risco. Ninguém vai pagar minha mensalidade nem cobrir meus gastos. Não tenho para onde ir nas férias de verão, porque definitivamente não serei bem-vindo em casa... não enquanto for uma má influência para a minha irmã. Quando a próxima fatura fechar, vou ser excluído do plano de celular da família. Do plano de saúde também, então fico feliz por termos serviços de saúde no campus. E é aí que minha sorte acaba. Eles me cortaram. De todas as formas possíveis.

— Eu... sinto muito. Isso é...

— Não precisa. *Eu* não lamento. Queria fazer isso há muito tempo, mas tinha... medo, acho. De como seria a vida do outro lado desse túnel. De como meus pais reagiriam, *especialmente* meu pai. — Ele suspira, inclina a cabeça para trás. — Eu sempre soube que ele ficaria bravo. Que os dois ficariam. E, para ser sincero, foi pior do que eu esperava. Mas também sei que, ainda que minha vida esteja ruim agora, não está pior do que ficaria daqui dez anos se eu continuasse fazendo tudo que eles queriam.

Relembro as mensagens que troquei com Hayes e as coisas que o próprio Three já me disse quanto às expectativas que a família tinha em relação a ele. Essa é a maior semelhança entre eles, ele sempre foi honesto comigo sobre a relação difícil com os pais.

E, mesmo assim, me lembro daquelas primeiras semanas, durante o recesso de outono e o Halloween. Quando ele comentou sobre a mãe, e aquela irritação afetuosa que sentia em relação a ela. Ele está se fazendo de forte por enquanto, mas não acho que as lágrimas que vi tenham caído por causa de dinheiro. Acho que ele *quer* dar orgulho para os pais. E que ser alguém em quem as pessoas acreditam é importante para ele. Pensar na mágoa que está sufocando só para conversar comigo parte meu coração.

— Eu realmente fodi com tudo — diz Three, com uma risada sem um pingo de humor. — Eu só… não podia *não* ter feito isso com meus pais hoje considerando que hoje era o dia em que pediria para você confiar em mim. Para me dar uma chance. — Acho que pareço chocada, porque ele franze a testa e se inclina, baixando a voz. — Não é para isso que estamos aqui? Para falar sobre nós?

— Nós — repito, testando a palavra.

Seu olhar para mim é esperançoso.

— Eu sei que você enxerga uma diferença enorme entre a pessoa que fui com você e quem realmente sou, mas… Wyn, você me conhece. Tudo que falei como Hayes… aquele era eu. Poderíamos ter aquelas conversas sentados desse jeito. — Ele aponta para a mesa dos focas e para nossas cadeiras lado a lado. — Aquele ainda seria eu. — E me observa, hesitante. — Mas eu também sou este cara. — Ele bate no braço da própria cadeira. — E sei que este é o problema. Confiar em Hayes foi fácil, porque ele foi sincero e legal com você. E a verdade é que eu não posso ser ele o tempo todo. Às vezes também sou isto aqui. Brigo com você, digo coisas que não deveria e posso ser bem otário. Também tentei ser sincero em relação a esse lado… como Hayes. Mas acho que não…

— Eu gosto dessa versão sua.

O rosto dele relaxa e expressa surpresa.

Respiro fundo, me preparando para o mergulho.

— Gosto das duas versões. E quero que você seja honesto comigo, desse jeito. Era disso que eu gostava quando conversava com o Hay… com você.

Ele engole em seco.

— Eu gostei de ser sincero com você. Gostei que era *você* do outro lado.

— Gostou?

Ele se vira para me encarar.

— Pensei que tivesse deixado claro quando disse que gostava de você. Muito. Você falou que estava com medo de eu ficar decepcionado quando descobrisse quem você era, mas eu estava mais preocupado com você se decepcionar comigo. — Ele faz uma pausa, e a confissão paira pesada no ar. Com um tom de incerteza, ele completa: — Você está? Decepcionada por ser eu? — Assim que as palavras saem de sua boca, ele fica tenso como se estivesse se preparando para o pior.

— Não fiquei decepcionada em momento algum.

Three solta a respiração com um suspiro trêmulo e assente.

— Certo.

— Fiquei… com medo. Por ser você.

Ele olha para baixo, franze os cantos da boca. Sinto, de novo, a urgência já familiar de confortá-lo.

— Preciso ser clara. Eu não sabia o que esperar de você. Você quer que eu acredite que descobriu que eu era a Pomerene em uma época em que não tínhamos quase nada em comum, fora a sabotagem, e decidiu *não* usar isso contra mim? Você tinha em mãos tudo que falei chapada, tudo que contei para Hayes… podia ter me destruído. Tranquilamente. Como não pensar em uma grande armação?

Three assente devagar.

— Entendo. Não consegui admitir nem para mim mesmo no começo... que eu, muito egoísta, só queria continuar conversando com você. Porque eu poderia fingir que eu não precisava tanto assim de você já que você também precisava de mim. E quanto mais o tempo passava, mais eu me enfiava em um buraco, porque comecei a gostar de você aqui... — Ele bate no braço da minha cadeira. — ... e aqui. — Ele aponta para o celular. — Sabia que não teria um jeito bom de te contar que era eu. Não sem mentir nem te magoar... e acabei te magoando do mesmo jeito.

Abaixo a cabeça, olhando para as minhas mãos.

— Acho que é disso que tenho mais medo. De me magoar. Fiquei constrangida por ter te falado tanta coisa sem saber que era você, mas me preocupa ainda mais o quanto estou disposta a me abrir para você agora que sei exatamente com quem estou falando.

Me assusto quando ele coloca meu cabelo atrás da minha orelha.

— Para mim, não vai passar. O que sinto por você. Eu sei que você ainda não confia em mim; sei que preciso conquistar sua confiança. Mas Wyn... — Ele desliza o dedo até tocar meu queixo e levantar minha cabeça. Seu olhar é intenso, suplicante. — Eu *quero* conquistá-la. Quero ser alguém para você.

Meu coração fica apertado. Ninguém nunca falou comigo desse jeito, com tanta *sinceridade*. Era para ser constrangedor ouvi-lo falar assim, em voz alta; em vez disso, as palavras dele me envolvem, esquentam meu sangue.

— Você já é. Já é alguém para mim — sussurro.

Ele relaxa, dá um sorrisinho quase nervoso.

— Não quis dizer alguém que te irrita...

— Eu sei o que você quis dizer — interrompo, ofegante, segurando sua nuca e o beijando.

Ele retribui na hora, girando o corpo de frente para mim, primeiro acompanhando minha intensidade e em seguida duplicando-a rapidamente. Como em um jogo de azar, os dois aumentam a aposta até o beijo se tornar frenético, mais profundo e sensual. Tenho a impressão de que meu coração vai saltar para fora do peito e juro que ouço o dele batendo com a mesma força.

Nos atrapalhamos com as cadeiras, brigando com os braços que nos separam até ele se levantar completamente. Ele se ajoelha, me envolve com os braços e me puxa para a beirada da cadeira. O corpo dele está entre minhas coxas. Conforme sua boca se aproxima da minha, sussurro:

— Você deveria se ajoelhar mais vezes. Combina com você.

Ele ri, e o próximo beijo começa com um sorriso acariciando minha boca.

— Meu Deus, Evans. Espero que você não mude nunca — balbucia, com os lábios encostados nos meus.

Beijá-lo transforma tempo e espaço em uma névoa densa, reduzindo todo o meu universo ao toque dele. Finalmente entendo o que aqueles romances que leio queriam dizer quando falavam sobre se perder em alguém. Quero *continuar* perdida, ciente apenas do calor das mãos dele, do som que ele emite quando mordo seu lábio e de como ele respira fundo ao me puxar para mais perto de si.

Paramos para respirar, os dois desgrenhados e sorrindo. Nem me lembro mais daquela raiva que sentia antes. É como se eu tentasse segurar água com as mãos. Não tenho no que me agarrar.

Eu o quero. E ele me quer também. Talvez eu não confie em tudo, mas confio nisso. Ele está nessa comigo. Ele mesmo falou isso, como Hayes, meses atrás, quando descobriu que eu era Pomerene. Ele sabia e escolheu ficar mesmo assim.

— Sabe, meu aniversário tem um histórico de merda bem regular, e este teve um início bem difícil — diz ele enquanto se senta nos calcanhares, mantendo as mãos quentes sobre os meus joelhos. Ele os aperta de leve. — Mas essa foi uma bela mudança de direção.

— Seu... *o quê?*

Ele sorri.

— Parabéns para mim, não é?

Dou um tapa no peito dele.

— Por que não me contou? Você fez tudo isso... e seus pais... por que...?

— Wyn, era isso o que eu queria — afirma ele, rindo e segurando minha mão. — Se tivesse esperado, seria mais um dia com saudade de você.

Fico vermelha e desvio o olhar.

— Além disso... — Ele beija minha mandíbula e logo sua boca se aproxima da minha orelha. — Acabei ganhando o melhor presente de todos.

Three insiste em me acompanhar até em casa, e vamos conversando a caminho do prédio. É natural, assim como tudo entre nós — as brigas e as discussões, todas as batalhas vencidas e perdidas e todas as nossas conversas. Agora que estou prestando atenção, percebo que temos um ritmo. Sempre tivemos.

Ficamos juntos por um tempo na frente do prédio, de mãos dadas.

— Queria te convidar para sair — comenta, sem fitar meus olhos. — Mas não seria nada... *grandioso*. Não até eu arrumar um emprego.

— Você vai estar lá? No encontro?

Ele ri.

— Ué, acho que um encontro envolve a presença de nós dois.

Dou um sorriso.

— Para mim já está ótimo, então. E até posso te ajudar a procurar um emprego com umas dicas de estudante lisa para estudante liso.

Ele ri.

— Você está dizendo que vai me ajudar com o meu currículo?

— Primeira dica: o emprego que você vai arrumar nem pede currículo.

É surpreendente, mas fico mais encantada quando o sorriso dele ganha um toque de timidez.

— Acho que vai ser legal quando a gente tiver mais tempo livre, em breve.

— Como assim?

— Estamos quase acabando a nossa matéria. Precisamos acabar o quanto antes, principalmente agora que saí da Tau Delta. Meu acesso aos Quatro Lixos logo vai fica bem limitado. — Não deixo de notar a careta de desprezo. — Mas quero mudar o recorte e falar dos alunos que resolveram sair da fraternidade enquanto ainda eram calouros em fase de integração. Consegui o contato de dois que saíram nos últimos anos e talvez eles topem falar sobre o que viram. De qualquer maneira, acho que não vamos conseguir enrolar Christopher por muito mais tempo. Precisamos entregar a reportagem na semana que vem.

Meu estômago revira. *Nossa matéria.*

— Que foi? Por que você está com essa cara?

Mordo o lábio.

— Eu… não trabalho na matéria faz alguns dias.

— Evans.

— Pensei que ia me deixar de fora!

Ele me encara.

— Você está *muito* ferrada.

— Calma, está tudo bem! Uma semana é bastante tempo. Vou passar a noite inteira trabalhando se te fizer feliz.

— Pelo contrário, isso não me faz nada feliz. Você achou que eu ia te deixar de fora? Quem você acha que eu sou?

— Eu não sabia o que esperar. E não estou dizendo que não fiz mais nada; só fiz menos do que deveria. — Olho para ele de esguelha. — Vai me dizer que nem passou pela sua cabeça que eu poderia abandonar a matéria?

A resposta vem na velocidade da luz.

— Nunca.

— Bom… ok. — Sinto um arrepio, não posso negar a culpa. — Vou começar a recuperar esse atraso agora à noite. E amanhã você pode pegar tão pesado comigo que vou me sentir em um quartel do jornalismo. — Na hora que as palavras saem da minha boca, meu rosto fica vermelho.

Three engole em seco, e os olhos descem até minha boca. Cubro os lábios com a mão livre.

— Não podemos. Preciso me concentrar. Vou subir agora. — Tento soltar sua mão, mas ele segura a minha com firmeza. — Preciso trabalhar nisso... *Three*.

Ele me puxa para perto, inclinando-se para me beijar no rosto.

— A gente se vê amanhã.

Fico tão surpresa que a única coisa que consigo dizer é:

— Feliz aniversário.

A risada dele me segue até o saguão. Antes de entrar no elevador, olho para trás e ele ainda está parado do outro lado da porta, sorrindo.

24

Na manhã seguinte, exausta e com os olhos embaçados, estou debruçada sobre a pia com a escova de dentes pendurada na boca quando meu celular vibra em cima da bancada.

THREE:

Acho bom você já ter feito pelo menos metade das suas coisas

Encaro o celular, depois meu reflexo, me perguntando se é uma alucinação provocada pela privação de sono. Passei a maior parte da noite alternando entre trabalhar na nossa matéria e rolar na cama de um jeito constrangedor, pensando no nosso beijo.

EU:

Feito metade do quê?

THREE:

Das suas COISAS

Da matéria

Qual é, Evans

Todos os sentimentos gostosos e fofos que eu experimentava sofrem uma morte súbita. É incrível como ele consegue me beijar até me tirar o sono e logo depois me causar instintos homicidas.

EU:

Tá zoando

THREE:

Vem abrir a porta para mim. Trouxe café

EU:

Você não pode aparecer do nada sem avisar!

Largo o celular na bancada e corro para me vestir. Arrumada, com o cabelo preso em um coque quase apresentável e vestindo uma combinação tolerável de peças para ser vista, já perdi várias mensagens.

THREE:

Oi? Você vai me deixar aqui mesmo? Temos coisas pra fazer

Evans

Evans

Evans

Ok você quis assim

Abro a porta do quarto e engasgo com o choque ao dar de cara com ele à espera do lado de fora, com a mão pronta para bater à porta. Ele está segurando dois copos de café na outra mão, um em cima do outro.

— Como entrou aqui? — pergunto, e minha voz é estranhamente hostil para alguém que está explodindo em glitter e borboletinhas de tanta felicidade por vê-lo.

Ele me dá um dos copos.

— Tinha uma pessoa saindo que me deixou entrar.

Fico séria.

— Deviam tomar mais cuidado com isso. A gente tinha uma traficante morando no prédio.

Ele ri.

— É para eu passar a manhã inteira aqui fora?

Olho para a mochila dele, depois para seu rosto. Ele está pálido e parece exausto, mas sorri como se também estivesse feliz por me ver.

— Não precisa. — Levanto meu copo. — Já que trouxe café.

— Ah, é? Só por isso?

Dou de ombros e abro caminho para ele passar. Assim que entra, ele se vira e dá um beijo perto da minha orelha. Solto um riso, tímida, e acabo me apoiando na porta conforme ele me beija de novo. Desta vez, por mais tempo. E mais devagar.

Quase esmago o copo de café.

Antes de se afastar, ele me dá um último beijo, mais curto.

— Bom dia.

— Bom dia — murmuro, meio atordoada. — Você chegou a dormir?

— De que jeito, se eu tinha que correr atrás dos seus atrasos? — Ele fala no meu ouvido, como se estivesse sussurrando besteirinhas fofas.

Todo o calor do meu corpo vira gelo.

— Ei, eu também passei a noite em claro, sabia?!

Ele me dá um sorriso que só consigo descrever como descarado e me puxa para perto.

— Pensando em mim?

Olho para ele com uma cara aborrecida, desvio o rosto.

— Com certeza. Mais umas horas pensando e eu já saberia onde esconder a arma do crime *e* como me livrar do corpo. Mas você chegou cedo.

Ele ri e se inclina para morder meu queixo, mas me distraio com o barulho da batida da porta da escada. Empurro Three com o ombro, tentando me mexer para fechar a porta, mas fico paralisada quando vejo uma figura conhecida passando.

— Lincoln — esganiço, surpresa por ele dar uma olhada na minha porta aberta. Desta vez, empurro Three para longe com um pouco mais de firmeza e paro na frente dele.

Não é como se Lincoln e eu *tivéssemos* alguma coisa. Estávamos no máximo flertando, do jeito mais leve e fofo possível. Não acho que lhe devo algo, mas sou lamentavelmente inexperiente nessa área. Não faço a menor ideia de como lidar com isso.

— E aí? — responde Lincoln, e recua. Depois olha por um breve instante para trás de mim e acena para Three. — Eu sou Lincoln. Sou o assistente de residência do andar de cima.

Three se apruma rapidamente. Apesar de sentir o olhar dele queimando minha nuca, responde com toda educação:

— Oi, eu sou o Three.

— Estamos trabalhando em algumas coisas do *Torch* — explico.

Three não fala nada, mas pigarreia alto. Ele está obviamente bem incomodado.

Hesito. Não sei bem o que fazer. Deveria ter deixado claro quando Lincoln passou que eu e Three não somos... só colegas. E não quero exagerar na honestidade e expor ainda mais algo que já é evidente.

Mas dou sorte, porque o olhar de Lincoln é compreensivo e carregado de simpatia.

— Outro Grande Banimento do Pornô? — brinca ele, sem nenhum sinal do flerte que já existiu um dia.

Relaxo e dou risada.

— Se tudo der certo, algo ainda maior, para que *essa daí* não seja mais a primeira matéria que vem à mente das pessoas quando ouvem meu nome.

— Boa sorte. Aquela foi memorável, mesmo. — Lincoln ri e aponta para a outra extremidade do corredor. — Preciso ir pegar o celular de trabalho com a Chloe. Até mais!

Dou um tchauzinho, fecho a porta e me viro para Three. Ele está parado no meio do quarto; a máscara que usou enquanto lidava com Lincoln já foi substituída pela completa ausência de expressão.

— Quer dizer que é isso aí que você curte? — pergunta ele com um tom brusco.

Fico confusa.

— Do que está falando?

— Do tipinho fazendeiro rústico. — Ele aponta para a porta, ao mesmo tempo uma insinuação e um deboche de Lincoln.

Continuo olhando para ele, incrédula.

— Isso é ciúme?

E por que eu estou gostando?

— Ah, *fala sério*. Do modelo country?

— Você está se entregando.

Tento não demonstrar quanto estou gostando de ver esta reação.

Three desvia o olhar e contrai a mandíbula. Ele deixa a mochila em cima da minha cadeira e pega o computador.

— Fiz o rascunho de uma chamada e compilei as entrevistas para acharmos as aspas para o resto da matéria sem dificuldade. Copiei as mensagens… — Ele para de falar, solta um grunhido frustrado e se vira para mim. — Se descobrisse que era ele, você teria desejado que fosse eu?

Não sei qual de nós dois fica mais surpreso quando respondo sem nenhuma hesitação:

— Teria.

A irritação dele desaparece na hora.

— O quê?

— Você esperava que eu dissesse não? — Deixo o copo de café em cima da mesa e seguro o rosto dele entre as mãos, forçando-o a olhar nos meus olhos. — A única coisa que me fazia duvidar do quanto eu gostava de Hayes era o que eu sentia por você.

Ele solta um suspiro que parece vir do fundo do peito.

— Sério?

— Ainda que você tenha sido um otário 90% do tempo.

Ele se encolhe.

— Ok, não amei ouvir…

— Mas às vezes eu até gostava.

— Ah, então você é tão doida quanto eu — ele fala rindo, passando os braços em volta da minha cintura. O alívio transforma seu rosto.

— Sou?

Ele emite um som pensativo.

— Talvez… um pouco menos que eu. Mas só por ter gostado de mim, mesmo eu tendo sido um otário. Já eu gostava ainda mais de você quando era otária de volta.

— Uau, você é maluco mesmo.

— Você ainda não viu nada. — Ele acaricia meu cabelo, aproximando a boca da minha orelha. — Espera até descobrir o que mais eu curto.

Me sinto flutuando só de pensar.

— Tipo o quê?

— Sei lá, Evans — murmura. — Acho que a gente deveria esperar um pouco mais que, tipo, *um dia*…

— Não parece que faz só um dia.

Ele recua para olhar nos meus olhos.

— Achei que só eu estivesse com essa sensação. Mas penso em você há meses. — Ele ajeita meu cabelo atrás da orelha. — Eu entenderia por completo se você ainda não estivesse pronta. Passei as férias inteiras de inverno tentando te preparar para a ideia de eu ser o Hayes, mas sabia que levaria um tempo depois que descobrisse. Isso se descobrisse como eu planejava… o que claramente não foi o que aconteceu.

Hesito, sinto a verdade presa no fundo da garganta. Mas ele está sendo sincero comigo; em vez de reunir todas as verdades para usar de munição, tomo consciência de uma sensação nova — a vontade de ser sincera também. Antes, compartilhar qualquer coisa tinha um sabor de derrota. Agora, não existe vitória maior do que saber que ele vai retribuir com a verdade quando eu revelar meus sentimentos.

— Eu gosto de você desde sempre — confesso. — Antes de tudo isso. Antes do Hayes. Antes de você ser otário comigo.

Ele arqueia as sobrancelhas.

— Mesmo?

Fico vermelha, constrangida.

— É sério que não percebeu quando eu levava café para você... Todo. Santo. Dia? — Resmungo diante de seu olhar chocado e sem ação. — Eu sabia! Você nem prestava atenção em mim, não é?

— Não é isso... Não... — Ele suspira, abaixa a cabeça por um instante. Quando a levanta de novo, vejo a determinação em seu rosto. — Eu tinha uma namorada. *Não* quando nos conhecemos, mas antes disso. Ela terminou comigo no verão.

Eu me lembro dessa história. Hayes me contou que a namorada terminara tudo porque ele estava "regredindo". Tinha esquecido disso e agora sinto o gosto amargo do ciúme. Por essa garota, seja quem for, ter conquistado Three antes de mim.

— Eu ainda estava sofrendo bastante, então não estava pensando em garotas quando cheguei aqui. Até que descobri no recesso de outono que ela já estava namorando de novo. Um cirandeiro que estuda uma dessas coisas sem fins lucrativos. Alguém disposto a trabalhar pelo bem do mundo. Percebi que nunca seria como aquele cara, ainda que eu resolvesse minha vida como queria. E me senti um lixo. Foi aí que entrei no Buckonnect, na esperança de achar alguma coisa fácil. Todos os calouros estavam usando, saindo sem compromisso com as garotas, e eu estava em um momento de fraqueza, achei que poderia fazer alguma coisa assim também. Ser ainda pior do que já era. — Three segura meu rosto e o levanta. — Dei match com você. De primeira. Na *única* tentativa. Porque sou péssimo flertando, e falei a única coisa que passou pela minha cabeça, e você só... entrou na onda. Eu adorei, de cara. Não queria perder tempo com mais ninguém.

Engulo em seco. "De primeira." Não foi assim para mim. Hayes não foi o primeiro.

Pensando bem, ele foi o terceiro. E foi o melhor.

Three desliza as mãos até meus ombros e os aperta.

— Então, sim, no começo, achei que você levava café para mim só para ser legal.

— E *era* isso mesmo. Porque eu *gostava* de você. Nunca deixei de gostar. Sempre esteve lá, coberto por várias, e várias, *e várias*...

— Beleza, já entendi.

— ... camadas de raiva.

Ele ri, e me aproximo um pouco mais. Continuo:

— Fiquei a fim de você logo que te conheci. Porque você é fofo e divertido, e conversava comigo como se já nos conhecêssemos há anos. Tenho dificuldade para fazer amizades, então foi muito legal. E ver você trabalhar foi fascinante. Provavelmente vou me arrepender de te contar isso... — Dou um suspiro dramático. — ... mas eu te acho brilhante. Você vai acabar sendo um daqueles repórteres em que criancinhas se inspiram, o que me irrita *muito*.

Ele disfarça um sorriso.

— Acho que essa foi a coisa mais legal que já me falaram.

Lanço um olhar penetrante.

— Não deixe subir à cabeça. Ainda estou planejando a sua derrota.

— Confia em mim, eu sei. Eu não teria enfrentado você com tanto afinco se não tivesse medo de perder.

— Sério? Não parece.

Ele me encara, surpreso.

— Wyn, eu acho que você é uma repórter incrível. Sempre soube que era boa, mas as coisas que tem feito recentemente... — Ele para de falar, e seu rosto fica vermelho. — Todas as reportagens que escrevi foram tentativas de te superar. Você sabe escrever sobre as pessoas de um jeito que não é natural para mim. Sou bom em cobrir escândalos, acho. Mas nem sempre sou capaz de proteger as pessoas quando faço esse tipo de cobertura. Se fosse, você não teria tido que lidar com as consequências da minha matéria sobre a Ellie. E *eu* não teria que lidar com as consequências de escrever sobre ela do jeito que escrevi. Estou aprendendo que há formas e formas de apontar a responsabilidade de quem tem poder, causando muito menos prejuízo às pessoas afetadas. O certo seria eu tentar aprender com você em vez de tentar te superar, mas antes tive que me livrar da lavagem cerebral dos Wellborn.

Inclino a cabeça, acariciando as costas dele.

— Quer me contar?

Ele solta uma risada sem graça.

— Sobre minha educação traumática?

— Isso.

Ele me fita, e noto que engolir o ar lhe exige um grande esforço, o que me faz perceber que revolver esse passado é muito difícil para ele. No entanto, talvez seja um preço justo a pagar para se livrar do fardo.

— Meu avô, o vovô, era muito duro com todos os filhos, mas acho que ele foi mais rígido com meu pai do que com os outros. Até entendo as razões de meu pai ser como é. Também passei muito tempo com o vovô. Ele adorava colocar eu e meus primos uns contra os outros (Wells e eu mais do que os outros, porque somos os mais velhos e temos a mesma idade). Meu pai esperava que eu ganhasse a qualquer custo, e eu *sempre* acabava em segundo lugar. — Ele suspira, parece triste de repente. — Até o dia em que eu ganhei. Sabe qual a sensação de ganhar sabendo que a outra pessoa entregou o jogo?

— Imagino que... não seja das melhores?

— É pior do que perder. Saber que todo mundo está olhando para você e pensando: "Ai, se o Wells *tentasse*..." — Ele suspira de novo, desvia o olhar. — Foi como se, um belo dia, Wells simplesmente decidisse que não queria mais brincar. Acho que a pior parte foi saber que meu pai ficou feliz. Para ele, não importava *como* eu estava ganhando, só importava que eu ganhasse. E caí nessa armadilha, inclusive no internato. Representante da casa, capitão da equipe de natação, editor-chefe. Chegava em primeiro lugar pensando que eu valeria de algo se tivesse a quantidade necessária de vitórias. — Ele revira os olhos, balança a cabeça. — Não compreendia a situação até o ano passado, quando minha irmã, Meredith, entrou na oitava série e vi o que meu pai estava disposto a fazer para garantir que ela também fosse a melhor. Nunca foi só comigo, e ele nunca ficaria satisfeito. Tenho travado uma longa luta comigo mesmo, com vitórias e derrotas, me livrando de tudo que eles enfiaram na minha cabeça, em especial no que se refere ao meu relacionamento com Wells. Ainda estamos descobrindo todos os absurdos que o vovô nos fez passar. Mas isso nós fazemos em conjunto. Já o resto das coisas, tenho que descobrir sozinho, o que é mais difícil. Errei muito e quase desisti algumas vezes. Mas corro atrás do que quero e faço isso pela Mer e por mim. E ela sabe que vou apoiá-la quando chegar a hora.

Estico o braço para afagar seu cabelo.

— É um fardo pesado para você carregar.

Ele balança a cabeça, mas se aninha ao meu toque.

— Cresci cercado de fartura. Com dinheiro para comprar tudo que eu quisesse e um pouco mais. Nem deveria reclamar; tive uma vida muito boa, na maior parte do tempo, principalmente depois de ter ido para o internato. Não quero que sinta pena de mim…

— Eu não sinto pena de você. — Passo os braços em torno dele e o puxo para mais perto. — Sinto orgulho.

Ele relaxa, mais à vontade do que nunca. Como se toda a tensão tivesse sido dissipada pelas minhas palavras.

— Você não precisa engolir tudo só porque tem gente passando por coisa pior do que você. É *mesmo* um fardo pesado precisar ser essa pessoa para a sua irmã — reconforto-o.

— Acho que a pior parte disso tudo é que ainda gosto de ficar em primeiro lugar. Não sei se algum dia vou *deixar* de gostar dessa sensação.

— Three, a *maioria* das pessoas gosta dessa sensação. Acho que quase todo mundo se reconhece como uma pessoa competitiva. — Acaricio o braço dele até tocar a palma de sua mão e afagá-la de leve. — Você pode até ser um pouco mais ardiloso do que a maioria, mas não é necessariamente uma coisa ruim se for contra o oponente certo.

Ele sorri, empurrando meu joelho com o dele.

— Boa observação. Você também é bem ardilosa. Tipo, *roubou* até meus nudes.

— Meu Deus! — Eu o empurro para longe. — Você nunca vai superar essa história? Eu não roubei seus *nudes*.

— Ah, tudo bem. — Ele assente com uma expressão pensativa. — Só roubou minha pauta. E meus *óculos*. — E me encara com um olhar malicioso.

— E *você* fingiu que ia me beijar. O que acho...

— Eu não estava fingindo.

— Você disse: "Ganhei".

Ele levanta as sobrancelhas, olhando para mim.

— Evans, eu não estava fingindo. Eu *ia* te beijar. Se não beijei, foi graças a um restinho de autocontrole.

Eu o encaro.

— Mentiroso.

— É sério que você não percebeu? No Halloween, naquela vez que tentou me aleijar na piscina, no dia em que roubou meus óculos. — Ele conta cada ocasião nos dedos. — Preciso continuar? Ficou toda constrangida quando descobri que sonhou comigo, mas não faz ideia do quanto pensei em você. Acordadaço. Sinceramente, acho que você me deve pelo menos um tapa na cara por algumas coisas em que pensei.

Olho para ele boquiaberta.

— Você ficou a fim de mim logo de cara — continua, enrolando uma mecha do meu cabelo no dedo. — E eu quis te beijar desde antes de saber que você era a Pomerene. *Muito* antes. A maldição do meu defeito fatal.

— Como assim?

Ele suspira e revela um sorriso meio triste.

— Eu sou muito bom em fazer as garotas me odiarem. E acho que garotas que me odeiam são meu fetiche.

— Será que isso vai virar um problema para mim? — Agarro a camisa dele e o puxo para mais perto. — Agora que eu não te odeio.

Ele me encara de um jeito intenso e inclina a cabeça, se aproximando.

— Isso é o oposto de um problema.

Three me beija sem pressa, me empurrando contra a estrutura da cama. Eu deveria me preocupar com a facilidade com que me perco nele, com a rapidez com que me esqueço do motivo de ele estar aqui e do que *deveríamos* estar fazendo. Como um dente-de-leão, tudo sai voando com uma brisa qualquer.

Recuo ligeiramente, mas sem me afastar a ponto de nossos lábios deixarem de se roçar, e sussurro:

— Será que devemos...?

Aceno com a cabeça para a cama atrás de mim.

O olhar dele acompanha a direção do aceno, e me sinto grata por ver algo parecido com avidez brilhando nos olhos dele. Ele quer tanto quanto eu — e faz muito tempo.

Eu o puxo conforme me deito na cama, e ele se estica ao meu lado. A boca encontra a minha de novo. Os dedos deslizam por meu cabelo enquanto se ajeita com um braço apoiado ao lado da minha cabeça, e nossas pernas se entrelaçam de modo indolente. Achamos nosso ritmo, captando os sinais um do outro, e começo a achar que talvez eu *nunca* tenha sido beijada até então. Porque beijar Three não tem nada de parecido com aqueles beijos esquisitos que troquei no Ensino Médio. Ele os excede completamente, não dá nem para comparar.

— Tudo bem até aqui? — sussurra, deslizando o polegar no milímetro de pele à mostra na minha cintura, perto do cós da calça jeans. E se afasta para conferir a resposta em meu rosto.

Engulo em seco, fazendo um esforço para respirar.

— Você... quer?

Ele sorri.

— Estou perguntando se *você* quer.

— Eu quero se você quiser. Você... tipo, você já sabe como eu sou, mas não quero que seja pego de surpresa com o que há aqui embaixo. — Seguro a mão dele e a deslizo para baixo da minha camisa.

Ele fixa seus olhos nos meus com uma intensidade penetrante.

— Wyn, imaginei este momento umas mil vezes. A única coisa que me pegou de surpresa até agora é como minha imaginação não chegou nem perto de fazer jus a como você é de verdade.

Fico vermelha e escondo o rosto com as mãos.

— Como você *consegue* falar essas coisas?

Ele ri e segura meus punhos.

— Se eu for sincero o bastante, só espero que você me conte sobre aquele sonho que teve.

Permito que ele afaste minhas mãos do rosto, mas sei que estou prestes a explodir de tão vermelha. Three sorri, se senta e coloca minhas mãos embaixo da camisa dele com suavidade. Depois arqueia as sobrancelhas.

— Ao mesmo tempo?

Ele se debruça sobre mim de novo, roça a boca na minha e minhas mãos deslizam por seu abdômen, sua camisa encostando em meus antebraços. Ao mesmo tempo, ele desliza a mão por baixo da minha blusa outra vez, apertando minha cintura. A pele dele está pegando fogo, mas tenho certeza de que também estou muito quente desta vez.

Apesar de saber que ele virou a noite acordado — as olheiras estão ali para provar —, não há nada preguiçoso nem lento no modo como ele está me beijando. Sinto seu peso sobre mim e o calor aumentando entre nós.

Então ele desliza uma perna entre as minhas, e deixo escapar um ruído que até então eu só havia produzido sozinha.

Ele congela, se afasta um pouco para examinar meu rosto. Suas bochechas estão coradas e ele está ofegante.

— Que foi? — pergunto. Sinto a vergonha me engolindo porque ele demora para ter uma reação. — Para de olhar para mim desse jeito. — Agarro o colarinho da camisa dele, puxando-o de volta.

Ele me permite beijá-lo por uns instantes, mas percebo que está mais distante, e sou dominada por uma onda de nervosismo. Eu o empurro e o encaro.

— *Que foi?* Eu cortei o clima, ou alguma coisa assim?

Three demora um segundo para reagir, seu olhar parece vago.

— Não.

Recuo e desenrosco as pernas do nó que formamos.

— Cortei total.

Ele agarra minhas mãos e as segura contra o peito. E ri baixinho.

— Wyn, você não cortou nada. Só preciso de um minuto. Ou vamos acabar muito mais rápido do que você espera.

A ficha cai, e eu olho mais para baixo.

— Ah, beleza, não precisava fazer contato visual direto com ele — diz Three, rindo enquanto levanta meu rosto.

— Eu não fiz! — protesto.

Mas minha voz enfraquece assim que ele beija meu pescoço e sinto sua língua deslizando por minha pele. Ele se mexe, sua coxa me pressiona de novo, e eu suspiro.

Three sorri e aproxima a boca da minha orelha.

— Nunca peça desculpas por isso — sussurra. — Está sendo incrível.

Por um bom tempo, esquecemos da nossa reportagem, dos Quatro Lixos, dos prazos estourando. As poucas palavras que trocamos são sussurradas: "Tudo bem assim?", "Você está gostando?" e "Sim". Muitos "Sim".

Mais tarde, depois de já termos definido que ainda não vamos usar a camisinha que ele trouxe na mochila, mas já tendo aberto zíperes e desabotoado peças, indo mais longe do que eu já tinha ido — mas não mais longe do que Three já foi, como ficou claro na conversa que deveria-ser-estranha-mas-não-é em que ele descobriu que sou virgem e eu descobri que ele não é, e tentei não entrar em combustão por causa de um ciúme irracional da ex-namorada dele —, ficamos deitados juntos na minha cama minúscula por um tempo, em silêncio.

— Acho que deveríamos trabalhar só na biblioteca daqui para a frente — sussurro.

Three ri e me abraça com mais força. Ele está sem camisa, mas continua quente, apesar da corrente de ar no meu quarto.

— E você acha que estar em público vai me impedir de alguma coisa?

— Ah, quer dizer então que esse é um dos seus *gostos*? Você gosta que assistam?

— Fico mais preocupado é com os seus gostos, para ser sincero.

Recuo, surpresa.

— Com os *meus*?

Ele abaixa a cabeça para me olhar.

— Evans. Você fingiu me enforcar no meio da redação do *Torch*.

Eu o encaro, boquiaberta.

— Não foi desse… Eu não estava…

— Está tudo bem — murmura, se inclinando para me beijar de novo. — Eu gostei.

Pensando bem, acho que chamá-lo de "combustível para os meus pesadelos" foi bem apropriado.

Ele *é* um pesadelo.

Um pesadelo que quero ter todas.

As.

Noites.

25

No dia seguinte, Three e eu perdemos um tempo considerável dando uns amassos em um canto da biblioteca, e acho que nós dois já entendemos que não podemos ficar sem supervisão *em lugar nenhum* se quisermos terminar a reportagem dos Quatro Lixos.

É meio vergonhoso não conseguirmos sentar um ao lado do outro por muito tempo sem nossos cérebros derreterem. Ao mesmo tempo, também é legal saber que Three está curtindo ficar comigo tanto quanto curto ficar com ele.

E ainda que eu tenha que silenciar minhas maiores inseguranças nos momentos em que estamos juntos, percebo que ele também tem as inseguranças dele. Tenho medo de deixá-lo me ver por fora. Three tem medo de me deixar vê-lo por dentro.

No final da semana, meu cérebro se dividiu em duas categorias: pensar em Three com direito a sorrisinho bobo na cara e tudo mais e sentir um nervosismo crescente por estarmos escrevendo uma matéria que, sem dúvida, vai nos render um monte de inimigos — e essa parte não tem sorrisinho bobo nem sorrisinho nenhum. Acho que é por isso que sou completamente pega de surpresa quando Sabina me manda uma mensagem pedindo para eu ir até a redação do *Torch* por terem tomado uma decisão sobre a vaga da Vida no Campus.

Percorro o caminho todo até lá com o coração na boca. Ao chegar, Three está me esperando no corredor.

— E aí? — cumprimenta ele.

Percebo na hora por seu tom de voz que ele já sabe o resultado. Paro a uma distância considerável dele.

— Parabéns. — Deixo escapar uma amostra do vazio que se espalha por meu peito.

Three faz uma careta.

— Wyn...

— Não, não faz isso — protesto, rindo, forçando meus pés a se mexerem.

— Isso o quê?

— Ficar com pena de mim.

Me esforço para não me jogar nos braços dele. Seria injusto esperar que ele me consolasse em vez de comemorar.

— Mas eu não estou fazendo isso.

Cruzo os braços e olho para ele com uma expressão paciente. No fim das contas, seria constrangedor demonstrar como isso partiu meu coração igual a uma casca de ovo.

— Você não parece estar curtindo a vitória.

Ele abaixa a cabeça e contrai a boca.

— Você me encontra depois de conversar com eles?

— Não me ofenda.

Ele levanta a cabeça.

— Como assim?

— Acha que eu vou usar essa sua vitória contra você? Depois de você ter passado o ano todo prometendo me vencer? Quer dizer que *agora* está preocupado com meus sentimentos? — Finjo estar com raiva, mas fico satisfeita ao ver enfim um sorrisinho surgir em seu rosto. Seguro sua camisa e o puxo para mais perto. — Parabéns. Você merece. Não estou brava com você.

Ele encosta a testa na minha.

— Obrigado.

Quero me aninhar em seu peito, mas sei onde isso nos levaria e, ou perderíamos um tempão no meio do corredor, ou seríamos pegos por alguém da equipe do *Torch*. E ainda não estou pronta para explicar o que está rolando entre nós.

— Preciso entrar — digo, me afastando com relutância.

— Precisa.

Ele recua um passo. Vejo algumas emoções desfilarem por seu rosto antes de ele se controlar e se acalmar, ainda ilegível.

— Acho bom você redigir o texto final da sua parte da matéria — aviso. — A minha parte está ótima, e vai ser vergonhoso se meu texto estiver com um tom melhor que o seu quando estiverem lado a lado.

Ele dá risada e se vira conforme passo por ele. Inclinando o corpo, se apoia com o ombro na parede.

— Sim, senhora.

Paro com uma das mãos na porta e olho para ele.

— Hum. Gostei de ouvir isso.

Ele sorri.

— É claro que gostou.

Aponto para ele e sussurro:

— Para de me distrair.

Abro a porta e entro na redação, deixando-o no corredor.

— Ei! — Sabina me chama assim que entro e me leva até a mesa dela. À medida que me aproximo, sua expressão séria se transforma em uma máscara de fúria. — Que merda, eu pedi pra ele não contar.

Eu sorrio.

— Ele não contou.

Ela olha para mim incrédula.

— Bom, *alguma coisa* ele fez.

Ele se preocupou comigo. Foi aí que ele se entregou. Three acha que sabe disfarçar tudo muito bem, mas eu enxergo através dele.

— Eu adivinhei — explico.

Ela pega o celular e o guarda no bolso enquanto se levanta.

— Vamos dar uma volta?

— Vamos. É claro.

Caminhamos em direção à porta, e Three passa por nós ao entrar na redação. Seu olhar passa por mim rapidamente, antes de se dirigir à mesa dos focas.

Evito olhar para as nossas cadeiras. Lado a lado.

Agora ele vai mudar para a mesa antiga de Mel, e eu vou ficar para trás, treinando quem entrar no lugar dele. Dói de dois jeitos diferentes: ficar para trás enquanto ele segue em frente e sentir saudade de dividir aquele espaço com ele.

— Olha, eu estou bem, de verdade — digo para Sabina logo que a porta fecha depois de sairmos. É mentira, mas não vai ser por muito tempo. — Sei que ele é um bom repórter.

— Ele é um ótimo repórter. — Sabina me conduz pelo corredor até o elevador. — Mas você também é uma ótima repórter. Já disse isso. — Entramos no elevador, e ela olha para mim quando a porta se fecha. — Você só é um tipo diferente de repórter. E, tecnicamente, não temos espaço para o que você faz. Ainda. Mas sabe que não pode ficar para sempre na mesa dos focas, não é?

— Sei. Em algum momento, todo mundo tem que sair, nem que seja porque terminou a graduação.

Sabina sorri.

— Não, estou falando de sair antes disso. Você vai ficar lá mais um tempinho, mas quero te promover também. Só não vai ser para a vaga na Vida no Campus.

— Eu não sei nada sobre esportes.

Ela ri.

— Pode apostar que eles não querem você lá.

É gostoso estar sorrindo. Brincando com *a Sabina*, entre todas as pessoas. Eu a idolatrei ao longo do último ano inteiro, e ela finalmente está olhando para mim.

A porta do elevador se abre, e ela me leva ao outro lado da rua, até o café no saguão de outro prédio.

— Queria conversar com você antes de começarmos a agir de verdade — explica Sabina depois de fazer o pedido, um *cold brew* para ela, que não consigo nem pensar em beber nesse clima gelado de janeiro, e um café com pouco leite para mim, que só pedi para não passar vergonha. Normalmente, tomo meu café cheio de adoçante, mas não quero que Sabina pense que não sou uma pessoa sofisticada. — Se formos fazer o que estou planejando, você não vai escrever para a Vida no Campus. O momento vai ser todo seu. — Ela escolhe uma das mesas liberadas há pouco e vamos nos sentar. Enquanto remove algumas migalhas de pão de cima da mesa, ela continua: — Seria uma coluna independente. E você não teria um editor cuidando disso, então responderia diretamente a mim.

Mordo a boca para conter um pouco o tamanho do sorriso, temendo rasgar meu rosto ao meio. Sabina percebe e dá um sorrisinho de cumplicidade.

— Não se empolga muito, não. Eu sou bem exigente.

— Não faz mal. É literalmente tudo o que eu quero.

— Você nem ouviu minha proposta ainda.

— Não importa. Vou fazer o que você quiser. Eu escreveria sobre os esquilos do campus se fosse o necessário para trabalhar diretamente com você.

Ela ri, toda satisfeita.

— Então não se importaria de escrever mais das suas pautas humanizadas toda semana? Uma coluna só disso?

— *É sério?*

— O que tem? — Ela sorri para mim com ironia. — Odiou a proposta?

— De jeito nenhum! Só estou... meio... — Perco a linha de raciocínio e bebo um gole do café para molhar a boca, cada vez mais seca. — Estou surpresa. Sei que você já disse que gosta das coisas que venho escrevendo, mas não pensei que gostasse tanto assim.

Sabina dá de ombros.

— Acho interessante. As pessoas gostam. Às vezes são boas notícias, às vezes são histórias tristes. E acredito que as matérias que se conectam com o coração das pessoas são algumas das pautas mais importantes que temos a publicar. Ler sobre outras pessoas nos faz sentir menos sozinhos. Além disso... — Ela sorri, meio tímida. — Essa pode ser nossa maior arma contra o *Two Minute News*.

Algo borbulha no meu peito. *De mim*. Ela está falando tudo isso *de mim*.

Me concentrei esse tempo todo em quanto Three é um ótimo repórter, e nunca me ocorreu que eu não precisava ser melhor, só diferente. Impossível de imitar.

Com um tom de pesar, Sabina continua:

— Porém, você vai ter que continuar trabalhando na mesa dos focas por um tempinho, enquanto fazemos tudo isso acontecer.

— Por mim, tudo bem — respondo. — Passei o ano todo escrevendo e trabalhando na mesa dos focas.

— Se tudo der certo, vai ser por pouco tempo. — Ela relaxa na cadeira. — Estou sentindo que vai dar certo. Acho que as pessoas querem ler esse tipo de coisa. Não veríamos programas como o *This American Life* fazendo tanto sucesso se as pessoas não se interessassem por outras pessoas.

Dara falou a mesma coisa quando escrevi minha primeira matéria humanizada. Ela acreditou nessas pautas desde o começo. Aliás, me incentivou a escrevê-las — ela e Madison, *as duas*.

— E eu também não queria que você pensasse que não damos o devido valor ao seu trabalho depois de promovermos Three.

— Eu não pensaria isso — digo, às pressas. — Sei que ele é mais qualificado do que eu. Quero dizer, eu não cheguei a ser editora-chefe no colégio.

— Nem eu.

Olho para ela incrédula.

— O quê?

— Não acho que aquilo que se faz ou se deixa de fazer no Ensino Médio tenha alguma ligação com ser ou não um bom repórter, tampouco com ter qualificações. Você também pode acabar se tornando editora-chefe um dia.

Alguma coisa se conflagra em meu coração, algo vívido, pulsante, fervente. Eu quero. Quero muito.

Sabina sorri.

— Não vejo a hora de contar para o Christopher.

— Contar o que para o Christopher?

— Que você e o Three fizeram a mesma cara quando mencionei a possibilidade de virar editor-chefe. — Ela suspira, afasta a cadeira da mesa, mas mantém a expressão satisfeita. — Estou sentindo que teremos longos anos de batalha entre vocês dois pela frente.

Estou sentindo que ela pode estar certa.

Quando voltamos para a redação, Three já se mudou para a antiga mesa de Mel. A mesa dos focas fica triste e vazia sem ele.

Me ajeito no meu lugar e tiro o computador da mochila, sentindo o olhar dele pousado sobre mim do outro lado da sala. Eu o ignoro.

E o ignoro.

E o ignoro...

Até que fica intenso demais, então pego o celular e digito uma mensagem.

EU:

Você esqueceu uma coisinha aqui

Levanto a cabeça para não perder o momento em que Three pega o celular e desliza o dedo na tela para desbloqueá-lo. Ele franze a testa e olha para mim.

Coloco uma das mãos embaixo da mesa, tiro-a dali, giro devagar e mostro o dedo do meio.

Three fica sério, e sorrio quando ouço meu celular vibrar.

THREE:

Por que me sinto como se você tivesse acabado de me mandar um beijo no meio da redação

EU:

Deve ser mais um dos seus probleminhas

THREE:

Foi mal mas quem fez de um jeitinho romântico foi você

Faz de novo

EU:

Vai trabalhar

Sinto o olhar dele em mim e suspiro. Lutando contra um sorriso, levanto a mão de novo e, discretamente, mostro o dedo do meio para ele.

Ele finge pegar alguma coisa no ar e leva a mão fechada ao peito, adotando uma expressão sonhadora.

Reviro os olhos e aponto para o computador.

Vai trabalhar, digo, só movendo os lábios, sem emitir nenhum som. Finjo estar digitando.

Three faz uma careta, move os dedos rapidamente sobre o teclado e me imita.

Irritante. Ele é *muito* irritante.

Mas ele dá um sorriso discreto para mim mais uma vez, e alguma coisa quente desabrocha no meu peito. Outro pensamento me ocorre.

Mal posso esperar para continuar brigando com ele.

26

Passamos o fim de semana todo editando nossa reportagem dos Quatro Lixos, dando os toques finais nas entrevistas com dois ex-calouros que sugerem — apesar de não terem como afirmar com toda certeza — o envolvimento de formados de alto escalão na rede de tráfico das fraternidades. Não é o ideal, mas é o melhor que conseguimos e pelo menos vai servir para chamar a atenção para as fraternidades envolvidas de um modo geral. Terminar a apuração em um tempo razoável está, acima de tudo, na conta de Dara e Madison, que se revezam como acompanhante no meu quarto. A presença delas obriga eu e Three a nos comportarmos direitinho durante algumas horas.

É esquisito ter meio que um relacionamento com ele. Esquisito não ser esquisito. Comemos juntos no refeitório, ficamos de papo no celular até tarde e ainda discutimos bastante, só que agora fazemos as pazes com beijos ou o dedo do meio que aparece de vez em quando e é tão fofo quanto um apelido de casal.

No domingo à noite, ele sai do meu quarto jurando que vai entregar nossa reportagem no dia seguinte, depois de revisá-la uma última vez. Acho que nós dois estamos apreensivos antes de mandá-la para a edição dos olhos de águia da Sabina. Não importa quantos elogios eu receba dela, ainda tenho medo de esta ser a matéria que vai decepcioná-la. A matéria em que meu texto simplesmente *não vai ser bom o bastante*. Não seria minha primeira rejeição no *Torch*.

Mas me conforta ter Three ao meu lado. Sei que ele é um ótimo repórter. Confio nos instintos dele. E li o que ele escreveu, o que fala por si só.

Acordo na segunda-feira de manhã me sentindo ótima. Resolvi as coisas com minhas amigas e com Three, a vaga da Vida no Campus não é minha, mas tenho outras oportunidades, e nossa reportagem dos Quatro Lixos está quase pronta, bem a tempo de ser incluída na minha candidatura ao curso de Jornalismo.

É claro que já deveria ter suspeitado que alguma coisa estava prestes a dar muito errado.

Na hora que saio da terapia naquela tarde — meu novo compromisso inadiável de toda segunda-feira —, vejo que tenho mensagens de duas pessoas muito improváveis, e nada do cara que eu supostamente vou encontrar daqui a algumas horas.

Desbloqueio o celular e abro a mais inesperada primeiro.

ELLIE:

Eles vão te deixar em paz se você não publicar a reportagem. Mas eu não me arrependo. Ele mereceu.

Franzo a testa olhando para a tela e abro a outra mensagem.

CHRISTOPHER:

Você precisa colocar algum juízo na cabeça dele. Eu sei que não é isso que você quer.

Enquanto leio a mensagem de Christopher, meu celular vibra duas vezes com novas mensagens — agora de Sabina.

SABINA:

Não ouve o Christopher. Você e o Three têm que decidir juntos o que querem fazer.

Se ele quiser desistir porque está preocupado com a própria segurança, devemos respeitar essa decisão.

Ligo imediatamente para Three. Toca, toca, e cai na caixa postal.

Tento de novo.

E de novo.

Mesmo assim, ele não atende, então ligo para Sabina.

— O que aconteceu? — pergunto assim que ela atende.

Sabina reage surpresa.

— Você não sabe?

Meu coração está em disparada. Juntando a mensagem ameaçadora de Ellie e as de Christopher e Sabina, as peças formam um quebra-cabeça que não quero ver pronto.

— Não? — Minha voz falha.

Sabina resmunga um palavrão.

— Ele ligou para Christopher hoje de manhã e falou que quer esperar para publicar a reportagem. Ele... Que merda, Three. Não acredito que ele não te contou. — Já estou tremendo de nervoso, e a pausa só piora a situação. — Uns caras de alguma fraternidade atacaram ele ontem à noite.

— *O quê?*

— Ele está bem. Só teve uma pequena concussão...

— Isso não é *estar bem*!

Sabina fica em silêncio. Depois fala:

— Então quer dizer que vocês dois realmente estão... Hum. Você sabe. Christopher disse que achava que sim, mas eu não esperava.

Não tenho tempo para destrinchar o que ela quer dizer com isso ou quantos editores do *Torch* têm feito fofoca sobre nós.

— Onde ele está? Em casa?

— Sim... *Christopher!*

— Oi — diz Christopher do outro lado da linha, ofegante. — Acho que o Three vai topar se você conversar com ele. Está mais preocupado com você do que consigo mesmo.

— Eu vou te matar — ameaça Sabina.

— Eu ainda acho que deveríamos publicar, se você quer saber — diz Christopher.

— Não estou nem aí com essa reportagem idiota, Christopher. — Desligo, me recusando a ouvir o que ele vai dizer em seguida.

Tento ligar para Three mais uma vez, mas ele não atende, então caminho em direção à saída da clínica e saio do prédio, andando no frio. Conheço o lugar onde ele mora, mas nunca estive no quarto dele. Three divide o espaço com um colega que mal suporta, então faz sentido passarmos mais tempo no meu quarto, onde somos apenas nós dois. Só sei que ele não mora nem no térreo, nem no último andar, porque já reclamou do barulho dos vizinhos de cima e de baixo.

Mando uma mensagem para ele à medida que caminho; minha preocupação pega um atalho e vira irritação.

EU:

Acho bom você estar dormindo, porque você vai se arrepender muito se eu descobrir que está ignorando minhas ligações.

Fique sabendo que vou revirar seu prédio inteiro e bater de porta em porta até te encontrar

Meu celular toca segundos depois. Quase quebro a unha batendo na tela para atender.

— Juro por Deus…

— Eu não estava te ignorando — fala depressa, mas a voz soa diferente do normal. As palavras parecem… enroladas. Meio moles.

Como se ele tivesse acabado de sair do dentista. Como se estivesse mexendo a boca com cuidado. Ou o oposto, como se tivesse dificuldade para ser cuidadoso.

Meu coração fica apertado e paro onde estou.

— Por que você *está falando* desse jeito? — Minha voz baixa é quase um gemido.

— Eu estou bem. Não venha aqui.

Coloco a mão na testa, olhando para o prédio dele.

— Não quero te incomodar. Só estou...

— Você não está me incomodando. Só não quero que você surte — murmura ele.

— Já estou surtando. E estou surtando mais ainda por você não querer me ver.

— Não é isso... Eu quero... Estou... — Ele suspira.

— Por favor, não me faça ficar aqui parada imaginando o que pode ter acontecido. Não precisamos conversar. Só me deixa ficar com você.

Ele não responde de imediato. Então, com um tom quase sufocado, diz:

— Está bem. Mas mande uma mensagem quando você chegar. Não bata à porta.

Tenho certeza de que a cabeça dele deve estar explodindo se Sabina estiver certa quanto à concussão, mesmo que leve.

Mando uma mensagem do saguão do prédio. Quando saio do elevador no quarto andar, há um garoto parado na única porta aberta. Ele tem cabelo castanho bagunçado, olhos sonolentos com olheiras, e percebo que já o vi antes.

— Wells — digo sem pensar muito.

É *ele* mesmo. O Wells que jogou a toalha. O Wells que só ficou em segundo lugar porque não quis mais brincar. Apesar de tudo que Three me contou sobre a relação dos dois, aqui está ele.

— Wyn. — Ele me cumprimenta com um aceno de cabeça, como se soubesse exatamente quem eu sou. Se ficou surpreso por eu saber quem ele é, não demonstrou. — Sei o que você está pensando. Só esse idiota colocaria alguém que mora a duas horas dele como contato de emergência.

Mas não é isso que estou pensando. O que estou pensando é que gostaria de dissecar o relacionamento deles como se fosse um sapo no laboratório de Biologia — com um bisturi e uma lupa — para ver todas as partezinhas e tudo que o coloca em movimento. Depois de tudo que Three me contou, quero saber como eles chegaram a esse ponto em que Wells é o principal contato de emergência.

Mas não é para isso que estou aqui.

Quando entro e ouço a porta se fechando, a única coisa que disputa espaço com o pânico é o profundo interesse em visitar pela primeira vez o mundo de Three. Há uma pequena área interna compartilhada pelos dois quartos e um banheiro de um lado. Uma das portas dos quartos está fechada, mas a outra está aberta, e Wells me leva até lá.

— Só para te prevenir, ele está na merda, acabado. Mais do que de costume. Então, não se assuste — alerta o primo de Three.

Sei que ele está tentando deixar o clima mais leve, mas não consigo me obrigar a sorrir.

— Está me difamando? Até no pior dos meus momentos? — fala Three ao entrarmos no quarto dele.

Depois de Sabina ter dito que o atacaram, eu já estava imaginando o pior. Ensanguentado, machucado. Talvez com algum osso quebrado. Cabeça enfaixada.

Mas, pela primeira vez na vida, acho que todo aquele papo de "Wyn, você assiste televisão demais" me ajudou em alguma coisa.

Não quer dizer que ele não esteja péssimo, porque está. Three está sentado na cama, apoiado nos travesseiros. O lábio superior está cortado e inchado, e ele tem hematomas nos dois olhos, em volta do nariz e ao longo da mandíbula. Há um esfolado enorme no queixo, como se tivesse raspado no concreto.

Ranjo os dentes, lutando contra a raiva para não começar a gritar. Pelo jeito como ele estremece toda vez que fala alguma coisa, sei que está sentindo dor. Provavelmente mais do que demonstra.

— Não é tão ruim quanto parece — argumenta.

— É sim. E ele teve uma concussão — refuta Wells.

Three olha para ele.

— Leve.

— É, fiquei sabendo. Pela *Sabina*. — Three tem a decência de reagir como se pedisse desculpas, e eu amoleço. — O que aconteceu?

Ele suspira e fecha os olhos.

— A notícia de eu ter abandonado a Tau Delta deve ter se espalhado. Acho que as pessoas estavam especulando o motivo, e a história chegou em Ellie. Ela entregou a gente. Eu, especificamente, mas disseram que vão atrás de você também se publicarmos a reportagem.

— Por que ela faria isso?

O sorriso de Three tem um quê sarcástico.

— Não é óbvio? Ela continua traficando. Se eles rodarem, ela roda. De novo. Ela estaria violando a condicional e, sem dúvida alguma, seria expulsa desta vez. Ellie tem mais a perder do que qualquer um dos caras por já ter sido pega antes.

— Foi por isso que você pediu para Christopher e Sabina segurarem a matéria.

— Porque Ellie sabe onde você mora e poderia entrar no prédio com facilidade. Christopher ficou furioso, mas não estou disposto a arriscar sua segurança por isso. Eu sabia que arrumaríamos alguns inimigos com a reportagem, mas não esperava que fosse nesse nível.

— Arriscar minha segurança — repito, contrariada. — Quanto tempo você passou ensaiando esse discurso?

Mesmo com o rosto cheio de hematomas, ele cora.

— Desde antes de eu ligar para Sabina.

— Você ligou para ela primeiro?

— Ela é a editora-chefe — defende-se ele, como se fosse óbvio.

— Christopher deve ter adorado isso.

Three dá de ombros e estremece. A voz dele está tensa quando fala em seguida:

— Ele não ficaria satisfeito de jeito nenhum.

— Como você descobriu que foi a Ellie?

Pela mensagem que ela mandou para mim, sei que Three está certo. Não consigo decidir o que é mais absurdo — ela achar que eu realmente a ouviria quando me alertou sobre a publicação ou ter sido idiota o suficiente para continuar traficando depois de já ter sido pega uma vez.

— Eles falaram.

— E você ficou lá parado batendo um papo com eles? Você é idiota? Tinha que ter corrido assim que os viu!

— Eu não sabia que eles estavam envolvidos.

Eu o encaro e tudo começa a se encaixar. Three não é burro. Se fosse alguém dos Quatro Lixos e houvesse tempo para conversar, ele teria corrido. Saberia que nada de bom poderia sair dessa conversa.

Ele deve ter visto a compreensão se estampando em meu rosto, porque me revela um sorriso vazio.

— Pois é. Agora vamos ter que começar a chamar de Cinco Lixos.

Tau Delta.

— Eles acharam que você sabia.

— Eles acharam que era esse o motivo de eu ter saído de lá. Deduziram que eu estava me preparando para entregar todos eles. Toda aquela investigação, e não percebi o que estava bem embaixo do meu nariz. Um dos garotos me pediu para ir encontrá-lo ontem à noite, achei que quisessem me convidar para voltar. Ou que meu pai tivesse pedido um favor, algo assim, para salvar as aparências.

Wells faz um barulho um tanto irrisório. Emenda com uma tosse forçada e vira a cabeça para o lado. Three não reage.

— O garoto me falou para abandonar a reportagem. Disse que eu iria me arrepender se não fizesse isso. — Ele tenta sorrir, mas o esforço termina em uma careta. — Se eu soubesse que havia mais quatro caras esperando, provavelmente teria ficado de boca fechada.

— Duvido — desafia Wells.

Three olha para ele.

— Não estou entendendo. Você está aqui para ajudar ou piorar as coisas?

— Só estou verificando se a pancada na cabeça não está provocando alucinações. Você *com certeza* não ficaria de boca fechada.

Three suspira.

— Entendi, a resposta é piorar as coisas. Beleza.

— Já devia esperar por isso quando me colocou como contato de emergência.

É fascinante ver Three interagir com alguém tão próximo. Ainda mais com Wells... alguém com quem é visível que ele se importa profundamente, apesar de tudo que sei sobre o passado deles.

Vendo os dois juntos, entendo o que Three quis dizer quando falou que se sentia sozinho. Ele quer uma conexão assim — alguém que o entenda com facilidade, mesmo que seja complicado às vezes. Ele não quer só andar com uma galera, como era com os outros calouros da Tau Delta. Quer amigos de verdade.

Conheço bem o sentimento. É fácil enxergar isso agora que estou olhando para ele com atenção. E agora que o entendo.

— Ellie mandou uma mensagem para mim hoje de manhã. Ela sabe que eles te pegaram, sem dúvida.

— Tenho certeza de que ela está arrasada por isso — diz Three.

— Não exatamente. — Seguro o celular com tanta força que me surpreendo por ele não estilhaçar na minha mão. — Está preocupado com a possibilidade de virem atrás de você de novo?

— Não, estou preocupado com *você*.

— Ou seja: se eu não fizesse parte de toda essa história, você não pensaria duas vezes.

Ele suspira e fecha os olhos mais uma vez.

— Não consigo falar sobre isso agora. Minha cabeça está prejudicada.

— Dramático — comenta Wells.

Three mostra o dedo do meio para o primo.

— A não ser que você me dê um bom motivo para não fazer isso, vou falar com a Sabina agora e autorizar a publicação.

Ele arregala os olhos.

— Não.

— Se publicarmos e eles vierem atrás de você ou de mim, todo mundo vai saber quem são os culpados. Não me preocupo com isso.

— Mas deveria. Se a faculdade abrir uma investigação, são capazes de considerarem causa perdida e agirem por vingança.

— Mais uma vez, não estou preocupada.

— Wyn.

— Você fez um boletim de ocorrência?

— Sim. No hospital, ontem à noite — responde Wells.

Olho para Three sem esconder a irritação.

— Espero que saiba o quanto estou brava por não ter me ligado quando tudo rolou. Você começou a tomar decisões sem me...

— Eu não decidi nada. Só perguntei se poderíamos segurar a reportagem. Eu queria conversar com você — argumenta ele, sem forças.

— Então estou decidindo. Vamos publicar. Vou ligar para a Sabina. — Mas minha mandíbula enrijece com a tensão. — Na verdade, tenho que ligar para outra pessoa primeiro.

Saio do quarto e fecho a porta com delicadeza. Entro no banheiro e fecho a porta também, porque sei que vou gritar.

Ligo para Ellie e ouço dois toques antes do sinal da caixa postal. Na segunda tentativa, ela recusa a ligação mais rápido ainda.

Já estou cuspindo fogo quando ouço o bipe da caixa postal.

— Eu sabia que você não ia atender, porque você é uma covarde de merda. Mas quero que você e seus amiguinhos saibam que a matéria vai sair. Esta semana. E não é só isso: vou fazer tudo que estiver ao meu alcance e pelo tempo que for preciso para fazer você e cada um deles serem expulsos. Não acredito que em algum momento, por *um* segundo que fosse, achei que valia a pena tentar te entender. Você é um lixo. E, quando eu terminar, seu futuro vai estar destruído. Seu histórico acadêmico... *inútil.* Vou mandar os textos que escrevemos sobre você para todas as universidades e faculdades comunitárias do estado, talvez para outras mais distantes. Você deve ter achado que eu ligaria para dizer que sou maior do que tudo isso e que esperava que você aprendesse alguma coisa, mas não sou assim. Espero que você apodreça, e vou fazer de tudo para garantir que isso aconteça.

Desligo, ofegando, e ligo para Sabina em seguida.

— E aí, como ele está? — pergunta ela ao atender.

— Está com uma cara péssima, mas vai ficar bem. Vamos publicar a reportagem.

— Você tem certeza...?

— Sabina, por favor. Ele não está preocupado com a própria segurança, mas comigo. E eu não estou. Quero que eles paguem por tudo.

Ela suspira.

— Jornalismo não tem a ver com retaliação, Wyn. Tem a ver com divulgar as notícias.

— E isso é uma notícia. Eles não estão só vendendo maconha. São drogas pesadas. Todos nós sabemos o que aconteceu com aquele Adderall adulterado no ano passado e vamos ouvir mais e mais histórias desse tipo se isso continuar rolando. Drogas pesadas no campus colocam todo mundo em risco. As pessoas precisam ter fontes de informação. Não podemos segurar uma história dessas só porque tenho medo de que venham atrás de mim. E, se não publicarmos, Three vai ter apanhado por nada. Eles não podem intimidar a verdade.

— Ok — aquiesce Sabina, com tranquilidade. — Entendo. Vamos publicar.

No fundo, alguém grita um "Uhu" — provavelmente Christopher.

— Vou editar nosso rascunho para incluir a Tau Delta e já mando o arquivo para você.

Desligamos, e volto para o quarto de Three me sentindo um pouco mais calma.

Wells e Three me encaram. Em seguida Wells olha para o primo.

— Você não disse que ela era tudo isso.

Fico vermelha, constrangida por saber que eles me ouviram mesmo com as duas portas fechadas.

Three olha para ele.

— Oi, será que você poderia parar de tentar seduzir minha namorada?

Viro a cabeça e olho boquiaberta para Three.

— Sua… o quê?

Ele me encara sem mudar de expressão, como se a resposta fosse óbvia.

— Ah, fala sério. Você acha que tem o direito de ficar bravo comigo por *qualquer* motivo neste momento?

Ele relaxa e assume um ar culpado.

— Por mais que eu ame ver o Three ser aniquilado, preciso atender. — Wells levanta o celular vibrando e aceita a ligação já a caminho da área comum. — Oi, linda. Não, ele não morreu. — A última coisa que ouço antes de ele fechar a porta é: — Isso era para ser uma notícia *boa*.

Three ri baixinho, mas, quando olho para ele com uma expressão confusa, gesticula sugerindo que eu deixe para lá.

— Prefiro não estar com uma concussão na hora de tentar te explicar essa parte.

Não insisto.

— Preciso de uns vinte minutos para atualizar nosso texto e incluir a Tau Delta, aí vou enviar para a Sabina.

Ele protesta.

— Não está…

— Já lemos o texto umas cem vezes, Three. Está pronto. — Puxo a cadeira da escrivaninha, me sento e abro o notebook dele. — Qual é a senha nova?

Ele hesita, coça a nuca.

— Hã…

Eu o encaro com um olhar frio.

— Não é possível que você esteja com medo de eu te roubar de novo.

Ele fecha os olhos.

— Essa parte do "de novo" me pega, sabe?

— Você deveria tentar evitar o estresse, considerando que sofreu um traumatismo na cabeça. — Bato com um dedo no computador. — A senha, por favor. Eu tentaria adivinhar, mas você mesmo disse que eu nunca descobriria, então prefiro nem perder tempo.

Three fica vermelho e desvia o olhar.

— Olha, antes de mais nada, quero dizer que isso era uma piada…

— Um dos seus grandes talentos históricos. Piadas.

Ele volta a me encarar.

— Olha quem fala.

Apoio o queixo na mão e espero. Ele suspira, olha para longe de novo.

— E-O-W-Y-N-E-V-A-N-S. Tudo junto. Em letra minúscula.

Não me mexo. O vermelho das bochechas dele se espalha até atingir o peito, o pescoço e as orelhas.

Olho para o teclado e digito: "eowynevans". Meu nome completo. Aperto a tecla do enter e a área de trabalho aparece.

— Era para ser engraçado — resmunga ele.

— Essa foi, tipo, a coisa mais romântica que já me aconteceu, e você meio que está estragando. — Abro o navegador e acesso meu e-mail. — Onde você salvou a matéria?

Ele pigarreia e me dá as orientações para encontrar o arquivo. Assim que termino e o aviso sonoro indica que o texto está a caminho da caixa de entrada de Sabina, fecho o navegador e o computador.

Finalmente paro um pouco para observar o quarto. O lado do outro morador é um desastre, mas a metade de Three é toda organizada e limpa. Não tem nada pendurado nas paredes, tirando um quadro de avisos com várias manchetes de jornal. A escrivaninha é toda ordenada, coberta de pastas, cubos de organização e copos com marca-textos, exatas doze canetas idênticas e três tipos de nota autoadesiva. Imagino que a cama fique arrumada religiosamente todas as manhãs quando ele não está deitado.

Three olha para mim e abre espaço na cama.

— Quer sentar?

— Posso? — pergunto, parada em pé ao lado da escrivaninha.

— Se não vier, vou ficar chateado, então…

Contenho um sorriso e me aproximo dele, que geme de dor ao se ajeitar mais perto da parede.

— A coisa mais romântica que já te aconteceu? — pergunta, se acomodando de novo.

— Sim, o padrão é bem baixo. Mas é você quem vai defini-lo de agora em diante.

— Tenho certeza de que consigo fazer melhor que uma senha. — Ele aproxima o rosto do meu pescoço e morde minha orelha de leve. — Quero que saiba que eu te beijaria até cansar agora, mas preciso pegar leve — murmura. — Estou com medo de, sei lá, desmaiar ou vomitar, e acho que eu não me recuperaria emocionalmente dessa vergonha.

Dou risada.

— Acho que eu não deveria dizer isso, mas seu discurso sobre drogas me deixou excitado.

— Meu Deus. — Cubro o rosto com a mão. — Você ouviu tudo?

Ele segura meu punho e vira minha mão para dar um beijo na palma.

— Não fica com vergonha. Quero ouvir todos os seus discursos.

— Sério? — A pergunta sai sem graça, chocada.

Three levanta a cabeça, sorrindo.

— Sério. Me conta sobre tudo que é importante para você, Éowyn.

Eu coro, amando o jeito como ele pronuncia meu nome inteiro... algo que sempre foi motivo de piada ou usado como insulto.

Ele faz uma cara satisfeita.

— E continua me olhando desse jeito.

— Pois é — sussurro, e me inclino mais para perto dele. — Não sei se percebeu, mas sempre olho assim para você.

Epílogo

No fim, cinco fraternidades são suspensas. Entre elas, duas perdem seus estatutos nacionais. E doze estudantes, incluindo oito garotos de fraternidade, são expulsos. Uma das pessoas entre as quatro restantes é Ellie.

Ela acabou me ligando de volta. Recebi uma mensagem de voz longa e caótica em que ameaçou me sentar a porrada várias vezes, depois mais duas de uns caras de quem nunca ouvi falar me ameaçando de coisa pior. Levei tudo para a polícia e, apesar de não terem gostado de termos publicado a reportagem sobre as drogas sem avisá-los antes, consegui uma medida protetiva. E, melhor ainda, Three conseguiu uma também.

No meio da confusão, aconteceram algumas prisões; as mais surpreendentes foram a de dois formados que eram fornecedores — informação que eu e Three conseguimos com os ex-integrantes da fraternidade que encontramos nas redes sociais. Essa parte a polícia gostou de saber por nós.

Para fechar com chave de ouro, o *Two Minute News*, contrariando todas as expectativas, garantiu que a história fosse divulgada por todo o campus. Acho que queriam se redimir por terem furado a matéria do Adderall adulterado no ano passado. Fizeram uma série chamada "Saiba tudo em dois minutos" e, ao longo de uma semana, cobriram todos os envolvidos, desde os ex-alunos poderosos até Ellie. Um dos jornalistas chegou a entrar em contato com o *Torch* para checar alguns detalhes novos, o que quase fez a cabeça de um Christopher espantado explodir em mil pedacinhos no meio da redação.

Como conclusão, bom, sabemos que tem muito mais gente envolvida do que conseguimos identificar. Mas é provável que levaríamos anos para provar quem sabia o quê e o tamanho desse buraco. Eu e Three estamos satisfeitos com o que fizemos. Agora, a polícia tem que concluir o trabalho. Só podemos torcer para que a investigação encontre outras pessoas que tenham escapado.

Não deveria ser surpresa nenhuma que a volta à vida normal fosse anticlimática depois de toda a adrenalina de desmascarar uma rede de tráfico no campus com meu namorado.

— Espero não estar ficando viciada em adrenalina — comento com Dara e Madison durante o almoço. Nós nos encontramos no intervalo entre as aulas, e o refeitório está lotado e barulhento. — Mas faz dois meses que ninguém ameaça me dar uma surra, estou meio entediada.

Dara joga uma batata frita em mim.

— Se continuar esfregando seu namorado na minha cara pelo quarto, eu mesma vou te ameaçar de uma surra.

Madison ri, cobrindo a boca quando arregalo os olhos para ela.

— Madison! Você deveria condenar todo tipo de violência!

— Você está absolutamente certa. — Ela pega um sanduíche e esconde os resquícios de um sorriso. — Além disso, Dara, pensei que tivesse dito que está ocupada demais para namorar agora.

Dara se ajeita, alinhando os ombros.

— Isso é verdade. Posso até morrer virgem, mas pelo menos tenho a ENM para me manter ocupada.

No mês passado, Dara fundou uma organização no campus chamada Estudantes Negros no Marketing para os outros alunos negros de seu curso. Eles usam o grupo para fazer contatos, mas também têm procurado empresas lideradas por pessoas negras na região de Columbus a fim de oferecer consultorias gratuitas para novas estratégias de marketing. Three fez uma matéria sobre eles para a Vida no Campus há algumas semanas.

— Mas isso não quer dizer que eu não esteja na pista — acrescenta Dara, e pega o celular quando ele vibra. — O Buckonnect ainda pode me garantir uma relação amorosa até o fim do ano. Se o número de usuários continuar crescendo, minhas chances aumentam, não é? Tipo, até *a Madison* deu uma passada no Buckonnect.

— Só uma passada, *mesmo* — comento, rindo. — Mas pelo menos foi suficiente para me ajudar com a matéria. — Dou um tapinha na minha mochila. — Não se esqueçam de responder às novas perguntas que mandei para vocês duas até hoje à noite, combinado? Preciso entregar isso para a Sabina amanhã, ou a próxima ameaça de surra pode vir *dela*.

— Ah, até parece. — Dara bufa. — Ela não levantaria um dedo contra a queridinha. Principalmente agora que a Lente Focada botou o *Torch* no radar de todo mundo.

Fico vermelha de orgulho. As matérias humanizadas que tenho escrito para o *Torch* no último mês e meio fizeram um grande sucesso. Surfamos na onda do escândalo do tráfico de drogas enquanto colocávamos a Lente Focada no mundo. Agora que a coluna está firme e forte, acho que nossa impressão estava certa — as pessoas gostam de ler sobre outras pessoas.

À medida que nos aproximamos do último mês do semestre, começo a trabalhar na próxima matéria, "Buckonnect: um ano em revista", uma investigação sobre as diferentes experiências que as pessoas viveram usando o aplicativo, de casais oficiais a encontros casuais a casos de *ghosting*. Racismo, sexismo, nudes sem consentimento. Os altos e baixos dos aplicativos de relacionamento, ainda mais de um que permite interagir no anonimato. E tudo isso através da lente estreita de um campus universitário, onde o conjunto de possibilidades é muito mais reduzido do que se encontraria em um aplicativo de relacionamento comum — o que significa que as experiências ótimas são especialmente boas, e as experiências terríveis são especialmente decepcionantes.

É a primeira pauta que Three escreveu, só que da minha perspectiva — a lente focada exigida pela Lente Focada em todas as suas publicações.

O celular de Dara vibra novamente e ela resmunga um palavrão.

— Esqueci que combinei de encontrar Kayla. Ela está planejando algumas coisas para comemorar os seis meses dela e da Yasmin, e prometi que ajudaria. — Nossa amiga puxa a mochila das costas da cadeira e a pendura no ombro, equilibrando a bandeja em uma das mãos. — Vejo vocês em casa!

Madison sorri enquanto Dara sai correndo.

— Eu amo que a gente chama o dormitório de "casa".

Eu também. Por mais que ainda chamemos a casa dos nossos pais de "casa", nossa suíte também traz essa sensação. Um refúgio contra os estresses do dia. Onde podemos relaxar, às vezes sozinhas, às vezes juntas.

Falando em pais, as coisas com os meus só têm melhorado. Durante o recesso de primavera, planejamos nossas férias de verão, uma semana no resort Ancient Lore Village, em Knoxville, no Tennessee. Tecnicamente é um meio-termo, mas acho que estou mais ansiosa que eles. Adoro que meus pais sejam supernerds, que gostem de coisas como a Feira Renascentista e a Comic-Con, e percebi que é divertido dividir esses momentos com eles de vez em quando.

— Ah, ei — diz Dara rapidamente, voltando à mesa antes de sair. — Logo vamos ter que conversar sobre o ano que vem. A maioria das pessoas escolhe antes do fim do semestre onde vai morar no outono. Vocês têm algum outro plano?

— Outro plano de moradia? — pergunto.

Dara me encara.

— É, tipo, você tem planos de se trancar em um buraco de pecado com seu namorado, ou nós três deveríamos começar a procurar um apartamento juntas?

Madison sorri, radiante.

— Eu adoraria morar com vocês no ano que vem.

Inclino a cabeça e sorrio para Dara com ar sarcástico.

— Contanto que você não se importe se eu esfregar meu namorado na sua cara no nosso apartamento…

Dara revira os olhos.

— Por que não renovar o contrato do meu inferno pessoal por mais um ano? — Ela imita arminhas com os dedos e aponta para mim. — Eu amo sofrer! — E se despede com um tchauzinho e um sorriso, antes de sair correndo de vez. — A gente se vê mais tarde, parceiras de casa!

— Como eu conto educadamente para ela que odeio a expressão "parceiras de casa"? — pergunto para Madison.

Ela sorri.

— Não corta a onda dela. Acho que Dara adora falar isso.

Quando chego na redação do *Torch*, os Logans estão concentrados em uma discussão fulminante, como sempre. Eles são os novos focas: Logan Day, contratada primeiro e treinada por mim no período em que dividimos a mesa, e Logan Takano, contratado pouco antes de eu começar a trabalhar na Lente Focada e treinado por Logan Day, que nunca, nem por um segundo, deixa que ele se esqueça desse detalhe.

Nós os chamamos de Day e Takano quando os tratamos individualmente, mas, juntos, são os Logans. Ninguém nem chama os dois de "focas".

Hoje, Day está em pé ao lado de Takano, com as mãos na cintura.

— Você falou que resolveria a transcrição dessas entrevistas que Mel pediu...

— Não, eu não falei nada disso — responde Takano, sempre calmo, comparado ao temperamento reconhecidamente terrível de Day. — Você saberia, se tirasse um pouco o cancelamento de ruído antiTakano...

— *Cancelamento de ruído?* — interrompe ela. — Meu Deus, você é insuportável!

— Nós éramos fofos assim quando brigávamos? — diz uma voz em meu ouvido.

Sorrio e me viro a fim de olhar para Three, que acabou de entrar pela porta atrás de mim. Ele está usando as roupas do trabalho, jeans com uma polo vermelha do cinema independente que fica na frente do campus, do outro lado da rua. Ele arrumou um emprego lá há alguns meses, e o benefício de ter ingresso grátis significa que muitos dos nossos encontros se resumem a assistir a filmes de que ninguém nunca ouviu falar.

— Brigávamos? Tipo, no passado? — pergunto.

Enfio os dedos nos passantes do jeans dele, puxando-o para perto de mim. Todo mundo no *Torch* sabe que estamos namorando, mas ainda tentamos ser discretos na redação. Por mais que às vezes rolem uns beijos na mesa de trabalho quando a redação está vazia, pelos velhos tempos.

— Você já esqueceu que ontem estava reclamando que monopolizo o tempo dos Logans para as minhas pautas? — provoco.

Three franze a testa.

— Bom, mas aí foi ontem. Então... sim, no passado.

Meu sorriso é doce.

— Estamos prestes a ter uma briga no presente se continuar me irritando.

— Ah, não, uma briga no presente não. — Ele aperta minha mão levemente, se inclinando para sussurrar: — Você sabe o que as brigas fazem comigo.

Seu olhar é puro fogo enquanto ele passa um dedo na palma da minha mão.

Sinto o toque em meu corpo inteiro.

Three sorri com a inocência de um menininho ao passar por mim e vai em direção à mesa.

— Você é ardiloso — digo, e vou atrás dele.

— Sou, mas você ficaria entediada se eu não fosse — responde ele.

A briga dos Logans ganha força, até que Christopher tem que intervir e ameaçar separá-los.

Three se acomoda no lugar dele, e eu me sento na mesa da frente. Em vez de dividirmos uma mesa só, agora nos sentamos frente a frente — Three na mesa que era de Mel e eu em uma mesa nova que pegamos de outro escritório. A minha é um pouco menor, mas a dele é bamba, então estamos quites.

Estou dando uma olhada nas minhas anotações da entrevista inicial com Madison sobre o Buckonnect quando recebo uma notificação de e-mail. Clico na caixa de entrada e quase engasgo. Olho para Three.

— Chegou aí também...?

— Chegou. — Ele fica pálido. — Será que deveríamos...?

— No três?

Ele sorri.

— É seu número favorito, não é?

Alguns dos nós que se formavam no meu estômago desmancham.

— Um — começo a contagem.

— Dois.

— Três.

Eu estaria mentindo se dissesse que não senti medo quando me inscrevi para concorrer a uma vaga no curso de Jornalismo há quase dois meses. A Lente Focada só havia publicado uma matéria, e eu não tinha nenhum prêmio ou bolsa de estudos para complementar meu currículo. Minha maior reportagem era em coautoria. E Three não era meu único concorrente, também tinha os podcasters, os colaboradores do *Two Minute News* e os apresentadores de canais de YouTube que passaram o ano cobrindo as próprias pautas, adicionando cada notinha ao portfólio, assim como eu. Acho que muitos talvez até tenham tido mais opções disponíveis do que eu entre os trabalhos que escolheram enviar.

Mas aparentemente o conselho da faculdade viu algum mérito em tudo que fiz este ano — a matéria do banimento da pornografia rodando o campus e gerando o protesto de uma fraternidade, o impacto da minha jornada jornalística na vida de Kate e da filha dela, as cartas que recebi de alguns proprietários de restaurantes que administram as Festas de Fim de Ano do Claude para Todos depois de receberem uma enxurrada de voluntários de um grupo filantrópico do campus. E, claro, mesmo sendo uma coautoria, a reportagem sobre os Cinco Lixos foi enorme.

Olho para cima, tentando conter a euforia. Mas Three já está me olhando com um largo sorriso no rosto.

— Nunca tente jogar pôquer, Evans. — Ele joga uma bolinha de papel em mim e acerta minha testa. — Parabéns.

Pego a bolinha e a jogo de volta.

— E? Vamos disputar os melhores professores do Jornalismo quando montarmos nossa grade de outono?

— Disputar? — Ele joga um beijinho. — Não vou precisar disputar com você. Minha média é melhor, então vou escolher primeiro.

Eu o encaro.

— Você realmente sabe como estragar um momento legal.

— Me dê os parabéns.

— Parabéns — resmungo, a contragosto. — Você sabe que minha média seria ótima se não fosse aquele inferno de aula de Estatística no semestre passado!

Three dá de ombros, sem se importar muito.

— Você me irrita tanto — digo.

Olho para o computador e clico com mais força que o necessário para fechar meu e-mail.

— Ei — chama ele uns instantes depois. — Evans. Tenho um presente para você.

Reviro os olhos.

— Ah, é, claro que tem.

— Não, é sério. Olha aqui.

Quando levanto o olhar, ele está inclinado, mexendo embaixo da mesa.

Estico o pescoço para ver o que é, mas fecho a cara quando ele levanta a mão novamente e me mostra o dedo do meio.

Franzo a testa tentando parecer furiosa, mas estou lutando para segurar um sorriso. Ele sorri também, sabendo que me pegou.

— É só o meu jeitinho de dizer... — E se inclina, escondendo o rosto do resto da redação enquanto diz, só movendo os lábios: "Eu te amo".

— Ei, tenho uma lembrancinha para você também. — Escondo as mãos embaixo da minha mesa, depois as levanto com os dois dedos do meio apontados para ele.

Three sorri, se ajeitando na cadeira e voltando a trabalhar.

Claro que sabe exatamente o que quero dizer.

Também te amo.

Agradecimentos

Infelizmente, tenho que começar meus agradecimentos com um pedido de desculpas. Ao escrever o final de *This May End Badly*, pensei que seria uma piadinha pessoal engraçada quando os leitores vissem Doe indo para a Universidade Estadual do Michigan e Three indo para a de Ohio. Seria uma extensão da rivalidade entre eles e um aceno para os fãs de Michigan na minha vida. O que eu não esperava era que Three passasse os dois anos seguintes batendo a uma porta dentro da minha cabeça, gritando que a história dele ainda não tinha acabado. Pelo bem da coerência deste mundinho que criei, não tive escolha a não ser localizar este livro na Universidade Estadual de Ohio (por mais que o nome não tenha sido explicitamente mencionado em momento algum). Então, meu primeiro e maior pedido de desculpas vai para Hope Barron e, como forma de me redimir, deixo um grande VAI, BIG BLUE!!!!! bem aqui, imortalizado para sempre neste livro!

Pronto, resolvido! Então agora, primeiro, devo agradecer à minha agente, Lauren Spieller, que batalhou tanto por este livro. Obrigada por acreditar em Wyn e Three e, mais importante, por acreditar em mim. Seu "Mantenha a fé" me ajudou a atravessar os dias mais difíceis.

À minha editora, Nicole Fiorica: sou muito grata por estas personagens terem encontrado um lar na sua pessoa. Não sei nem como agradecer por todas as anotações fervorosas e por amar este livro tanto quanto eu. Trabalhar com você neste livro que tem uma parte tão grande do meu coração foi uma alegria gigante.

Um enorme obrigada à ilustradora Bex Glendining e à designer Sonia Chaghatzbanian por me darem sem dúvida a capa mais linda que eu poderia imaginar. As cores, os mindinhos!!!!!, as marquinhas de revisão... Inigualável mesmo, nos mínimos detalhes.

Ao restante da equipe da McElderry Books — Tionne Townsend, Irene Metaxatos, Bridget Madsen, Tatyana Rosalia, Nicole Tai e Stephanie Evans —, obrigada por tudo que vocês fazem e por lapidar este livro até deixá-lo brilhante. Peço desculpas por ter sido um gremlin e ignorar tantas alterações gramaticalmente corretas. Agradeço muito a todos vocês!!

Às Garotas Nervosas, tem um motivo para este livro ser dedicado, em parte, a vocês. Ashley, Sonya e Whitney, eu não sei o que faria sem vocês. Obrigada por conversarem comigo em todos os colapsos, por lidarem com os meus momentos de emoji de guaxinim, por nunca deixarem de acreditar no meu potencial e por serem a razão pela qual este livro foi escrito. Quando eu disse: "Acho que o Three precisa do próprio livro", ninguém gritou mais alto que vocês. Vocês foram as primeiras pessoas a sofrer de síndrome do coadjuvante por Three, então, de verdade, este livro é duplamente dedicado a vocês três.

A Joe e Shy, obrigada pelo clube do livro do dragão, pelas partidas de Catan que não vou ganhar nunquinha, pelos memes do Bob Esponja e por todas as chamadas via FaceTime que me ajudaram a superar os dias mais estressantes. E um agradecimento especial a Joe, especificamente por *Stardew Valley*. Me ajuda muito a manter tudo em perspectiva quando me lembro de que escrever um livro pode até ser difícil, mas cuidar de uma fazenda é bem mais.

Às sobreviventes de Totani — Ava Wilder, Kaitlyn Hill e Rachel Katz —, obrigada pela orientação constante e por sempre me deixarem desabafar, por serem as pessoas que mantêm meus pés no chão nos momentos mais doidos do processo de publicação e, acima de tudo, pelas risadas. A Helena Greer, por torcer por mim e pelos meus livros, e a Ellen O'Clover, pelo mesmo motivo e por ser um eco de algumas das minhas ideias mais incoerentes (e por ficar animada com elas, mesmo quando não têm enredo!!). E, claro, a Jenny Howe, por me inspirar a finalmente ter coragem suficiente para criar uma protagonista gorda. Obrigada por ser uma grande defensora da representatividade gorda e por sempre fazer com que eu — e tantos outros — nos sintamos vistos. Escrever pode ser muito solitário, e publicar, de alguma forma, mais ainda, então sou muito grata por ter vocês todas do meu lado para passar por isso.

Um grande GRAZIE!!!! a Arielle, Hope e Whitney (sim, Whitney de novo!) por gritarem comigo no interior da Itália quando recebi a ligação sobre este livro. Por chorarem comigo, comemorarem comigo e se esforçarem tanto para explicar para Giuseppe o motivo do nosso surto!! (Acho que ele ainda deve estar confuso e talvez pense que, a esta altura, já estou casada, mas tudo bem!). Sei que falo isso toda hora, mas eu não poderia pedir por uma segunda família melhor.

Obrigada a todos que amaram Three e um agradecimento especial à pessoa que fez aquela avaliação no Goodreads e disse que nunca me perdoaria pela tensão entre Three e Doe — pensei nessa crítica dia e noite antes de decidir escrever este livro. Acho que, no fim, deu tudo certo para todo mundo, então espero que você consiga me perdoar!

É claro, tenho que agradecer à minha família por sempre defender a mim e aos meus livros e por ser a minha maior torcida organizada. Amo todos vocês, mas já chegou a hora de pararem de me perguntar se estão no livro. Foi mal, mas não estão!

O maior agradecimento, claro, deve ir para a minha mãe. Obrigada por ser o meu abrigo nos piores dias, por sempre ter orgulho de mim e por acreditar em mim acima de todo mundo. Eu te amo.

Em geral, eu encerraria aqui, mas há mais alguém a quem preciso agradecer — por ser o pelo sobre o qual chorei quando estava triste ou estressada, por me dar os lambeijos babados que iluminam meus dias e por ser, em todas as categorias, o melhor e mais especial cachorro que alguém poderia ter. Vou te amar para sempre, Zeke.